JUTTA MARIA
HERRMANN

SCHLAFE, MEIN MÄDCHEN

PSYCHOTHRILLER

PAHLBERG

Lizenzausgabe des Pahlberg Verlags, ein Imprint des Belle Époque Verlags, Inh. G. Pahlberg, Wiesenstr. 7, 72135 Dettenhausen,
mit freundlicher Genehmigung der Autorin.

Coverabbildung: © Martynova.Katie – depositphotos.com
Covergestaltung und Satz: Saskia Calden (saskia-calden.de)
Lektorat: Lektorat und Korrektorat: Heidemarie Rabe

Herstellung: Custom Printing, Wał Miedzeszyński 217/1,
04-987 Warszawa, Polen

ISBN: 978-3-98845-070-8

Am Ende wird alles gut. Und wenn es nicht gut wird, ist es noch nicht das Ende.
Oscar Wilde

PROLOG

Schlafe, mein Mädchen, schlaf ein, singe ich mit leiser Stimme, während ich barfuß durch den nachtdunklen Flur unserer Wohnung husche. Sachte drücke ich die Klinke nach unten, öffne die Tür einen Spaltbreit und schlüpfe ins Kinderzimmer. Von Charlotte, die sich vor ein paar Sekunden noch die Seele aus dem Leib geschrien und mich aus dem Schlaf gerissen hat, ist, wenn man genau hinhört, nur noch ein leises schnüffelndes Atemgeräusch zu hören. Sie scheint wieder eingeschlafen zu sein. Ein Gefühl von Zärtlichkeit für meine kleine Tochter durchflutet mich wie eine warme Woge und zaubert mir ein Lächeln auf die Lippen.

Ein kühler Luftzug weht mir entgegen und der Vorhang bauscht sich leicht im Wind. Wieso ist das Fenster offen? Ich habe es doch geschlossen. Oder habe ich es vergessen? Von draußen dringen Stimmen in den Raum, laut und aufgeregt klingen sie. Ich stütze mich mit den Händen auf die Fensterbank, beuge mich vor und spähe hinunter. Im Grau der Dämmerung zerfließen die Konturen. Ich kneife die Augen zusammen, um besser sehen zu können.

Unten vorm Haus stehen Leute nah zusammen. Sie gestikulieren und reden durcheinander. Ein Mann hält sich abseits und presst ein Handy ans Ohr.

Da muss etwas Schlimmes passiert sein.

Unwillkürlich lege ich eine Hand auf meinen Brustkorb.

Der Mann mit dem Handy schaut nach oben, entdeckt

mich am Fenster und ruft den anderen etwas zu. Jetzt zeigt er auf mich. Fast synchron legen alle den Kopf in den Nacken und starren mich neugierig an.

Erschrocken weiche ich zurück, als hätten sie mich bei etwas Verbotenem ertappt. Mein Blick bleibt an einem der Fenster im Haus gegenüber hängen. In der Scheibe spiegelt sich die schmale Gestalt einer jungen Frau. Ich erschrecke so sehr, dass mein Herz einen Schlag aussetzt. Sie sieht aus wie ich. Ich kann meine Augen nicht von ihr wenden.

Jetzt öffnet sie das Fenster und macht beide Flügel weit auf. Was hat sie denn da im Arm? Eine Puppe?

Mein Herz schlägt viel zu schnell und ich bekomme es mit der Angst zu tun. Ich will mich abwenden, aber ich bin wie paralysiert.

Die Frau lehnt sich weit aus dem Fenster, in ihren ausgestreckten Armen hält sie die Puppe. So verharrt sie eine Weile, nachdenklich, als müsse sie einen bereits gefassten Entschluss noch mal gründlich überdenken. Unvermittelt richtet sie sich auf und schaut zu mir herüber.

Weint sie? Nein, sie lächelt. Ich wage kaum zu atmen.

Schlafe, mein Mädchen, schlaf ein, höre ich sie singen. Obwohl ihre Lippen sich nicht bewegen. *Schlafe, mein Mädchen, schlaf ein.*

An meinen Handflächen fühle ich die Wärme des kleinen Körpers, der sich in ihren Händen windet, und in meinen Ohren tönt das verzweifelte Weinen.

Das ist keine Puppe, das ist ein Baby. Die Erkenntnis schießt mir wie ein Stromschlag durch den Körper.

Nein!, will ich schreien. Nicht! Aber kein Laut kommt über meine Lippen.

Die Frau hebt das zappelnde Baby langsam, fast andächtig in die Höhe …

Mir stockt der Atem.

… und dann lässt sie es fallen.

In maßlosem Entsetzen schlage ich mir beide Hände vors Gesicht und warte mit laut klopfendem Herzen auf den Aufschrei der Leute unten vorm Haus.

Aber er kommt nicht. Alles bleibt still.

Zaghaft öffne ich die Augen. Das Fenster im Haus gegenüber ist geschlossen, die Frau verschwunden.

Ich blicke über meine Schulter zu Charlottes Bettchen. Die kleinen bunten Filzbällchen des Mobiles tanzen einen Reigen im schwachen Luftzug. Mein Herz klopft immer schneller. Ein aufheulendes Martinshorn bricht meine Starre. Ich schrecke zusammen und schließe die Fensterflügel. Mit der Hand wische ich etwas Rosafarbenes von der Fensterbank. Ich bücke mich und greife danach.

Das ist Charlottes Nuckel. Wie ist er dort hingekommen? Ich umschließe ihn fest mit meiner Hand, spüre die Rundung des Plastiks und das weiche Silikon.

»Charlotte?«

Mit zwei schnellen Schritten bin ich an ihrem Bett und reiße die Decke hoch.

Wo ist mein Baby?

Der Nuckel in meiner Hand fühlt sich mit einem Mal glühend heiß an. Er brennt sich in meine Handfläche und schmilzt zu einem rotglühenden Klumpen. Ich öffne den Mund zu einem Schrei …

… und schrecke schweißgebadet hoch. Mein Herz schlägt, als wolle es meinen Brustkorb sprengen. Das Nachthemd klebt nass an meinem Körper. Ich sitze aufrecht im Bett und schreie mir die Seele aus dem Leib. Das Gefühl der Verzweiflung reißt mein Inneres in Stücke. Ich kann nicht aufhören zu schreien.

1

Das Taxi biegt mit quietschenden Bremsen um die Ecke und verschwindet aus meinem Blickfeld. Der Mann hat es offensichtlich sehr eilig, von hier wegzukommen.

»Gott, das ist ja am Arsch der Welt«, hat er gemurmelt, als ich ihm die Adresse nannte, und ich hatte schon befürchtet, dass er mich auffordert, wieder auszusteigen.

Eigentlich wollte Mark mich abholen, aber er musste überraschend für einen erkrankten Kollegen die Schicht übernehmen.

»Tut mir echt leid, Liebling, es geht nicht anders.«

Mark arbeitet als Arzt in einem Berliner Krankenhaus und er hat gute Aussichten, demnächst zum Oberarzt befördert zu werden. Sagt er. Dafür muss er natürlich vollen Einsatz zeigen. Ich heuchelte Verständnis, auch wenn es mir schwerfiel.

»Die Nachbarn haben einen Zweitschlüssel. Ich rufe sie gleich an und bitte sie, ihn unter unserer Fußmatte zu deponieren«, hat er auf meine Frage geantwortet, wie ich denn in das Haus reinkommen soll.

Nun stehe ich vor unserem neuen Zuhause und bin mir nicht sicher, ob es mir gefällt. Es ist nicht das, was ich erwartet habe: ein neuer Bungalow, weiß gestrichen, glänzende grüne Dachziegel und linker Hand ein Carport aus Plexiglas. Der Vorgarten besteht aus einem Rechteck matschiger Erde, aus der an einigen Stellen verschiedenfarbige

Plastikfetzen hervorlugen. Ein rotweißes Absperrband ist zwischen zwei Holzpfeiler gespannt, an einem ist ein Briefkasten befestigt, auf dem Mark einen Zettel mit unseren Namen geklebt hat.

Die behelfsmäßige Absperrung trennt das Grundstück von der Straße, die diesen Namen kaum verdient. Sie ist eine holprige Sandpiste mit unzähligen Schlaglöchern, in denen sich das Regenwasser der letzten Tage gesammelt hat. Der Taxifahrer kam aus dem Schimpfen gar nicht mehr raus. Er war kurz vorher mit seinem Wagen durch die Waschanlage gefahren. Berufsrisiko, dachte ich in einem Anfall von Mitleidslosigkeit, doch sofort meldete sich mein schlechtes Gewissen, und ich gab ihm ein viel zu hohes Trinkgeld, als sei ich für den schlechten Zustand der Straße verantwortlich.

Wenigstens regnet es nicht mehr. Ein böiger Wind schiebt die Wolken auseinander und an einigen Stellen blitzt sogar ein Stück blassblauer Himmel auf. Die feuchte Kälte dringt durch meine Kleiderschichten und beschert mir eine Gänsehaut. Der April macht seinem Namen in diesem Jahr wieder alle Ehre. Ich setze meine Schritte vorsichtig, damit ich auf dem aufgeweichten Boden nicht ausrutsche, und steige über das niedrige Absperrband. Mit der Reisetasche in der rechten Hand balanciere ich auf den schmalen Holzbrettern, die im Matsch liegen und zur Haustür führen.

Die noch nicht verheilten Rippenbrüche senden spitze Schmerzpfeile durch meinen Körper. Obwohl der Unfall einige Wochen her ist, sind meine Bewegungen steifbeinig und eckig, als wäre ich eine alte Frau. Dabei bin ich vor wenigen Tagen erst dreißig geworden. Es war der traurigste Geburtstag meines Lebens. Schnell schiebe ich die Erinnerung von mir weg.

Mark und ich haben uns geschworen, neu anzufangen, alles, was geschehen ist, hinter uns zu lassen und nach vorne zu schauen. Ehrlich gesagt bin ich mir nicht sicher, ob ich dazu überhaupt in der Lage sein werde. Aber versuchen werde ich es, das habe ich mir fest vorgenommen, schon Mark zuliebe. Er hat es verdient, eine glückliche Zukunft zu haben mit einer ebenso glücklichen Frau an seiner Seite. Im Moment scheint mir das allerdings ein Ding der Unmöglichkeit. Dass die Zeit alle Wunden heilen kann, ist in meinen Augen nichts weiter als ein nichtssagender Spruch, als eine Art Trost gedacht, der einem dabei helfen soll, irgendwie weiterzuleben.

Ich stelle die Reisetasche vor der Haustür ab und gehe in die Hocke. Unter der Fußmatte befindet sich kein Schlüssel. Entweder hat Mark es versäumt, die Nachbarn über mein Kommen zu informieren, oder sie haben vergessen, ihn hier zu hinterlegen. Stöhnend richte ich mich auf und schnaufe genervt. Wenn ich auf etwas keine Lust habe, dann ist es ein nachbarschaftlicher Small Talk. Aber mir bleibt nichts anderes übrig, wenn ich nicht in der Kälte auf Mark warten will, der wahrscheinlich erst in einigen Stunden auftauchen wird. Über den provisorischen Bretterweg tippele ich zurück zur Straße.

Die beiden Bungalows gleichen sich nicht nur wie ein Ei dem anderen, es sind auch die einzigen Häuser weit und breit. Es gibt noch zwei Rohbauten in zweiter Reihe, denen das Dach fehlt, und außerdem ein paar Baugruben, alle bis zur Hälfte mit Wasser gefüllt. Rings herum erstrecken sich Wiesen und Felder, soweit das Auge reicht. Das Dorf, zu dem das Gebiet gehört, und das den Namen Auweiler trägt, liegt einige hundert Meter entfernt. Wenn ich den Hals recke, kann ich in der Ferne ein paar

Dächer erahnen und die Spitze des Kirchturms sehen, der sie überragt.

Was hat Mark sich nur dabei gedacht, ein Haus in dieser Einöde zu mieten? Ich fürchte, er hat meine Bitte, etwas fernab von allem Trubel und weit weg von unserer alten Wohnung zu suchen, zu wörtlich genommen. Aber wenigstens kennt mich hier niemand und ich bin vor lästigen Fragen und mitleidigen Blicken sicher. Das Haus ist glücklicherweise nur gemietet und wir müssen nicht bis ans Ende unserer Tage darin ausharren.

Ich atme durch und drücke bei den Nachbarn auf die Klingel. Darüber ist ein türkisfarbenes Namensschild aus Salzteig befestigt, auf dem in Schreibschrift steht: *Hier lebt, lacht und streitet sich die Familie Hemm.* Auf drei kleinen roten Herzen, die an dem Schild befestigt sind, stehen die Vornamen: *Leonie, Lilli und Rainer.*

Hier wohnt eine glückliche Familie, denke ich und eine tiefe Traurigkeit erfüllt mich.

»Moment, ich komme sofort«, ertönt von drinnen eine weibliche Stimme.

Ich knipse mein Lächeln an und straffe meine Schultern. Die Frau, die mir öffnet, ist ungefähr in meinem Alter. Alles an ihr ist rund und üppig: großer Busen, großer Mund, breite Hüften, braune verstrubbelte Locken. Sie verströmt einen frischen Duft, als käme sie direkt aus der Dusche. Neben ihr komme ich mir vor wie ein ungepflegter magersüchtiger Teenager. Ich habe mindestens fünfzehn Kilo abgenommen und bin flach wie ein Brett. Meine halblangen glatten Haare sind von einem langweiligen Hellbraun und ungewaschen, meine Haut ist blass und fleckig.

»Oh, ich habe vergessen, den Schlüssel unter die Matte zu packen«, sagt sie bei meinem Anblick. »Das tut mir leid, aber das kleine Monster hier hat mich den ganzen Morgen auf Trab gehalten.«

»Das macht doch nichts«, murmele ich.

Sie mustert mich ungeniert und streckt mir lächelnd die linke Hand entgegen. Automatisch schüttele ich sie, doch meine Augen sind gefangen von dem kleinen Mädchen, das sie mit dem rechten Arm auf ihrer Hüfte festhält.

Die Kleine hat die Ärmchen um den Hals ihrer Mutter geschlungen und das Gesicht in der Beuge versteckt. Jetzt wendet sie sich mir zu und staunt mich aus großen blauen Augen an. Mir bleibt fast das Herz stehen. Für einen winzigen Augenblick sehe ich Charlotte vor mir. Es kostet mich meine gesamte Willenskraft, der Frau das Mädchen nicht aus dem Arm zu reißen.

»Lilli ist Fremden gegenüber noch sehr schüchtern«, sagt sie und streicht der Kleinen mit der freien Hand liebevoll über das feine blonde Haar.

Ich schlucke, ringe um meine Fassung und bringe kein Wort heraus.

»Alles in Ordnung mit dir?«, fragt sie erschrocken. »Du bist plötzlich ganz weiß im Gesicht.«

»Ja, ja.« Ich nicke hastig. »Ich hatte einen Unfall. Mehrere gebrochene Rippen mit Lungenperforation. Ich bin heute erst aus der Reha entlassen worden. Der Arzt meinte, ich hätte unglaubliches Glück gehabt. Ich hätte tot sein können«, plappere ich drauflos und verstumme abrupt.

Die Frau ist eine Fremde, warum erzähle ich ihr das alles? Fehlt nur noch, dass ich ihr auch verrate, dass ich bei dem Unfall lieber gestorben wäre.

Ich grabe meine Zähne in die Unterlippe und auf meiner Stirn bilden sich Schweißtropfen. Ich habe seit Wochen außer mit Mark und meinem Arzt mit keinem anderen Menschen geredet und auch mit ihnen nur das Nötigste. Während mein Denken unaufhörlich um das furchtbare Unglück kreiste und mir kaum eine Sekunde Ruhe gönnte, fand ich keine Worte, um mit jemand anderem darüber zu sprechen.

»Komm doch rein und setz dich. Ich hole dir ein Glas Wasser.« Bevor ich widersprechen kann, eilt sie davon. Die Kleine auf ihrem Arm jauchzt.

Zögernd betrete ich die Diele. An der Wand stapeln sich ein paar Umzugskartons. Scheinbar sind die Hemms gerade erst eingezogen. Ich folge der Frau in die Küche: weißer Landhausstil mit verglasten Oberschranktüren. Marke Ikea. Auch hier steht ein Umzugskarton neben der Tür. Auf der Fensterbank verkümmert ein Topf mit Basilikum und überall im Raum verstreut stehen und liegen Babyutensilien herum. Mir ist nach Flucht zumute.

»Ich kann dir leider nur Leitungswasser anbieten«, sagt die Frau bedauernd. »Ist das okay?«

»Ja«, sage ich und füge »Vielen Dank« hinzu.

»Ich habe mich noch gar nicht vorgestellt.« Sie setzt die lautstark protestierende Lilli in den Kinderstuhl und drückt ihr ein Plüschtier in die Hand. »Ich heiße Leonie. Aber alle nennen mich Leo.« Sie verdreht die Augen, als sei ihr das nicht recht und lacht. »Und du?«

Sie duzt mich mit einer Selbstverständlichkeit, die ich ein bisschen befremdlich, aber auch erfrischend finde.

»Rina.« Eigentlich heiße ich Katharina, aber ich mag den Namen nicht besonders und habe schon als kleines Mädchen darauf bestanden, Rina genannt zu werden.

»Na dann, willkommen in der Einöde, Rina«, lacht Leonie.

Sie dreht den Wasserhahn auf, füllt ein Glas und reicht es mir. Ich trinke einen Schluck, obwohl ich nicht durstig bin.

»Eigentlich sollte hier eine ganze Siedlung von Neubauten entstehen.« Leo hebt das Plüschtier auf, das Lilli auf den Boden geworfen hat, reicht es ihr wieder und nimmt mir gegenüber Platz. »Aber der Bauträger ist pleitegegangen.« Sie schiebt eine Locke hinters Ohr und zuckt mit den Schultern.

»Zum Glück haben wir das Haus nur gemietet. Wir sind sozusagen auf dem Sprung.« Sie deutet auf den Umzugskarton. »Eigentlich wollten wir schon letzte Woche ausziehen, aber das Umzugsunternehmen hat uns abgesagt. Der Wagen ist kaputt gegangen und es gab keinen Ersatz. Aber wenn alles gut geht, sind wir in ein paar Tagen weg. Mein Mann hat überraschend einen besser bezahlten Job in Hamburg angeboten bekommen und ohne zu zögern zugegriffen.« Sie zwinkert mir zu.

Leonie scheint ein starkes Mitteilungsbedürfnis zu haben. Sie redet ohne Punkt und Komma. Die kleine Lilli spielt selbstvergessen mit einem kleinen Plastiklöffel. Das Plüschtier ist schon wieder auf dem Boden gelandet.

Ich kann meinen Blick kaum von dem Kind wenden. Jetzt schenkt mir die Kleine ein scheues Lächeln und mir bricht fast das Herz.

»Habt ihr auch Kinder?«, fragt Leonie unvermittelt.

Mein »Nein« klingt so abweisend, dass sie erstaunt die Augenbrauen hochzieht.

Ich habe mit keinem über das Unglück gesprochen, nur mit dem Polizisten im Krankenhaus. Auch Mark und ich reden nicht darüber. Es ist wie eine stille Übereinkunft. Und ich werde auch jetzt keine Ausnahme machen. Ohne dass ich etwas dagegen tun kann, füllen meine Augen sich mit Tränen.

Leonie blickt mich mitfühlend an. Sie weiß es. Mark hat es ihr erzählt, schießt es mir brennend heiß durch den Kopf.

Ich möchte im Erdboden versinken, so unwohl fühle ich mich mit einem Mal.

»Bei uns hat es auch lange gedauert, bis es endlich geklappt hat«, sagt sie.

Sie hat meine Reaktion offensichtlich falsch verstanden und ich lasse sie in dem Glauben. Dennoch will ich hier raus. Ich habe das Gefühl, keine Luft mehr zu bekommen.

»Ich muss jetzt leider gehen«, sage ich und erhebe mich abrupt.

»Oh, natürlich«. Leonie springt hoch.

Falls ich sie brüskiert haben sollte, lässt sie es sich nicht anmerken. Ich folge ihr in die Diele, wo sie einen Schlüssel vom Schlüsselbrett nimmt und ihn mir überreicht.

Mit einem gemurmelten »Danke« nehme ich ihn in Empfang.

»Wenn du was brauchst oder wir dir helfen können, gib einfach Bescheid«, sagt sie und öffnet die Haustür. »Ein paar Tage sind wir ja noch hier.«

»Sehr gerne«, sage ich so herzlich, wie es mir möglich ist, und verabschiede mich schnell.

Als hinter mir die Haustür ins Schloss gedrückt wird, ist es mit meiner Beherrschung vorbei. Tränenblind stolpere ich durch den Matsch. Die Erinnerung an Charlotte ist so lebendig, ihr Bild so gegenwärtig, dass der Schmerz kaum noch auszuhalten ist.

2

»Es tut mir leid. Sie hätten schon längst weg sein sollen. Ich konnte ja nicht ahnen, dass der Umzugstermin verschoben wird. Aber du wirst sie kaum zu Gesicht bekommen.«

Ich sitze in Tränen aufgelöst auf einer der Umzugskisten, die überall im Bungalow herumstehen, und zerknülle das feuchte Taschentuch in der Hand.

Die Begegnung mit Leonie und der kleinen Lilli hat mich vollkommen aus der Fassung gebracht. Mark geht vor mir in die Hocke und hebt mit dem Zeigefinger mein Kinn an. Sein Gesicht ist so nah vor meinem, dass ich die Pfefferminze in seinem Atem riechen kann. Mark lutscht unablässig irgendwelche Bonbons, weil er in ständiger Sorge ist, dass er Mundgeruch haben könnte. Keine Ahnung, wieso er diese Macke hat. Ich habe ihn nie danach gefragt. Vermutlich weiß er es selbst nicht.

»Aber was sollen wir denn hier in dieser Einöde?«, schluchze ich. »Hier gibt es nur Matsch, ein trostloses Kaff und sonst nichts.«

»Es ist doch nicht für die Ewigkeit«, sagt Mark. »Ich dachte einfach, die Ruhe und die Abgeschiedenheit hier draußen würden uns beiden helfen, wieder zu uns zu kommen. Das war es doch, was du wolltest.«

Ich presse meine Lippen aufeinander und nicke stumm. »Ich werde mich bestimmt noch dran gewöhnen«, näsele ich durch meine verstopfte Nase, auch wenn ich mir das im Moment nicht vorstellen kann. Mark hat es gut gemeint und ich will ihm keine Szene machen.

»Ganz bestimmt. Und wenn es gar nicht geht, suchen wir uns etwas anderes.« Mark streicht mir mit den Fingerspitzen zärtlich die Tränen von den Wangen.

Ich schmiege mich an ihn und er schließt mich in seine Arme. Wie gern würde ich mich ihm hingeben und seine Zärtlichkeiten genießen, aber das Geschehene steht zwischen uns wie eine unüberwindbare Schranke. Ich fühle mich wohl und geborgen in seiner Nähe und die Wärme seines Körpers spendet mir Trost. Aber ich fühle kein Begehren, nicht mal Zärtlichkeit. In mir ist nichts als Schmerz. Ob es ihm auch so geht? Ob wir jemals wieder die frühere Leidenschaft in uns wecken können? Mark haucht einen Kuss auf meine Stirn und erhebt sich ächzend.

»Ich mache uns mal was zu essen«, verkündet er und marschiert Richtung Küche, die durch einen Tresen vom Wohnzimmer getrennt ist.

Mit tränennassen Augen schaue ich ihm nach. Mark gehört zu der Sorte Mann, der die Blicke von Frauen geradezu magisch anzieht. Nicht dass er ein auffallend schöner Mann wäre, das nicht, aber er hat das gewisse Etwas. Das Auffallendste an ihm sind die leuchtend blauen Augen mit dem dunklen Rand um die Pupillen. Sie bilden einen schönen Gegensatz zu seinem schwarzen Haar. Er hat volle sinnliche Lippen und eine zu große, etwas schief geratene Nase, was sein Gesicht irgendwie asymmetrisch erscheinen lässt. Wenn Mark einen Raum betritt, nimmt er ihn ganz für sich ein. Er ist so präsent, dass sich alle Anwesenden ihm sofort zuwenden.

Aber wahrscheinlich idealisiere ich ihn. Ich kann immer noch nicht glauben, dass er sich ausgerechnet in mich verliebt hat. Ich bin nicht hässlich, aber eine Schönheit bin ich auch nicht unbedingt. Da mache ich mir nichts vor. Ich bin guter Durchschnitt und viel zu schüchtern, um im Mittelpunkt stehen zu wollen. Man übersieht mich gern, selbst an Marks Seite werde ich kaum wahrgenommen. Höchstens dass mich mal ein flüchtiger Blick streift, in den ich dann meist Erstaunen hineinlese von wegen: *Der* tolle Typ ist mit *der* unscheinbaren Frau zusammen? Was findet er bloß an der?

Beim Abendessen informiert mich Mark, dass Telefon und Internet leider noch nicht funktionieren. »Der Anbieter weiß Bescheid. Aber der Termin ist jetzt schon zweimal verschoben worden.« Er rollt theatralisch mit den Augen und bringt mich damit zum Lachen, worüber er sich sichtlich freut.

»Es ist schön, dich mal wieder fröhlich zu sehen.« Er greift über den Tisch nach meiner Hand und drückt sie sanft. Seine Augen sind voller Zärtlichkeit.

»Ein paar Tage halte ich es sicher auch ohne aus. Ich habe ja noch mein Handy«, sage ich.

»Der Handyempfang hier ist leider auch unter aller Sau«, seufzt er und fügt zwinkernd hinzu »Entschuldige die Ausdrucksweise.«

Einen Augenblick lang sehen wir uns lächelnd in die Augen. Mark senkt als Erster den Blick, löst seine Hand von meiner und räuspert sich.

»Wir schaffen das, Liebling« sagt er mit rauer Stimme. »Wir müssen nur zusammenhalten, dann können wir die Vergangenheit hinter uns lassen.«

Ich beiße mir auf die Unterlippe, denn ich bin schon wieder den Tränen nahe. Wie soll das gehen, wenn wir es nicht mal schaffen, darüber zu reden, was passiert ist? Aber vielleicht ist es noch zu früh dafür, die Wunde noch zu frisch. Wir haben beide Angst, dass sie wieder aufbrechen und der Schmerz unsere Herzen in Stücke reißen könnte.

Später am Abend, wir haben nach dem Essen noch ein paar Umzugskisten ausgepackt, machen wir es uns mit einem Glas Rotwein auf dem Sofa im Wohnzimmer gemütlich. Im Kamin knistert das Feuer. Ich kuschele mich eng an Mark und genieße diesen kostbaren Moment der Zweisamkeit. Ab morgen steht wieder für mehrere Tage Nachtschicht im Krankenhaus auf seinem Dienstplan und ich werde die Abende allein in diesem Haus verbringen, in dem ich mir fremd und fehl am Platz vorkomme wie ein ungebetener Gast.

»Meine Krankschreibung läuft übernächste Woche aus«, sage ich.

Täusche ich mich, oder ist Mark zusammengezuckt? Ich schaue ihn von der Seite an. Sein Gesicht ist ausdruckslos.

»Ich bin am Überlegen, ob ich nicht wieder arbeiten gehe. Das wird mir, glaube ich, guttun. Allerdings frage ich mich, wie ich von hier nach Berlin kommen soll. Ich fürchte, ich brauche ein Auto oder zumindest ein Fahrrad, um zum nächsten Bahnhof zu kommen. Wo ist der eigentlich?«

»Ein Dorf weiter ist einer. Aber das sind bestimmt zehn, elf Kilometer.«

»Mit dem Rad wäre das kein Problem. Ich fürchte nur, dass die Anbindung an Berlin nicht die beste ist. Ein Auto wäre schon praktischer für mich.«

Mark räuspert sich und rückt von mir ab. Ich hebe erstaunt die Augenbrauen und warte auf eine Erklärung. Stattdessen greift er nach seinem Weinglas und trinkt es mit einem Zug leer.

»Meinst du nicht, es ist noch ein bisschen früh dafür? Bist du sicher, dass du es ertragen kannst?«, fragt er, ohne mich anzuschauen.

»Es wird sicher nicht einfach werden«, erwidere ich. »Aber ich kann mich nicht mein Leben lang verkriechen. Und du weißt, wie sehr ich meinen Beruf liebe. Vielleicht wird es mir sogar helfen, wieder unter Kindern zu sein.«

Mark hüllt sich in vielsagendes Schweigen. Er hat etwas auf dem Herzen, es scheint ihm jedoch schwerzufallen, damit herauszurücken.

»Was ist?«, frage ich alarmiert.

»Ich wollte es dir eigentlich noch nicht sagen, aber …« Er lässt den Satz in der Luft hängen und betrachtet ratlos das leere Weinglas, das er in den Händen dreht.

»Nun, sag schon«, fordere ich ihn auf.

»Sie haben deinen Vertrag gekündigt.« Der Satz schießt aus ihm heraus, als hätte er die ganze Zeit im Hintergrund seines Bewusstseins gelauert und nur auf den richtigen Zeitpunkt gewartet, um mir die Worte um die Ohren zu knallen.

»Nein!« Ich suche Marks Blick, aber er weicht mir aus. »Sag, dass das nicht wahr ist.«

»Doch. Leider.«

Ich bin wie vor den Kopf gestoßen. »Mit welcher Begründung?« Meine Stimme klingt merkwürdig atemlos.

»Das kannst du dir doch denken«, sagt er leise und wendet sich mir zu. »Es tut mir so leid für dich.«

Ich weiß, es ist ungerecht, Mark kann nichts dafür, aber das Mitleid in seinen Augen macht mich zornig.

»Wie kommst du überhaupt dazu, meine Post aufzumachen?«, fahre ich ihn an.

»Ich weiß, ich hätte das nicht tun sollen«, entschuldigt er

sich sofort. »Aber ich habe geahnt, was in dem Schreiben steht, als ich den Absender gesehen habe. Ich wollte es dir *schonend* beibringen, wenn es dir besser geht.«

Ich verkneife mir die Bemerkung, dass ich unter schonend etwas anderes verstehe, und wiederhole meine Frage: »Was haben sie als Begründung angeführt?«

»Ich habe den genauen Wortlaut nicht im Kopf, aber es haben wohl einige Eltern damit gedroht, ihre Kinder aus der Kita zu nehmen, wenn sie dich weiterbeschäftigen.«

Vor Charlottes Geburt habe ich in einer Berliner Kita gearbeitet. Solange ich zurückdenken kann, wollte ich Erzieherin werden. Ich liebe Kinder über alles und kann mir keinen schöneren Beruf vorstellen. Mark rückt näher und legt den Arm um mich.

»Es war zu erwarten, oder?«, fragt er mit leiser Stimme.

Ich presse die Lippen aufeinander und nicke. Meine Kehle ist wie zugeschnürt.

»Willst du das Kündigungsschreiben sehen?«

»Nein, wozu auch. Es ändert ja nichts.«

»Du könntest vorm Arbeitsgericht klagen«, schlägt Mark vor.

Ich lache ein unfrohes Lachen. »Damit unter Zeugen zur Sprache kommt, dass ich meine Aufsichtspflicht als Mutter grob vernachlässigt habe und für den Tod meiner kleinen Tochter verantwortlich bin?«

»Dich trifft keine Schuld, das weißt du doch.« Marks Beteuerung klingt merkwürdig halbherzig, aber vermutlich tue ich ihm schon wieder unrecht.

Wir müssen miteinander reden, unbedingt. Sonst wird der furchtbare Unfall unserer kleinen Tochter immer zwischen uns stehen und irgendwann zu einer unüberwindbaren Hürde werden. Einer von uns muss den Anfang machen. Das Schweigen, das zwischen uns lastet, ertrage ich nicht mehr lange. Ich räuspere mich und fahre mir mit der Zunge über die Lippen. Der erste Satz ist der schwerste, wenn der gesagt ist, geht es leichter, mache ich mir selber Mut.

»Ich muss ins Bett«, sagt Mark unvermittelt. Er gähnt ausgiebig und stemmt sich vom Sofa hoch. »Ich bin todmüde. Kommst du mit?«

»Ja«, sage ich und schwanke zwischen Enttäuschung und Erleichterung. Doch die Erleichterung überwiegt. Es ist nur ein Aufschub, das ist mir klar. Aber ist es nicht auch zutiefst menschlich, den unangenehmen Dingen möglichst lange aus dem Weg zu gehen? Die Entschuldigung ist fadenscheinig, ich weiß. Ich bin einfach feige und habe unsagbare Angst vor diesem Gespräch. Ich befürchte, dass es in gegenseitigen Schuldzuweisungen enden könnte und die Trauer um unsere Tochter uns nicht enger zusammenschweißen, sondern für immer trennen wird.

3

Die nächsten Tage lenke ich mich damit ab, die Umzugskisten auszupacken und Geschirr, Bücher und alles andere dorthin zu räumen, wo es hingehört. Jedes Mal, wenn ich einen der unbeschrifteten Kartons öffne, klopft mir das Herz bis zum Hals. Erst als alle Umzugskisten leer sind, wird mir klar, dass Mark nichts von Charlottes Sachen eingepackt hat. Es ist, als hätte unsere Tochter nie existiert. Das Einzige, das mir von ihr geblieben ist, ist ein rosafarbener Nuckel. Er war in meiner Manteltasche. Ich habe keine Ahnung, wie er dahingekommen ist, und ich hüte ihn wie ein kostbares Kleinod.

Mark bekomme ich in dieser Zeit kaum zu Gesicht. Er schiebt eine Nachtschicht nach der anderen und fällt todmüde ins Bett, wenn er nach Hause kommt. Bisweilen beschleicht mich der Verdacht, dass er mir absichtlich aus dem Weg geht, seit ich ihn gefragt habe, was er mit Charlottes Sachen gemacht hat.

»Ich habe sie weggegeben«, lautete seine knappe Antwort, sein Gesicht ausdruckslos und verschlossen.

Ich habe nicht gewagt, weitere Fragen zu stellen, sondern nur stumm genickt. Es gibt nicht mal mehr Fotos von unserem kleinen Mädchen. Auch sie hat er allem Anschein nach vernichtet. Selbst die Aufnahmen von ihr auf meinem Handy scheint er gelöscht zu haben. Als ich endlich gewagt habe, sie mir anzuschauen, konnte ich sie nicht mehr finden. Vielleicht ist es besser so. Vielleicht kommen wir schneller über den Verlust hinweg, wenn es nichts gibt, das uns ständig an sie erinnert. Das bete ich mir ein ums andere Mal vor.

Tief drinnen in mir brodelt es jedoch. Es war nicht richtig, dass Mark mir jegliche Erinnerung an unsere Tochter genommen hat, ohne mich vorher zu fragen. *Sie lebt in dir weiter*, versuche ich mich zu trösten. Ein schwacher Trost, denn in letzter Zeit fällt es mir immer schwerer, mir ihr liebes kleines Gesicht ins Gedächtnis zu rufen. Ihr Bild wird von Mal zu Mal verschwommener, es gelingt mir manchmal kaum, es zu einem Ganzen zusammenzufügen. Sie entgleitet mir mit jedem Tag mehr, und das tut so unendlich weh.

Gestern hat Leonie an der Tür geklingelt, ich habe ihr nicht geöffnet. Ich ertrage es nicht, sie mit ihrer kleinen Tochter zu sehen. Mit jedem Tag, der vergeht, fühle ich mich einsamer. Mark hat seine Arbeit. Ich habe nichts. Ich würde gern Sonja anrufen, eine Arbeitskollegin, mit der ich mich angefreundet habe, aber ich traue mich nicht. Außerdem ist der Handyempfang hier wirklich *unter aller Sau*, um es mit Marks Worten auszudrücken.

Nach Charlottes Geburt habe ich mich von allen zurückgezogen. Die Schwangerschaft hat viel von meinem Körper abverlangt, monatelang war mir übel und ich erbrach mich ständig. Dann bekam ich Zwischenblutungen, die jedes Mal eine heftige Panik in mir auslösten, ich könnte das Kind verlieren. Ich fieberte der Geburt regelrecht entgegen in dem festen Glauben, wenn das Baby erst mal da ist, wäre alles gut. Doch ich sollte mich täuschen.

Das Gefühl, als ich meine Tochter das erste Mal in den Armen hielt, war ein Schock, der mich zutiefst verstörte. Statt vor Glück und Liebe zu bersten, fühlte ich nichts. Außer vielleicht ein leises Befremden. *Das kommt*, versicherte ich mir selbst. *Du bist durch eine Hölle aus Schmerzen gegangen, so schnell kann dein Körper nicht umschalten.*

Der Alltag mit dem Baby überforderte mich heillos. Ich schlief kaum mehr als zwei Stunden in der Nacht und war ständig übermüdet und gereizt. Charlotte schrie stundenlang und ließ sich durch nichts beruhigen. Eine bleierne Erschöpfung begleitete jeden meiner Schritte und griff sogar auf mein Denken über. Ich nahm meine Umgebung wie durch einen Dunstschleier wahr und agierte wie eine ferngesteuerte Maschine.

Mark bekam natürlich mit, dass es mir nicht gut ging, aber wie schlimm es wirklich um mich stand, war ihm, glaube ich, nicht bewusst. Aus Scham habe ich ihm meine wahren, oft destruktiven Gefühle verschwiegen. Er unterstützte mich, wo er konnte, und engagierte schließlich die Hebamme, die auch bei der Hausgeburt dabei gewesen ist. Er hat ihr so viel Geld geboten, dass sie nicht ablehnen konnte.

Sie kam jeden Tag für mehrere Stunden zu uns und kümmerte sich rührend um unsere Tochter. Worüber ich einerseits froh war, entlastete mich das doch sehr, andererseits schämte ich mich in Grund und Boden. Was war ich für eine Mutter, die ihr Baby als Belastung empfand? Es war eine furchtbare Zeit, in der ich todunglücklich war und es trotzdem nicht schaffte, aus dem tiefen Loch, in das ich gefallen war, herauszukommen.

Und gerade als ich das Gefühl hatte, es geht aufwärts, denn die Liebe zu meinem Kind erwachte langsam und erfüllte mich von Tag zu Tag mehr, da geschah das Entsetzliche. Wir wissen bis heute nicht, wieso die Tür zum Balkon offen stand.

Das Geräusch einer zufallenden Autotür katapultiert mich in die Gegenwart. Ich wische mir mit beiden Händen über die tränenfeuchten Wangen und eile zum Küchenfenster. Mark verlässt den Carport und stapft über die Straße. Im Gehen wirft er einen Blick über die Schulter auf unser Haus, als wolle er sich vergewissern, dass ich sein Kommen nicht bemerkt habe.

Unwillkürlich weiche ich vom Fenster zurück, um keine Sekunde später erneut durch die Scheibe zu spähen. Mark klingelt an der Haustür gegenüber, Leonie muss hinter der Tür auf ihn gewartet haben, so schnell öffnet sie ihm. Sie strahlt ihn an, als hätte sie ihn sehnlichst erwartet. Das kann ich sogar aus der Entfernung erkennen.

Verwirrt starre ich sekundenlang auf die Tür, die sich hinter den beiden geschlossen hat. Was will Mark bei Leonie? Ihr Mann ist vor einer Weile mit dem Wagen weggefahren. Das habe ich zufällig mitbekommen. Ich bleibe wie festgewachsen am Küchenfenster stehen, den Blick starr auf das Haus gegenüber gerichtet. In mir lodert Eifersucht.

Nach einer Viertelstunde muss ich meinen Beobachtungsposten notgedrungen für einen Toilettengang verlassen. Es dauert eine weitere Viertelstunde, bis sich die Haustür wieder öffnet und Mark ins Freie tritt. Von Leonie ist nichts zu sehen. Was haben die beiden so lange gemacht? Das bange Gefühl in mir verstärkt sich. Ich höre Mark in der Diele und husche schnell ins Wohnzimmer. Dort lasse ich mich auf dem Sofa nieder und nehme das Buch zur Hand, das ich zurzeit lese. Mein Herz klopft ein wildes Stakkato.

»Hallo, Liebling«, begrüßt mich Mark mit munterer Stimme.

»Oh, du bist schon da.« Ich mime die Überraschte. »Ich habe dich gar nicht kommen hören«, schwindele ich und spüre, wie mir die Röte brennend heiß ins Gesicht schießt. Ich konnte noch nie gut lügen.

Mark beugt sich zu mir herunter und küsst flüchtig meinen Mund. Riecht er anders als sonst? Nach Sex? Oder frisch geduscht? Ich schnüffele unauffällig, kann aber nichts Verdächtiges wahrnehmen.

Mark richtet sich auf und sein Blick fällt auf das Buch. Er nimmt es mir aus der Hand, dreht es und gibt es mir zurück. »Du hältst es falsch herum«, sagt er und grinst mich an.

»Oh!«, sage ich und klappe das Buch schnell zu. Meine Wangen brennen.

»Warst du mit deinen Gedanken mal wieder woanders?« Er betrachtet mich mit liebevollen Augen. Oder bilde ich mir das nur ein?

»Ertappt«, sage ich und gebe mich zerknirscht.

Eigentlich erwarte ich, dass er mir erzählt, warum er drüben bei Leonie war. Doch er verliert kein Wort darüber. Mit einem Mal überfällt mich eine panische Angst, dass ich Mark verlieren könnte. Mir schnürt es regelrecht die Luft ab.

»Alles in Ordnung mit dir?« Mark mustert mich besorgt. »Du siehst erhitzt aus. Du wirst doch nicht krank werden?«

»Liebst du mich?« Die Frage rutscht mir heraus, ohne dass ich es bewusst gesteuert hätte, und am liebsten würde ich sie auf der Stelle zurücknehmen.

Mark zieht die Augenbrauen hoch. »Warum fragst du das? Das weißt du doch.«

»Das weiß ich nicht«, beharre ich trotzig wie ein kleines Kind.

»Was ist los mit dir?« Mark setzt sich neben mich und legt den Arm um meine Schulter. »Rede mit mir. Bitte.« Seine Fürsorglichkeit rührt mich zu Tränen. Meine Eifersucht entbehrt mit Sicherheit jeder Grundlage.

»Ich werde hier noch verrückt«, schluchze ich. »Mir fällt die Decke auf den Kopf, ich bin den ganzen Tag am Grübeln und …« Jetzt weine ich so sehr, dass ich nicht weiterreden kann.

Mark zieht mich näher an sich heran, murmelt tröstende Worte und wartet geduldig, bis meine Tränen versiegt sind.

»Entschuldige«, sage ich schniefend und löse mich von ihm. Ich blinzele die Tränen in meinen Augen weg und versuche ein Lächeln. »Ich glaube, ich brauche eine Aufgabe, sonst drehe ich noch durch.«

»Dann fang an, Bewerbungen zu schreiben. Es gibt noch andere Kindertagestätten in Berlin und in der Umgebung. Fähige Kräfte wie du werden dringend gesucht.«

»Ja, schon. Aber …«

»Wenn du es nicht versuchst, wirst du nie erfahren, ob dir jemand eine Chance gibt«, fällt mir Mark ins Wort. »Mehr als schiefgehen kann es nicht. Wenn alle Stricke reißen, können wir uns immer noch etwas anderes für dich überlegen.«

Mein »Okay« klingt selbst in meinen Ohren nicht sehr überzeugend.

Später, als ich im Bett neben dem leise schnarchenden Mark liege und an die Decke starre, fällt mir ein, dass er meine Frage nicht beantwortet hat. Ich weiß nach wie vor nicht, ob er mich noch liebt.

Warum pochst du so auf Worte? Er zeigt dir doch durch sein Verhalten, wie viel er für dich empfindet.

Die Mahnung hilft leider wenig gegen das Gefühl der

Beklommenheit, das nicht weichen will. Warum hat er mir nicht gesagt, was er bei Leonie wollte? Trotz der halben Schlaftablette, die ich genommen habe, hält mich die Angst, Mark könnte mich verlassen, noch eine ganze Weile wach.

4

Am nächsten Morgen erwache ich mit dröhnenden Kopfschmerzen und einem üblen Geschmack im Mund. Ich fühle mich schrecklich, als hätte mich eine Dampfwalze überrollt. Es wird Zeit, dass ich die Schlaftabletten endlich absetze. Ich brauche immer ewig, bis ich morgens einigermaßen zu mir komme. Stöhnend richte ich mich auf. Die Zeiger der Uhr auf dem Nachttisch stehen auf 10:36. So spät schon? Ich muss wie ein Stein geschlafen haben. Ich habe nicht mal mitbekommen, dass Mark aufgestanden ist und das Haus verlassen hat. Barfuß tappe ich ins Badezimmer und stelle mich unter die Dusche. Danach fühle ich mich auch nicht viel wacher.

Auf dem Küchentisch entdecke ich einen Zettel mit einer Nachricht von Mark.

Guten Morgen, Liebling, warte heute nicht auf mich. Es wird spät werden und ich übernachte in Berlin. Ein Kollege ist Vater geworden und er hat mich und noch ein paar andere aus dem Team zu einem Umtrunk eingeladen. Das hatte ich völlig vergessen, dir gestern Abend zu sagen.
Sorry!
1000 Küsse Mark

Die Enttäuschung fährt mir wie ein Stich durch den Körper. Mark weiß doch, wie schlecht es mir geht, wieso lässt er mich schon wieder allein? Und wie kann er mit einem Kollegen unbeschwert die Geburt seines Kindes feiern? Wo unser Baby doch erst vor Kurzem gestorben ist.

Noch während mir diese Gedanken durch den Kopf schießen, wird mir klar, dass ich wahrscheinlich unerträglich geworden bin in meinem Leid, das ich wie auf einem Präsentierteller vor mir hertrage.

Sieh doch, wie ich mich gräme. Komm, bedauere und tröste mich.

Dabei leidet Mark ebenso sehr wie ich unter dem Tod unserer Tochter. Und ich – ich bin ihm alles andere als eine Stütze. Da brauche ich mich nicht zu wundern, wenn er Trost bei einer anderen Frau sucht. Ich atme tief durch. Dann koche ich mir erst mal einen starken Kaffee. Ich muss mich endlich aus diesem Netz aus Selbstmitleid befreien und nach vorne schauen. Ich muss wieder anfangen zu leben, auch wenn ich mir im Moment überhaupt nicht vorstellen kann, wie das funktionieren soll. Aber eins weiß ich: Wenn ich mich weiterhin in meiner Trauer vergrabe, werde ich Mark mit ziemlicher Sicherheit verlieren.

Kurz entschlossen nehme ich meinen Kaffeebecher und begebe mich in Marks Arbeitszimmer. Ich werde mir ein paar Adressen von Kitas raussuchen, bei denen ich mich bewerben kann. Mark hat recht, Erzieherinnen werden händeringend gesucht, da wird sich sicher etwas Passendes für mich finden. Ich fahre den Computer hoch und öffne den Browser. Keine Verbindung zum Internet. Mist! Das hatte ich völlig vergessen. Wahrscheinlich ist Mark vor lauter Arbeit noch nicht dazu gekommen, bei unserem Anbieter nachzuhaken. Das werde ich jetzt übernehmen. Schon der Gedanke, endlich wieder etwas Sinnvolles zu erledigen, hebt meine Stimmung aus dem Minusbereich.

Wenn es um Papierkram geht, ist Mark ein Chaot. Er wirft die Schreiben in eine Schreibtischschublade und nimmt sich vor, alles irgendwann ordentlich abzuheften. Nur dass es meistens bei dem Vorhaben bleibt. Irgendwo muss der Vertrag mit unserem Internet-Anbieter ja sein. In der obersten Schublade liegen jede Menge Quittungen, dazwischen entdecke ich einen Strafzettel und den Prospekt eines Pizzalieferservices. Die zweite Schublade ist abgeschlossen, die dritte bis auf ein paar Kugelschreiber und ein Geodreieck leer, in der vierten liegen ein Packen Papier und eine Menge Krimskrams.

Ich rüttele am Griff der verschlossenen Lade. Die Neugier siegt über meine Skrupel. Mein Onkel Oskar hatte einen Schlüsseldienst. Als ich den Schlüssel zu der Schublade verloren hatte, in der ich mein Tagebuch vor der Neugierde meiner Mutter in Sicherheit gebracht hatte, zeigte er mir einen Trick, wie ich ein Schloss ganz leicht aufbekomme. Man braucht dazu nichts weiter als eine Büroklammer, die man sich so zurechtbiegt, dass man damit in dem Schloss *herumstochern* kann. Es dauert keine zwei Minuten, dann habe ich die Schublade geöffnet.

Ein Aktenordner liegt darin. Ich nehme ihn zur Hand. Er ist schwer, prall gefüllt. Auf dem Rücken steht in Großbuchstaben PROJEKT HAUS. Ich klappe den Aktendeckel auf und lese *Notariell beglaubigte Abschrift* und *Urkunde*, darunter steht der Name eines Notars. Neugierig fummele ich das mehrseitige Dokument aus der Klarsichthülle und blättere die ersten Seiten durch. Erst jetzt wird mir klar, dass es sich um den Kaufvertrag des Bungalows handelt, in den wir gerade eingezogen sind. Als Käufer und Eigentümer wird Mark Eggers genannt. Als Adresse ist seine Wohnung in Berlin angegeben.

Ungläubig starre ich auf das Datum, an dem der Vertrag abgeschlossen wurde. Mark hatte den Bungalow schon gekauft, als Charlotte noch lebte. Warum hat er mir das verschwiegen? Warum hat er behauptet, er habe das Haus erst auf mein Betreiben hin nach ihrem Tod gemietet?

Mark ist nicht unvermögend. Seine Eltern sind vor ein paar Jahren bei einem Flugzeugabsturz in den französischen Alpen ums Leben gekommen. Ein junger deutscher Pilot hatte den Absturz in selbstmörderischer Absicht herbeigeführt und alle Passagiere mit in den Tod gerissen. Es war ein schreckliches Unglück, das wochenlang durch die Presse ging.

Mark als ihr einziges Kind erbte ein nicht unbeträchtliches Vermögen von, soweit ich weiß, mehreren Millionen. Vielleicht ist dieser Bungalow eine Art Investition. Immobilien sind, wie man überall liest, eine gute und krisensichere Wertanlage.

Doch egal, wie ich es auch drehe und wende: Als Tatsache bleibt bestehen, dass Mark mich angelogen hat. Aus welchem Grund? Das begreife ich nicht. Warum hat er nicht gesagt: *Du, ich habe als Kapitalanlage ein Haus gekauft, da können wir erst mal hin.*

Zum ersten Mal frage ich mich, wie gut ich den Mann, mit dem ich zusammenlebe, eigentlich kenne.

5

Mark und ich haben uns über ein Dating-Portal im Internet kennengelernt. Ich war aus einem kleinen Kaff nahe der französischen Grenze nach Berlin *geflüchtet* und erst seit wenigen Monaten in der Stadt. Nicht dass es mich in eine Großstadt gezogen hätte, aber ich wollte so weit weg wie möglich von meiner Mutter, und in Berlin wurde mir eine Stelle mit einem attraktiven Gehalt angeboten.

Meine Mutter hatte mich nach dem plötzlichen Tod meines Vaters vor ein paar Jahren so sehr vereinnahmt, dass mir kein Raum mehr für mich und mein Leben geblieben war. Sie beanspruchte mich in jeder freien Minute, Tag und Nacht. Mein damaliger Freund machte das nicht lange mit und trennte sich wegen meines *Mutterkomplexes* von mir, was er mir in einer kurzen Nachricht über WhatsApp mitteilte. Ich hatte schon immer ein Händchen für die richtig miesen Typen gehabt. Aber mit dieser Nummer hat er mir zumindest klar gemacht, dass es so nicht weitergehen konnte.

Doch erst mit Hilfe einer Therapie habe ich es geschafft, mich emotional von ihr zu lösen. Doch je weiter ich mich von ihr entfernte, desto mehr klammerte sie sich an mich. Wenn ich mich verweigerte, schimpfte sie mich eine *rücksichtslose Egoistin* und drohte mit Selbstmord. Irgendwann sah ich keinen anderen Ausweg als Flucht. Seitdem hat sie den Kontakt zu mir abgebrochen und reagiert auf keine meiner zugegeben seltenen Annäherungsversuche.

So gesehen habe ich es ihr zu verdanken, dass es mich nach Berlin verschlagen hat und ich hier in Mark die Liebe meines Lebens gefunden habe. Die erste Zeit war hart für mich. Die Größe der Stadt schüchterte mich ein und ich kam mir fremd und verloren vor. Zudem befremdete mich die Rücksichtslosigkeit, mit der viele Menschen unterwegs waren. Kaum jemand schien Zeit für ein Dankeschön oder ein Lächeln zu haben. Jeder Zweite hastete, den Blick fest auf das Handy gerichtet und blind für die Umgebung, irgendeinem Ziel entgegen. Die Stimmung erschien mir kalt und zuweilen äußerst aggressiv.

Ohne meinen Job in der Kita wäre ich wahrscheinlich bereits nach wenigen Wochen reumütig in mein Heimatdorf zurückgekehrt. Die Kolleginnen nahmen mich herzlich in ihrer Mitte auf und waren ohne Ausnahme freundlich und zuvorkommend. Auch mit den Kindern kam ich wunderbar klar. Sie mochten mich und zeigten mir das gerne und oft. Zu meinem Glück fehlte mir nur noch der richtige Mann an meiner Seite. Ich ging auf die dreißig zu und wünschte mir sehnlichst eine Familie und Kinder. Sonja, eine Kollegin, mit der ich mich angefreundet hatte, redete mir zu, mich im Internet bei einem Dating-Portal anzumelden.

»In einer Kneipe oder auf einer dieser beknackten Single-Partys lernst du keinen vernünftigen Kerl kennen. Glaub mir, ich hab's versucht. Entweder hatten die Typen einen an der Klatsche oder es waren frustrierte Ehemänner in der Midlifecrisis, die sich beweisen wollten, dass sie bei einer jungen, einigermaßen attraktiven Frau doch noch einen hochkriegen«, schimpfte sie, während sie der dreijährigen Mia die kleine Rotznase putzte.

Ich schüttelte lachend den Kopf und versicherte ihr, dass das für mich nicht in Frage käme. Zwei Tage später war ich angemeldet. Schadet ja nichts, dachte ich mir. Weitere zwei Tage später kontaktierte mich Mark. Sein Foto sagte nicht viel über ihn aus. Es war von der Seite aufgenommen und er warf demjenigen, der ihn fotografierte, über die Schulter einen schelmischen Blick zu, seine dunklen Haare waren windzerzaust. Er sah nett aus, mehr nicht. Das beruhigte mich. Ein schöner Mann hätte mich verunsichert. So war ich zwar aufgeregt, aber dennoch relativ entspannt, als wir uns nach zwei durchchatteten Nächten und einem dreistündigen Telefonat am nächsten Tag zum Essen verabredeten.

Ich habe nie an Liebe auf den ersten Blick geglaubt, und streng genommen war es der zweite Blick, ich kannte ihn ja bereits von seinem Foto. Aber als Mark mir gegenüberstand und wir uns anschauten, hat es buchstäblich gefunkt. Die Luft schien zwischen uns zu knistern. Ich habe so etwas noch nie zuvor erlebt. Wir verstanden uns auf Anhieb. Es war, als würden wir uns schon ewig kennen. Nach dem Essen spazierten wir im nahe gelegenen Treptower Park durch den leichten Nieselregen am Kanal entlang und sprachen über unsere Lieblingsbücher.

Irgendwann nahm er wie selbstverständlich meine Hand. Mein Herz klopfte in freudiger Erwartung immer schneller. Schweigend gingen wir noch ein paar Schritte, blieben stehen, sahen uns an und lachten. Dann machten wir kehrt, rannten Hand in Hand zu seinem Auto und fuhren in atemloser Übereinkunft zu ihm. Ich glaubte, vor Glück zerspringen zu müssen.

Die beiden nächsten Tage kamen wir nicht aus dem Bett. Gott sei Dank war Wochenende, sonst hätte ich mich vermutlich krankgemeldet und nicht mal ein schlechtes Gewissen dabei gehabt. Nach vier Wochen zog ich mit Sack und Pack bei ihm ein. Mark wohnte in Berlin-Mitte und hatte eindeutig die schönere und größere Wohnung. Es dauerte keine drei Monate, da war ich schwanger. Trotz Pille. Mark reagierte einfach wundervoll, als ich es ihm etwas verschämt gestand. Wir hatten nie über Kinder geredet. Dafür war es noch zu früh. Er nahm mich in die Arme und sagte: »Ein Kind bedeutet die Krönung unserer Liebe.« In dem Moment hielt ich mich für die glücklichste Frau auf der Welt.

Und doch überkam mich an manchen Tagen das Gefühl, nicht mehr Schritt halten zu können und meinem Leben, das sich so rasant verändert hatte, atemlos hinterherzuhetzen.

6

Unruhig tigere ich durch das Haus. Von Marks Arbeitszimmer in die Küche, von dort ins Wohnzimmer und wieder zurück ins Arbeitszimmer.

Mark hat dich belogen.

Der Satz rotiert in einer Endlosschleife durch meinen Kopf.

Ich nehme den Kaufvertrag noch mal zur Hand und vergewissere mich, dass ich mich mit dem Datum nicht geirrt habe. Meine Verärgerung über seinen Vertrauensbruch schlägt in Wut um. Ich feuere das Dokument auf seinen Schreibtisch und will mich abwenden, als mir auffällt, dass etwas zwischen den Seiten herauslugt. Neugierig ziehe ich es heraus und erschrecke so, dass ein Zittern meinen Körper erfasst. Das Fundstück entgleitet mir und segelt zu Boden.

Ich muss mich getäuscht haben. Das war … keine Ahnung was, wahrscheinlich eine Art Halluzination. Eine Nachwirkung der Beruhigungstabletten, die ich wochenlang genommen habe. Vielleicht liegt es auch an den Schlaftabletten. Zum x-ten Mal nehme ich mir vor, endlich damit aufzuhören.

Mit zittrigen Fingern greife ich nach dem Foto. Die Aufnahme ist etwas verwackelt. Ein Windstoß scheint der Frau die langen Haare ins Gesicht geweht zu haben. Nur ihr lachender Mund ist zwischen zwei Strähnen zu sehen. Sie hat die Hand gehoben, wohl um sie wegzuwischen, und in diesem Moment hat der Fotograf auf den Auslöser gedrückt. Wer ist diese Frau? Das Mädchen auf ihrem Arm habe ich auf Anhieb erkannt. Das ist mein Kind. Das ist Charlotte.

Ihr liebes rosiges Gesichtchen strahlt vor Glück. Sie wirkt so fröhlich, so lebendig. Meine Kehle schnürt sich zusammen und Tränen verschleiern meinen Blick. Die Trauer über ihren Tod überwältigt mich, der Schmerz ist so stark, dass ich mich wimmernd krümme. Mit dem Foto in der Hand wanke ich ins Wohnzimmer und lasse mich aufs Sofa fallen. Es dauert eine Weile, bis meine Tränen versiegt sind und ich wieder halbwegs klar denken kann.

Noch mal schaue ich mir die Aufnahme an. Wieso bewahrt Mark sie auf? Wer ist diese Frau? Eifersucht regt sich in mir. Mark mag es nicht, wenn ich ihn im Krankenhaus anrufe. Das hat er mir gleich am Anfang unserer Beziehung zu verstehen gegeben: mit netten, aber sehr bestimmten Worten. Bisher habe ich mich auch immer an das Verbot gehalten. Doch ich kann unmöglich bis morgen warten. Ich muss wissen, warum er gelogen hat und wer diese Frau ist.

Mein Handy ist nicht in meiner Handtasche, wo ich es vermutet habe. Wann habe ich es das letzte Mal in der Hand gehabt? Gestern? Ich kann mich beim besten Willen nicht erinnern. Vielleicht habe ich es zum Aufladen irgendwo hingelegt und vergessen. Das Aufladekabel steckt im Wohnzimmer in der Steckdose neben der Kommode, allerdings ohne Handy. Ich suche das ganze Haus danach ab, wende die Kissen, schaue unter unser Bett im Schlafzimmer, öffne alle Schubladen und zu guter Letzt durchwühle ich sogar den Müll. Das Handy bleibt verschwunden.

Mit hängenden Schultern bleibe ich mitten im Wohnzimmer stehen und starre aus dem Fenster in den braunen Matsch, der einmal ein Garten mit Rasen und Blumenbeeten werden soll. Es fällt mir schwer, mir das vorzustellen. Ich überlege, ob ich rüber zu Leonie gehen soll, um sie zu bitten, ihr Telefon benutzen zu dürfen, verwerfe den Gedanken aber wieder. Das ist keine gute Idee. Womöglich belauscht sie das Gespräch und bekommt mehr mit, als mir lieb ist.

Der Wind peitscht den Regen gegen die Scheibe des großen Fensters zur noch nicht existenten Terrasse. Das Wasser rinnt in Bächen das Glas hinab. Ein Gefühl der Trostlosigkeit überkommt mich mit einer Heftigkeit, gegen die ich nur eine Gegenwehr kenne. Ich rolle mich auf dem Sofa wie ein Igel zusammen, ziehe die Wolldecke über mich und tauche ab in einen tiefen Schlaf.

Ich werde wach, weil ich friere. Im Mund habe ich einen pappigen Geschmack, meine Augen brennen und fühlen sich verschwollen an. Benommen richte ich mich auf. Draußen vor dem Terrassenfenster ist es stockdunkel. Die Stille im Haus ist so tief, dass es beängstigend ist. Stöhnend erhebe ich mich und knipse das Licht an. In Socken schlurfe ich in die Küche und trinke eine Flasche Wasser in einem Zug halb leer.

Das Foto von Charlotte und der Unbekannten liegt auf dem Küchentisch. Habe ich es dahin getan? Ich kann mich nicht erinnern. In einem Reflex schnappe ich mir eine Schere und schneide die Frau weg. Dann küsse ich das liebe Gesicht meiner süßen kleinen Tochter. Den anderen Teil mit der Unbekannten zerschneide ich in kleine Stücke und werfe sie in die Mülltonne.

Im Haus gegenüber brennt Licht. Hinter dem Fenster sehe ich die Silhouette von Leonie. Auf ihrer Hüfte hält sie die kleine Lilli. Jetzt schiebt sie das Kind ein bisschen höher und hebt ihr Gesicht dem Mann entgegen, der an sie herangetreten ist. Sie küssen sich, während er der Kleinen in einer zärtlichen Geste über den Kopf streichelt.

Mit einer Mischung aus Sehnsucht und Neid beobachte ich die Szene, die mir wie pures Glück erscheint. Ich würde alles, wirklich alles dafür geben, jetzt an Leonies Stelle zu sein. Und sei es nur für einen Tag. Ach was, selbst für eine einzige Stunde würde ich mit ihr tauschen. Noch einmal meine kleine Tochter im Arm halten und sie liebkosen, auch wenn es nur eine Illusion wäre.

In dieser Sekunde reißt mich das Motorgeräusch eines Autos aus meinem sehnsüchtigen Wunschtraum. Kommt Mark entgegen seiner Ankündigung doch nach Hause? Schnell lasse ich das zerschnittene Foto in meiner Hosentasche verschwinden und recke den Hals. Ein Wagen hält direkt vor unserem Haus. Es ist nicht Marks Auto, es ist ein alter Mercedes. Die einzige Automarke, die ich auf Anhieb erkenne. Mein Ex fuhr so einen Schlitten. Es hat etwas gedauert, bis mir aufgegangen ist, dass nicht ich die Nummer eins in seinem Leben war, sondern seine heißgeliebte Karre.

Gespannt warte ich darauf, dass die Wagentür sich öffnet und jemand aussteigt. Aber es tut sich nichts. Wie merkwürdig. Instinktiv weiche ich ein Stück vom Fenster in die Dunkelheit zurück, behalte das Fahrzeug aber genau im Auge. Ob hinter dem Steuer ein Mann oder eine Frau sitzt, kann ich in der funzeligen Straßenbeleuchtung nicht erkennen. Die Person ist nichts weiter als ein vager Schattenriss. Warum steigt sie nicht aus? Beobachtet sie unser Haus? Gegenüber bei den Hemms ist das Licht erloschen. Panik steigt in mir hoch. Ich kann nicht mal die Polizei verständigen.

7

Ich starre auf den Wagen vorm Haus und überlege fieberhaft, was ich tun soll. Da öffnet sich langsam die Fahrertür. Im schwachen Lichtschein erkenne ich, dass es ein Mann ist, der aussteigt. Er drückt die Tür ins Schloss und wendet sich dem Bungalow zu. Mein Herzschlag beschleunigt sich. Kurz verharrt er auf der Stelle, dann zieht er sich eine Kapuze über den Kopf und setzt sich in Bewegung.

Ich weiche einen Schritt in den Raum zurück, behalte ihn aber weiterhin im Auge. Am Briefkasten stoppt er und beugt sich hinunter. Seine Hand fährt in die Jackentasche und kommt mit einem Handy wieder zum Vorschein. Er hält es so vor sich, als wolle er unseren Briefkasten fotografieren. Was soll das denn?

Keine Ahnung, was in der Sekunde in mich fährt. Meine Panik ist wie weggeblasen. Ich ignoriere die Warnsignale, die mein Verstand aussendet, und stürze zur Haustür. Kalte feuchte Luft schlägt mir entgegen, als ich sie aufreiße. Der böige Wind verfängt sich in meinen Haaren, ich wische sie mir aus dem Gesicht und trete vors Haus. Augenblicklich springt der Bewegungsmelder an und taucht die nähere Umgebung in gleißend helles Licht.

»Was machen Sie da?«, frage ich scharf.

Der Mann zuckt zusammen und lässt das Handy in der Jackentasche verschwinden. Er trägt eine dicke Lederjacke mit einer Stoffkapuze, die er sich tief ins Gesicht gezogen hat.

»Verschwinden Sie oder ich rufe die Polizei.« Ich mache einen Schritt auf ihn zu. Hinter mir erlischt das Licht des Bewegungsmelders.

Er wendet sich mir zu, das Gesicht ist im Dunkeln, seine Augen scheinen zu glühen. Jetzt bekomme ich es doch mit der Angst zu tun. Über meine Schulter hinweg rufe ich mit lauter Stimme: »Mark, kommst du bitte mal? Hier ist jemand, ich glaube, der will zu dir.«

Mein Ruf ist noch nicht ganz verklungen, da macht der Fremde kehrt und ist mit wenigen Schritten bei seinem Auto. Er steigt ein und startet den Motor.

Das Kennzeichen, schießt es mir durch den Kopf. *Das musst du dir für alle Fälle merken.*

Ich eile auf die Straße und sehe dem Wagen hinterher, der mit hoher Geschwindigkeit davonrast. Schlamm und Wasser spritzen hoch, das Nummernschild ist so verdreckt, dass ich gerade noch das B für Berlin erkennen kann. Dann wird das Fahrzeug von der Dunkelheit verschluckt.

Erst als hinter mir die Haustür mit einem lauten Knall ins Schloss fällt, spüre ich die Nässe an meinen Fußsohlen und schaue an mir herunter. Ich bin in Socken, trage meine heißgeliebte Jogginghose mit den ausgebeulten Knien und ein mit Kaffeeflecken übersätes Sweatshirt, das mir viel zu groß ist, weil es eigentlich Mark gehört.

»Scheiße«, fluche ich laut und wiederhole es gleich noch zweimal. »Scheiße! Scheiße!«

Bei den Hemms ist alles dunkel. Ich habe nicht die geringste Ahnung, wie spät es ist. Sicher schlafen sie schon. Aber ich kann die Nacht unmöglich im Freien verbringen, nicht bei dieser Witterung. Mit inzwischen nicht nur nassen, sondern auch eiskalten Füßen rutsche ich mehr, als dass ich gehe, durch den Matsch auf die andere Straßenseite. Vor der Tür zögere ich. Aus dem Hausinneren dringt kein Laut an mein Ohr. Gott, ist mir das peinlich, doch ich habe keine Wahl. Ich zittere jetzt schon vor Kälte am ganzen Körper. Ich hole tief Luft, nehme all meinen Mut zusammen und drücke auf den Klingelknopf.

Sofort flammt Licht hinter der Türverglasung auf, ein Schlüssel dreht sich im Schloss und Leonie, in eine dicke Strickweste gewickelt, öffnet die Tür. Ihr Augen weiten sich bei meinem Anblick.

»Rina, ist was passiert?«, fragt sie erschrocken.

»Nein, nein«, erwidere ich und zeige mit dem Daumen hinter mich. »Ich habe mich ausgesperrt. Die Haustür ist zugefallen und ich habe keinen Schlüssel. Und Mark hat Nachtdienst«, stammele ich.

»Du bist ja in Socken«, stellt sie erstaunt fest. Ihr Blick wandert von meinen Füßen hoch zu meinem Gesicht.

»Das kann ich erklären«, versichere ich schnell.

»Komm erst mal rein«, unterbricht sie mich. »Du zitterst ja vor Kälte.« Sie tritt zur Seite, damit ich an ihr vorbeikomme, und drückt die Tür zu. »Zieh die nassen Socken aus, sonst erkältest du dich noch. Du kannst welche von mir haben.«

»Wer ist es denn, Liebling?«, ertönt eine männliche Stimme.

»Rina von gegenüber«, antwortet Leonie. »Warte hier, ich bin gleich wieder da«, sagt sie zu mir und eilt davon.

Aus dem Wohnzimmer tritt ein Bär von einem Mann und reicht mir mit einem breiten Lächeln die Hand. Er ist so groß, dass ich den Kopf in den Nacken legen muss, um zu ihm aufsehen zu können. Selbst die üppige Leonie muss sich in seinen Armen wie eine zerbrechliche Puppe vorkommen, schießt es mir durch den Kopf. Meine kleine

Hand verschwindet fast gänzlich in seiner großen Pranke. Er strahlt eine unbekümmerte Offenheit aus, die ihn mir sofort sympathisch macht.

»Guten Abend, Rina«, sagt er. »Ich darf dich doch Rina nennen?«

»Natürlich«, versichere ich und erwidere sein Lächeln.

»Ich bin Rainer«, sagt er. »Leonies Mann«, schiebt er hinterher.

»Du hast immer noch die nassen Socken an«, schimpft Leonie, die mit einem trockenen Paar in der Hand bei uns auftaucht.

Während ich mich bücke, um nass und verdreckt gegen trocken und sauber auszutauschen, bietet sie mir an, bei ihnen zu übernachten.

»Wenn es dich nicht stört, über die Umzugskisten zu klettern, die überall rumstehen, kannst du gerne auf dem Sofa im Wohnzimmer übernachten. Du musst nur damit rechnen, dass Lilli sich mitten in der Nacht lautstark meldet und dich aus dem Schlaf reißt. Die Kleine macht zurzeit jeder Sirene Konkurrenz.«

Rainer und Leonie tauschen einen liebevollen Blick. Man sieht ihnen an, wie glücklich sie miteinander sind. Was immer Mark von Leonie wollte, eine Affäre haben die beiden garantiert nicht. Das wird mir in diesem Moment klar. Und mir wird noch etwas anderes schmerzlich bewusst: Die Liebe, die in Rainers Augen aufgeleuchtet ist, als er seine Frau angeschaut hat, habe ich in Marks Blicken nur bemerkt, wenn er Charlotte im Arm hielt. Mich hat er noch nie so angesehen.

Meine Kehle schnürt sich zu. Ich schlucke schwer an dem Kloß. »Vielen Dank für das nette Angebot«, sage ich mit heiser klingender Stimme. »Die Tür ist nur zugefallen.

Mit einem stabilen Draht oder einer Plastikkarte bekomme ich sie im Handumdrehen wieder auf. Mein Onkel hatte einen Schlüsseldienst«, füge ich schnell hinzu, als mich die erstaunten Blicke der beiden treffen. »Er hat mir schon als Kind den einen oder anderen Kniff beigebracht.«

»Irgendwo habe ich eine Rolle Draht. Hoffentlich habe ich sie noch nicht eingepackt. Ich schau schnell mal nach.« Rainer verschwindet hinter der Tür zum Hauswirtschaftsraum.

Leonie öffnet den Schuhschrank und reicht mir ein paar Halbschuhe. »Zieh die besser an.« Sie zögert und wirft mir einen Blick zu, den ich nicht deuten kann. »Warum bist du eigentlich bei dem Wetter ohne Schuhe aus dem Haus?«, fragt sie und sieht mich mit hochgezogenen Augenbrauen an.

»Da war ein Auto, das direkt vor unserem Haus gehalten hat. Aber es ist niemand ausgestiegen. Erst nach eine Weile kam dann ein Mann heraus. Er hat unseren Briefkasten fotografiert, was ich seltsam fand und da bin ich, ohne groß nachzudenken, zur Tür und …« Ich merke selbst, wie konfus meine Erklärung klingt, und unterbreche mich mitten im Satz.

»Was wollte er denn?«, fragt Leonie neugierig nach.

»Keine Ahnung. Als ich ihn angesprochen habe, ist er zurück zu seinem Auto gerannt und auf und davon. Dann kam eine Bö und hinter meinem Rücken ist die Haustür zugefallen.« Ich verziehe den Mund und zucke die Schultern.

»Merkwürdige Geschichte«, sagt Leonie nachdenklich. Den Blick, den sie mir zuwirft, kann ich nicht so recht deuten.

»Das finde ich auch.«

Rainer kommt zurück und präsentiert stolz eine Rolle

Draht. »Wie viel davon brauchst du?« Er zückt die Kneifzange, die er in der anderen Hand bereithält.

»Nur ein kleines Stück oder besser zwei«, sage ich und zeige mit Daumen und Zeigefinger die Länge an. »Und wenn ich mir die Zange auch borgen könnte?«

»Kein Problem.« Er reicht mir das Gewünschte und lächelt sein offenes Lächeln.

»Vielen Dank. Und entschuldigt den Überfall«, sage ich.

»Keine Ursache. Dafür sind Nachbarn schließlich da«, antwortet er herzlich.

»Sag mal, Rainer, hast du vorhin einen Wagen auf der Straße vor Rinas und Marks Haus gesehen?«, wendet sich Leonie an ihren Mann.

»Nein«, antwortet er ohne ein Zögern. »Aber ich war auch die ganze Zeit hinten im Wohnzimmer mit Packen beschäftigt.«

»Schon recht seltsam, das Ganze«, sagt Leonie.

Etwas in ihrer Stimme lässt mich aufhorchen. Glaubt sie mir nicht?

»Wenn der Typ noch mal auftauchen sollte, ruf uns am besten sofort an«, sagt sie.

Ich verkneife es mir, ihr anzuvertrauen, dass ich mein Handy nicht finden kann, und sage: »Mach ich«.

Leonie kramt in der Seitentasche ihrer Strickweste, zieht eine Visitenkarte heraus und reicht sie mir. »Da stehen meine Handynummer und die Festnetznummer drauf. Du kannst jederzeit durchklingeln, wenn etwas ist, ja? Auch mitten in der Nacht.«

Ich höre Besorgnis aus ihren Worten heraus und bedanke mich höflich. Dann wünsche ich eine gute Nacht und verabschiede mich. Die Visitenkarte schiebe ich in die Seitentasche meiner Jogginghose.

Warum zum Teufel behandelt mich Leonie wie ein unmündiges Kind? Hat Mark mit ihr über mich gesprochen? War er aus dem Grund letztens bei ihr? Weiß sie, was passiert ist? Hält sie mich für psychisch labil?

Mit gesenktem Kopf haste ich durch den aufgeweichten Matsch über die Straße. Unvermittelt setzt der Regen wieder ein und der heftige Wind peitscht mir die dicken Tropfen ins Gesicht. Wie Tränen rinnen sie mir über die Wangen.

8

Das Schloss zu knacken ist ein Kinderspiel. Aber der Regen prasselt die ganze Zeit auf mich herab, sodass ich völlig durchnässt bin, als ich in die Diele stolpere. Leonies Halbschuhe haben auch gelitten. Sie sind mit braunem Matsch verdreckt, sodass man die ursprüngliche Farbe Rot nur noch erahnen kann. Ich streife sie ab und entledige mich an Ort und Stelle meiner nassen Kleidung.

Nackt begebe ich mich in die Küche und setze Teewasser auf. Anschließend hülle ich mich in meinen flauschigen Frotteebademantel und lasse mich mit einer Tasse Tee der Marke Sleep Well im Wohnzimmer auf dem Sofa nieder. Nachdenklich schlürfe ich die heiße Flüssigkeit in kleinen Schlucken. Leonies merkwürdiges Verhalten geht mir nicht aus dem Kopf. Mark muss ihr etwas über mich erzählt haben. Oder bilde ich mir nur ein, dass sie mich mit einer Mischung aus Sorge und Mitleid gemustert hat, als ich ihr von dem Fremden erzählt habe? Ich seufze. Warum fällt es mir so schwer, zu unterscheiden, was Realität und was Einbildung ist. Meine Unsicherheit Menschen gegenüber und mein mangelndes Selbstbewusstsein verleiten mich oftmals dazu, etwas Falsches in das Verhalten anderer hineinzuinterpretieren.

Einige Zeit später falle ich todmüde ins Bett, dennoch greife ich aus Gewohnheit nach der Schachtel mit dem Schlafmittel, die ich in der Nachttischschublade aufbewahre. Nach kurzem Zögern drücke ich eine Tablette aus dem Blister, halbiere sie und spüle sie mit einem Schluck Wasser hinunter. Ab morgen versuche ich es ohne, beschließe ich, um mein schlechtes Gewissen zu beruhigen.

Ich bin schon fast eingeschlafen, als mir siedend heiß einfällt, dass ich vergessen habe, abzuschließen. Obwohl die Müdigkeit mich tief in die weiche Matratze drückt, raffe ich mich auf und tappe benommen zur Haustür. Ich nehme den Schlüssel vom Schlüsselbrett und schließe ab. Auf dem Weg zurück ins Bett schlafe ich schon halb.

Ein Geräusch weckt mich. Mit einem Schlag bin ich hellwach. Was war das? Ich halte die Luft an und lausche in das undurchdringliche Dunkel des Schlafzimmers. Das stete Trommelgeräusch kommt sicher von dem Regen, der aus der überlaufenden Dachrinne auf die Erde pladdert. Hat mich das geweckt? Ich richte mich auf, um die Lampe auf dem Nachttisch einzuschalten, und erstarre mitten in der Bewegung. Das gerade war eindeutig ein Rumpeln, als hätte jemand versehentlich etwas umgestoßen. Mein Herz rast. Ein Einbrecher? Ist der Mann von vorhin zurückgekommen und hat sich Zutritt zum Haus verschafft? Habe ich die Haustür abgeschlossen, bevor ich ins Bett bin? Ja. Nein. Ich weiß es nicht mehr.

Mein Blick sucht die Schlafzimmertür, deren Umrisse sich jetzt, da meine Augen sich auf die Dunkelheit eingestellt haben, schemenhaft aus der Düsternis des Raumes herausschälen. Wie paralysiert starre ich auf das unscharfe Rechteck der Tür. Ich bin in eine Art Schockstarre verfallen, unfähig, mich zu rühren. Sind das Schritte? Schleicht jemand durchs Haus? Mein Atem geht schnell und keuchend. Mein Herz geht in den Schleudergang. Gleich! Gleich öffnet sich die Tür und …

Ich verscheuche den Gedanken, ich will mir nicht vorstellen, was dann passieren könnte. Panisch kralle ich beide Hände in die Bettdecke und halte meine Augen starr auf die Tür gerichtet. Hat sich die Klinke bewegt? Oder habe ich mir das nur eingebildet?

Durch die Lamellen der geschlossenen Jalousie sickert erstes graues Tageslicht ins Zimmer und gibt den Möbeln ihre Konturen zurück. Im Haus ist alles still. Lungert der Eindringling vor der Schlafzimmertür und wartet nur darauf, dass ich rauskomme? Treibt er ein Spielchen mit mir?

Du musst dich einschließen, signalisiert mein Verstand. Ich nehme all meinen Mut zusammen und steige so leise wie möglich aus dem Bett. Barfuß schleiche ich zur Zimmertür. Wo verdammt ist der Schlüssel? Wieso steckt er nicht im Schloss? Unwillkürlich halte ich die Luft an, atme geräuschlos durch die Nase aus und lege ein Ohr an das Türblatt. Nichts! Kein Laut, kein Geräusch. Nichts.

Da ist niemand, das hast du dir mal wieder eingebildet, sagt mir mein Verstand. Doch mein Gefühl sagt etwas anderes.

Ich husche zum Kleiderschrank, nehme einen der High Heels mit den zehn Zentimeter hohen Absätzen heraus, die Mark mir geschenkt hat, und die ich nur ein einziges Mal und nur ihm zuliebe getragen habe. Damit bewaffnet drücke ich mich neben dem Türrahmen an die Wand. Alles in mir ist zittrige Aufregung. Ich stiere auf die Türklinke, bis ich schiele und meine Augen zu tränen anfangen. Ich schließe sie und in dem Moment, in dem ich sie wieder aufreiße, bewegt sich die Klinke in Zeitlupe nach unten. Der Schreck fährt mir wie ein Stromschlag durch den Körper. Ich hebe den Arm, der Schuh in meiner Hand zittert. Doch die Tür öffnet sich nicht. Die Klinke ist wieder in der alten Position.

Einbildung, alles Einbildung, höhnt die Stimme in meinem Hinterkopf.

Dennoch wage ich nicht, mich vom Fleck zu rühren. Als nach einer Weile, die mir wie eine Ewigkeit vorkommt, die ersten Strahlen der Sonne durch die Jalousie blinzeln und sich die Anspannung in meinen Muskeln schmerzhaft bemerkbar macht, fasse ich einen Entschluss. Auch wenn mir allein bei der Vorstellung, die Tür zu öffnen, aus allen Poren der Schweiß ausbricht. Am liebsten würde ich mich hier im Schlafzimmer verbarrikadieren, bis Mark nach Hause kommt. Aber das kann noch Stunden dauern und meine Blase macht sich immer dringlicher bemerkbar. Ich habe keine Wahl. Ich muss jetzt da raus und nachsehen, ob da jemand im Haus ist.

Ich hole tief Luft und öffne leise die Tür. Den Schuh in der erhobenen rechten Hand, den spitzen Pfennigabsatz nach vorne gerichtet mache ich einen zaghaften Schritt aus dem Zimmer. Mein Blick fliegt nach rechts, dann nach links. Nichts. Bis auf das leise Blubbern des Kühlschrankes in der Küche ist es still im Haus. Mutig geworden inspiziere ich jedes Zimmer, schaue hinter jeden Vorhang, sogar unter Marks Schreibtisch sehe ich nach und in der Duschkabine. Außer mir ist kein Mensch hier. Alles ist an seinem Platz. Also kann auch kein Einbrecher am Werk gewesen sein.

Ich lasse den Stöckelschuh fallen und stürze ins Bad zur Toilette. Danach fühle ich mich für einen kleinen Moment etwas besser. Doch das mulmige Gefühl, nicht allein im Haus zu sein, überwältigt mich erneut. Ein zweites Mal durchsuche ich akribisch die Zimmer. Mit dem gleichen Ergebnis. Außer mir befindet sich niemand im Haus. Es sei denn, es gibt ein geheimes Versteck. Der Gedanke beunruhigt mich, auch wenn ich nicht weiß, wo so etwas sein könnte. Es gibt hier keinen Keller und einen Dachboden hat der Bungalow auch nicht.

Aber jemand muss im Haus gewesen sein. Ich habe doch Schritte gehört.

Da bist du dir sicher, ja? Du warst dir auch sicher, dass das kleine Mädchen an der Hand einer Besucherin in der Reha deine Tochter ist. Du hast dich auf das Kind gestürzt und versucht, es von seiner Mutter wegzuzerren. Schon vergessen?

Ich lasse mich auf einen Stuhl in der Küche fallen, verberge mein Gesicht in den Händen und stöhne verzweifelt auf. Ich bin so durcheinander, dass ich keinen klaren Gedanken mehr fassen kann.

Nach einer Weile wird mir kalt in meinem dünnen Nachthemd und ich stakse ins Schlafzimmer, um mich anzuziehen. Anschließend mache ich mir einen Kaffee, setze mich an den Küchentisch und schaue aus dem Fenster auf das Nachbarhaus. Ich muss Leonie ihre Schuhe und die Socken zurückbringen, fällt mir ein. Vielleicht mache ich anschließend einen Spaziergang ins Dorf. Alles ist besser, als hier rumzusitzen und darauf zu warten, dass Mark endlich nach Hause kommt.

Ich säubere Leonies Schuhe, so gut es geht, unter fließendem Wasser, danach klaube ich die Socken vom Boden in der Diele und greife nach dem Schlüssel am Schlüsselbrett. Der Haken, an dem er hängen müsste, ist leer. Habe ich ihn entgegen meiner Gewohnheit im Halbschlaf versehentlich woanders hingetan? Ich suche in meinen Mantel- und Jackentaschen, sehe in meinem Rucksack nach, in der Garderobenschublade und anschließend durchforste ich das gesamte Haus. Mittlerweile kenne ich jeden Winkel von diesem verdammten Bungalow. Der Schlüssel bleibt verschwunden.

Ob der nächtliche Eindringling ihn mitgenommen hat? Ich haste zur Haustür und drücke die Klinke herunter. Die Tür ist abgeschlossen.

9

Wie soll ich diesen Tag überstehen? Kurz erwäge ich, aus dem Fenster zu klettern, um die Zeitung aus dem Briefkasten zu nehmen, aber es regnet schon wieder in Strömen. Es wäre das erste Mal seit dem Unglück, dass ich in eine Tageszeitung schaue. Das habe ich bisher immer vermieden. Außerdem besteht die Gefahr, dass Leonie oder Rainer mich dabei beobachten und ich möchte nicht in Erklärungsnöte kommen. Also verwerfe ich den Gedanken wieder.

Ich schaue ständig aus dem Fenster und suche mit den Augen die Straße ab aus Angst, der nächtliche Besucher könnte zurückkommen. Aus der Küchenschublade habe ich mir unser größtes und schärfstes Messer gegriffen, das ich kaum aus der Hand lege, damit ich mich notfalls zur Wehr setzen kann. Zum ersten Mal in meinem Leben stelle ich mir die Frage, ob ich in der Lage wäre, jemanden zu töten. Eine Antwort darauf finde ich nicht. Wahrscheinlich stellt sich das erst dann heraus, wenn man in eine lebensbedrohliche Situation gerät. Ich hoffe und bete, dass es so weit nicht kommen wird. In einem fort schaue ich auf die Uhr, die Minuten scheinen quälend langsam zu vergehen. Die Zeit dehnt sich ins Endlose. Wo bleibt Mark bloß?

Irgendwann am späten Nachmittag sehe ich Leonie, die unter einem überdimensionierten roten Regenschirm über die Straße auf unser Haus zueilt. Ich ziehe mich schnell in einen nicht einsehbaren Winkel der Küche zurück. Obwohl ich damit rechne, zucke ich zusammen, als das Läuten der Klingel durch das Haus tönt. Sie versucht es ein zweites Mal, ich verhalte mich mucksmäuschenstill, dann kehrt wieder Ruhe ein.

Es dämmert bereits, als Marks Wagen vorfährt. Mittlerweile bin ich so zermürbt von dem stundenlangen Warten, dass ich ihm schon in der Diele weinend um den Hals falle.

»Um Gottes willen, was ist denn passiert?«, fragt Mark erschrocken. »Warum hast du dich denn eingeschlossen?«

Er schiebt mich von sich und bemerkt das Messer, dessen Schaft ich mit der rechten Hand umklammert halte. Seine Augen weiten sich. »Was willst du denn damit?«

Er legt die vom Regen durchfeuchtete Zeitung beiseite und nimmt mir vorsichtig das Messer ab. Noch immer heulend lasse ich mich von ihm ins Wohnzimmer führen, wo er mich sanft in einen der Sessel drückt.

»So, jetzt erzähl mal, was los ist«, fordert er mich auf und reicht mir ein Taschentuch.

»Da hielt gestern Abend ein Auto vor unserem Haus«, bricht es aus mir heraus. Ich putze mir umständlich die Nase, schniefe noch ein bisschen und erzähle ihm alles.

»Wie sah der Mann aus?« Marks Stimme klingt scharf.

»Das weiß ich nicht. Es war dunkel und er hatte eine Kapuze über dem Kopf.«

»Hast du dir das Kennzeichen des Wagens notiert?«

»Ich konnte leider nur das B für Berlin erkennen«, sage ich. »Aber die Automarke habe ich erkannt: Es war ein alter Mercedes Benz in beige.«

»Ein alter Mercedes«, wiederholt Mark gedehnt. »Ich fürchte, damit kommen wir nicht weiter. Für eine Anzeige ist das zu wenig.«

»Das ist noch nicht alles«, sage ich. »Heute Nacht ist jemand im Haus rumgeschlichen.«

»Wie bitte?« Mark starrt mich entgeistert an. »Hast du jemanden gesehen? Hast du die Polizei gerufen?«

»Nein!« Ich schüttele den Kopf. »Ich habe Geräusche gehört und habe mich nicht aus dem Schlafzimmer gewagt. Erst als es hell wurde, habe ich mich getraut, nachzusehen. Mein Hausschlüssel ist verschwunden, obwohl ich gestern Abend abgeschlossen habe, bevor ich ins Bett bin. Und mein Handy ist auch spurlos verschwunden«, sprudelt es aus mir heraus.

Marks Gesichtsausdruck verändert sich, die Skepsis in seinen Augen weicht dem Mitleid. Er hält mich für übergeschnappt. Ärger steigt in mir hoch und mein Körper versteift sich.

»Rina, Liebes«, sagt er und nimmt meine kalten Hände in seine warmen. »Warum sollte jemand nachts hier im Haus rumschleichen? Das ergibt doch keinen Sinn.«

»Vielleicht war es dieser Mann.«

Mark legt den Kopf schief. »Ich fürchte, jetzt geht deine Fantasie mit dir durch. Vermutlich gibt es für alles eine simple Erklärung.«

»Das bezweifele ich«, sage ich und hebe trotzig das Kinn. Mark übergeht meinen Einwand.

»Vielleicht sollten wir uns einen Hund anschaffen«, überlegt er stattdessen laut. »Dann fühlst du dich nicht mehr so allein und auch sicherer, wenn ich nicht da bin. Was meinst du?«

»Und wo lassen wir den Hund, wenn ich wieder arbeiten gehe? Willst du ihn hier allein lassen? Das will ich nicht. Und ich kann den Hund nicht mit zur Arbeit nehmen. Und du schon gar nicht.«

»Okay, dieser Argumentation muss ich mich wohl beugen.« Lächelnd streicht er mir eine Haarsträhne hinters Ohr. »Weißt du was? Du lässt dir jetzt ein Bad ein und entspannst dich. Ich heize schon mal den Backofen für die Pizza vor und schau mal, ob ich das verschollene Handy und die Schlüssel irgendwo finde. Okay?«

»Okay«, sage ich und begebe mich brav ins Badezimmer. Kaum bin ich in das heiße, nach Lavendel duftende Wasser geglitten, steht Mark bereits neben der Wanne. Triumphierend präsentiert er mir einen Schlüssel.

»Ist das meiner?«, frage ich erstaunt.

Er nickt grinsend.

»Wo hast du ihn gefunden?«

»Darauf kommst du nie.«

»Sag schon!«

»Im Gefrierfach vom Kühlschrank. Direkt auf der Pizzapackung.«

»Wie ist er denn da hingekommen?«

»Das musst du dich fragen, nicht mich«, antwortet Mark.

»Ich habe ihn nicht ins Eisfach gelegt«, protestiere ich.

Mark sieht mit ernster Miene zu mir herab. »Wer soll es sonst gewesen sein?«

Der Eindringling von gestern Nacht, liegt mir auf der Zunge. Doch das schlucke ich hinunter. Mark glaubt mir ohnehin kein Wort. Stattdessen zucke ich mit den Schultern und senke meinen Blick auf die Schaumkronen im Badewasser.

»Kann es sein, dass du wieder Tabletten nimmst?«, fragt Mark streng.

»Nein!«, beteuere ich.

»Du bist mit deinen Gedanken ständig woanders. Das ist nicht gut. Du musst besser auf dich und deine Umgebung achtgeben. Versprich mir das.«

Ich beiße mir auf die Unterlippe und schlucke den Kloß in meinem Hals hinunter. Mark hat recht. Meine Gedanken kreisen, wo ich auch bin, was ich auch tue, immerzu um meine kleine Tochter. Ununterbrochen zermartere ich mir das Hirn, wie es zu dem Unfall kommen konnte und ob ich ihn hätte verhindern können, wenn ich nicht wieder eine von diesen Pillen genommen hätte.

»Ich verspreche es«, sage ich und lasse mich tiefer in das warme Wasser gleiten.

»Dein Handy wird sicher auch wieder auftauchen«, sagt Mark mit einem Augenzwinkern.

»Ja«, sage ich lahm.

»Ich schieb dann mal die Pizza in den Backofen. Du hast noch circa zehn Minuten«, sagt Mark und verlässt das Badezimmer.

Ich schließe die Augen, atme den beruhigenden Duft von Lavendel tief ein und versuche, mich zu entspannen. Es will mir nicht gelingen. Also steige ich aus der Wanne und trockne mich ab. Mit einer Hand wische ich über das beschlagene Glas des Spiegels. Mein Gesicht ist von der Hitze gerötet und meine Augen sind vom Weinen geschwollen.

Stehst du so neben dir, dass du dein eigenes Handeln nicht mehr steuern kannst? Hast du dir nur eingebildet, dass jemand im Haus herumschleicht? Treibt dich der Kummer um den Verlust deines Kindes allmählich in den Wahnsinn?

»Es sieht fast danach aus«, antworte ich der Frau, die mir aus dem Spiegel mit traurigen Augen entgegenblickt und in der ich mein früheres Ich kaum wiedererkenne.

»Kommst du?«, ruft Mark.

»Gib mir noch zwei Minuten«, antworte ich.

Langsam ziehe ich mich an. Das Schwerste steht mir noch bevor.

10

Im ganzen Haus duftet es nach Pizza. Mark dreht sich zu mir um, als ich die Küche betrete, und mustert mich mit zusammengekniffenen Augen, in denen ich Feindseligkeit lese. Vor Schreck schießt mir die Hitze brennend ins Gesicht.

»Du warst an meinem Schreibtisch.« Seine Stimme klingt eisig.

Für einen Augenblick bin ich so überrumpelt, dass ich kein Wort herausbringe.

»Wonach hast du gesucht?«

»Ich wollte … Ich habe …«

»Hast du die Schublade aufgebrochen?«, unterbricht er mein Gestotter.

»Nein, sie war offen«, lüge ich und merke, dass ich rot werde.

»Lüg mich bitte nicht an«, sagt Mark.

»Ich lüge nicht«, beharre ich mit der Betonung auf dem ich. »Aber du«, an der Stelle mache ich bewusst eine kleine Pause »hast mich belogen.«

»Was soll das heißen?«

»Warum hast du mir verschwiegen, dass du dieses Haus gekauft hast? Du hast gesagt, du hättest es nur gemietet.«

Mark schaut mich so fassungslos an, dass ich sofort ahne, was gleich kommen wird.

»Das habe ich nie gesagt.«

»Natürlich hast du das! Du hast gesagt, du hättest deine Beziehungen spielen lassen, sonst hättest du so schnell nichts zur Miete gefunden.«

»Das ist doch Unsinn, das habe ich nie gesagt.«

»Doch das hast du.«

In Mark arbeitet es, das sehe ich ihm an. »Ich hatte nie vor, in diesen Bungalow einzuziehen, das stimmt«, sagt er. »Er war als Kapitalanlage gedacht. Ich wollte ihn vermieten. Aber dann …« Seine Stimme bricht, er fährt sich mit der Hand über die Augen. »Wir hatten darüber gesprochen. Erinnerst du dich nicht?«

Ich schüttele stumm den Kopf. Mit einem Mal ist mir elend zumute.

»Komm mal her«, sagt Mark. Seine Stimme klingt zärtlich. Anscheinend ist sein Zorn bereits verflogen.

Ich folge seiner Aufforderung etwas zögerlich und er schließt mich in die Arme. Doch ich schaffe es nicht, seine Umarmung zu erwidern. Ich stehe da mit hängenden Schultern und fühle mich nicht wohl in seiner Nähe. So, als wäre er ein Fremder, der mir zu nahe gekommen ist, ohne dass ich es wollte. Mark spürt meinen Widerstand, er lässt mich los und rückt von mir ab.

»Du bist durcheinander«, sagt er. »Das ist kein Wunder. Du«, er verbessert sich, »wir haben das Schlimmste erlebt, was Eltern erleben können. Das geht nicht spurlos an einem vorbei. Du brauchst Zeit, wir brauchen Zeit, um darüber hinwegzukommen.«

»Dann lass uns reden«, flüstere ich.

Augenblicklich verschließt sich Marks Gesicht. Er schluckt und hebt abwehrend die Hände. »Ich kann nicht«, antwortet er mit rauer Stimme. »Noch nicht. Da ist eine Art Vakuum in meinem Kopf, wenn ich versuche, das Geschehene in Worte zu fassen.«

Ich presse meine Lippen aufeinander und nicke. Das verstehe ich gut. Mir geht es ja genauso.

Eine Weile stehen wir uns gegenüber und wagen nicht, uns in die Augen zu schauen. Eine tiefe Traurigkeit überkommt mich. Ich kann mich nicht gegen den Gedanken wehren, dass wir dabei sind, uns zu verlieren, und dass wir uns nicht wiederfinden werden.

Schweigend essen wir die kalt gewordene Pizza. Anschließend räumen wir das benutzte Geschirr in die Spülmaschine und Mark verschwindet mit einem gemurmelten »Ich habe noch einiges an Papierkram zu erledigen« in sein Arbeitszimmer. Die Tür drückt er hinter sich zu, wie mir scheint mit viel Nachdruck. Noch nie in meinem Leben habe ich mich so allein gelassen gefühlt.

Ich mache es mir mit einem Buch auf dem Sofa im Wohnzimmer bequem, aber ich kann mich nicht auf die Geschichte konzentrieren. Nach ein paar Seiten lege ich den Roman beiseite und beschließe, noch mal nach meinem Handy zu suchen. Ich durchwühle all meine Taschen und inspiziere sogar den Korb mit der Schmutzwäsche. Es ist und bleibt verschwunden. Ich werde Mark bitten, mir in Berlin ein neues zu besorgen.

Gerade als ich an die Tür von Marks Arbeitszimmer klopfen will, dringt seine aufgebrachte Stimme an mein Ohr und ich halte inne. Er spricht so laut, dass ich jedes Wort deutlich verstehe.

»Nein, und noch mal nein. Wir machen das auf meine Art. Ist das klar?«

Eine Pause. Dann wieder Marks Stimme.

»Nein, ich will darüber nicht länger diskutieren. Du kennst meinen Standpunkt. Daran hat sich nichts geändert.«

Ich will nicht länger lauschen, also klopfe ich gegen die Tür und betrete das Zimmer. Mark steht mit dem Rücken zu mir am Fenster und fährt wie ertappt herum, als ich mich räuspere. Offensichtlich hat er mein Klopfen nicht gehört. In seinen Augen glimmt Wut, die steile Falte zwischen seinen Augenbrauen signalisiert, dass er kurz vorm Explodieren ist.

»Ich rufe dich gleich zurück.« Er legt das Handy auf den Schreibtisch und sieht mich erwartungsvoll an. Sein Gesichtsausdruck ist alles andere als freundlich. Ich störe ihn, kann mir aber die Frage, mit wem er telefoniert hat, nicht verkneifen.

»Es klang, als hättest du dich gestritten.«

»Ach, das war nur einer der Assistenzärzte«, winkt Mark ab. »Ein schrecklicher Klugscheißer.« Er weicht meinem Blick aus und streicht sich fahrig durchs Haar.

Ich weiß nicht warum, aber ich habe plötzlich das Gefühl, dass er irgendetwas vor mir verheimlicht.

»Hast du eine Geliebte?« Die Frage rutscht mir heraus und ich würde sie am liebsten gleich wieder zurückziehen.

»Nein!« Mark runzelt die Stirn. »Wie kommst du denn jetzt da drauf?« Sein Tonfall schwankt zwischen genervt und entgeistert.

»Entschuldige«, sage ich sofort. »Ich bin …« Ich mache eine hilflose Geste und füge hinzu »Ich wollte dich nur bitten, mir ein neues Handy zu besorgen. Mein altes ist unauffindbar.«

»Mach ich«, sagt er zerstreut. Er scheint in Gedanken schon wieder woanders zu sein.

»Du hast zu tun. Ich will dich nicht länger stören«, sage ich und mache Anstalten, das Zimmer zu verlassen.

»Warte!« Mark macht einen Schritt auf mich zu und greift nach meinem Arm.

»Ja?« Ich wende mich ihm zu.

»Ich habe keine Geliebte. Wirklich nicht. Ich schwöre es bei allem, was mir heilig ist«, sagt er mit seinem treuherzigen Kleinjungenblick und überkreuzt Ring- und Mittelfinger.

Ich ringe mir ein Lächeln ab. »Ich bin wohl ziemlich durch den Wind«, flüstere ich und wünsche mir, dass er mich in den Arm nimmt, Worte des Trostes und der Liebe für mich findet. Aber meine stumme Botschaft scheint nicht bei ihm anzukommen.

»Alles wird wieder gut«, sagt er stattdessen lapidar. »Und jetzt ab mit dir. Ich habe noch ein bisschen was zu tun.«

Tiefunglücklich verlasse ich den Raum. Mark auf das Foto anzusprechen, habe ich nicht mehr gewagt. Ich will ihn nicht noch mehr gegen mich aufbringen. Mit meiner Eifersucht treibe ich ihn nur noch weiter von mir weg.

11

»Scheiße!« Der Schrei reißt mich am nächsten Morgen unsanft aus dem Schlaf.

»Was ist denn?« Ich blinzele verwirrt und reibe mir die Augen.

»Ich habe verschlafen.« Mit einem Satz ist Mark aus dem Bett und stürmt aus dem Schlafzimmer.

Kurz darauf höre ich das Rauschen der Dusche. Ich lasse mich zurücksinken und döse noch ein bisschen vor mich hin. Als die Haustür ins Schloss fällt, schrecke ich wieder hoch.

Mark ist gegangen, ohne sich von dir zu verabschieden.

Mit einem Schlag bin ich hellwach. Die Angst, dass ich ihn verlieren könnte, legt sich wie eine Klammer um meinen Brustkorb und lässt mich auch in den nächsten Stunden nicht aus ihren Klauen.

Um mich abzulenken, beschließe ich, Leonie ihre Schuhe und Socken zurückzubringen und anschließend einen ausgedehnten Spaziergang zu machen.

»Ich wollte gerade eine Pause einlegen und mir einen Kaffee machen«, sagt sie. »Rainer ist in die Stadt gefahren, um noch ein paar Umzugskisten zu organisieren. Willst du mir nicht Gesellschaft leisten?«

Ich zögere, sage dann aber »Sehr gerne.« Vielleicht wird es mir guttun, mit jemandem zu plaudern. Ich bekomme außer Mark keinen anderen Menschen mehr zu Gesicht, und auch ihn nur sehr selten. Außerdem muss ich mich an den Anblick von Kindern gewöhnen, ohne sofort in Tränen auszubrechen, wenn ich meinen Job als Erzieherin wieder ausüben will.

»Wo ist Lilli?«, frage ich und sehe mich suchend um.

»Die schläft zum Glück grade, nachdem sie mich die halbe Nacht mit ihrem Geschrei tyrannisiert hat.« Leonie verdreht in gespielter Genervtheit die Augen.

Ich verkneife es mir zu antworten, dass ich alles dafür geben würde, meine Nächte mit einem schreienden Kind auf dem Arm verbringen zu dürfen.

»Wirklich gemütlich ist es bei uns nicht mehr.« Leonie weist auf das Durcheinander von Kisten und noch nicht eingepackten Utensilien.

»Das macht mir nichts«, sage ich.

Leonie räumt einen Stapel Kochbücher vom Küchenstuhl und fordert mich auf, Platz zu nehmen. »Milch? Zucker?«, fragt sie.

»Nein, danke. Ich trinke den Kaffee schwarz«, antworte ich und setze mich.

Die Küchenschränke stehen offen, die Regale darin sind leergeräumt. Es sieht alles nach Aufbruch, einem Neubeginn aus. Ich verspüre einen Anflug von Neid. Ich würde lieber heute als morgen von hier wegziehen. Das wird mir in diesem Moment endgültig klar. In dieser abgeschiedenen Einöde, die keinerlei Abwechslung bietet, komme ich aus dem Grübeln überhaupt nicht mehr raus. Sobald sich die Gelegenheit ergibt, werde ich mit Mark darüber reden und ihn bitten, etwas anderes für uns zu suchen.

»Wollt ihr wirklich hier wohnen bleiben?«, fragt Leonie, als hätte sie meine Gedanken gelesen. Fragend sieht sie mich über den Rand ihrer Tasse an. »Ich meine, das ist doch kein Ort, an dem man sich wohlfühlen kann. Oder?« Ohne meine Antwort abzuwarten, spricht sie weiter. »Und ob wirklich weitergebaut wird, steht in den Sternen. Wenn du mich fragst, wird sich hier nicht viel mehr tun. Jedenfalls nicht in absehbarer Zeit. Keine Ahnung, was da schiefgelaufen ist bei dem Projekt.«

»Wir werden auch nicht mehr lange bleiben«, behaupte ich und trinke einen Schluck von dem heißen Kaffee. »Weißt du, wir brauchten für eine Weile Abstand von dem Trubel in der Stadt.«

»Verstehe«, sagt sie. »Mark hat mir von dem Unfall erzählt.«

»Was hat er dir erzählt?« Ich merke selbst, wie scharf meine Frage klingt, und senke verlegen meinen Blick, als Leonie erstaunt die Augenbrauen hochzieht.

»Dass du seit dem Treppensturz …« Sie lässt den Satz in der Luft hängen, als hätte sie bereits zu viel verraten, und greift hastig nach ihrer Tasse. Etwas von der Flüssigkeit schwappt über und hinterlässt eine kleine braune Pfütze auf der hellen Tischplatte. Fahrig wischt Leonie mit der Handfläche darüber.

»Was bin ich seitdem?«, frage ich.

»Ich habe mich verplappert.« Leonie schickt mir ein entschuldigendes Lächeln rüber. »Ich habe ihm versprochen, es für mich zu behalten.«

»Dafür ist es jetzt zu spät«, sage ich betont leichthin.

»Verrat mich bloß nicht«, erwidert sie schuldbewusst.

»Ich werde schweigen wie ein Grab.«

»Er sagte, dass du dir schwere Kopfverletzungen zugezogen hast und dass wir uns nicht wundern sollten, wenn du dich manchmal etwas seltsam verhältst.«

»Das hat Mark gesagt?«, frage ich verblüfft.

Leonie nickt. Ihr steht das schlechte Gewissen ins Gesicht geschrieben. »Er meinte, dass du seitdem unter Erinnerungslücken leidest und bisweilen auch Halluzinationen hast.«

Für einen Moment verschlägt es mir die Sprache.

»Stimmt das etwa nicht?«, hakt Leonie nach.

»Doch, doch«, bestätige ich hastig. »Aber es wird von Tag zu Tag besser.«

»Das freut mich«, sagt Leonie herzlich.

Irgendwo im Hintergrund fängt die kleine Lilli an zu krähen.

»Wäre auch zu schön gewesen«, seufzt Leonie.

»Ich muss ohnehin wieder rüber.« Ich erhebe mich gleichzeitig mit ihr. »Danke für den Kaffee.«

»Wir sind übrigens morgen in aller Herrgottsfrühe weg«, informiert sie mich. »Die Umzugsfirma hat uns gestern Bescheid gegeben. Die Möbelpacker kommen mitten in der Nacht, um vier Uhr.« Sie stöhnt. »Ich darf gar nicht dran denken, was wir noch alles zu tun haben.«

»Schade eigentlich, dass ihr wegzieht«, sage ich und meine es tatsächlich so.

»Ja«, sagt sie und umarmt mich spontan.

Im ersten Moment bin ich etwas überrumpelt, aber dann erwidere ich die Umarmung.

»Ich sag schon mal Auf Wiedersehen, falls wir uns morgen nicht mehr sehen sollten.«

»Auf Wiedersehen.« Meine Augen füllen sich peinlicherweise mit Tränen. Ich habe schon immer nah am Wasser gebaut und heule bei jeder sentimentalen Szene sofort los.

»Ich wünsche dir alles Glück der Welt«, sagt Leonie. Sie hat ebenfalls Tränen in den Augen.

»Danke«, hauche ich gerührt.

»Das mit eurem Baby tut mir unendlich leid.« Ihr Blick ist Mitgefühl pur.

Ich erstarre innerlich. Von einer Sekunde auf die andere geht alles in mir in Abwehrstellung.

»Meine Schwester hatte vor zwei Jahren auch eine Fehlgeburt. Sie leidet noch heute darunter.«

12

Ich bin wie vor den Kopf geschlagen und schaffe es grade noch, Leonie einen guten Start in der neuen Heimat zu wünschen, bevor mir die Stimme versagt. Das Mitleid in ihren Augen ertrage ich kaum.

Fehlgeburt? Wie kommt Mark dazu, zu behaupten, ich hätte eine Fehlgeburt gehabt? Ich haste über die Straße, schließe die Haustür zu unserem Bungalow auf und drücke sie zu. Schwer atmend, als hätte ich einen anstrengenden Lauf hinter mir, lehne mich mit dem Rücken gegen das Türblatt. Ich verstehe das alles nicht. Spinne ich? Oder spinnen die anderen?

Zumindest weiß ich jetzt mit hundertprozentiger Gewissheit, warum Mark letztens abends bei ihr war. Auch wenn ich den Sinn seiner Aktion nicht kapiere.

Du bist bis zum heutigen Tag nicht auf dem Friedhof gewesen.

Warum kommt mir das ausgerechnet jetzt in den Sinn? Ich weiß es nicht, aber es ist wahr. Wahrscheinlich wird das niemand verstehen können, aber ich hätte es nicht ertragen, vor dem Grab zu stehen und zu wissen, dass mein kleines Mädchen zugeschüttet von dunkler schwerer Erde in zwei Meter Tiefe begraben liegt. Ich weiß noch nicht mal, wo ihr Grab ist. Das hat alles Mark geregelt, während ich im Krankenhaus und direkt im Anschluss in der Reha war. Aber vielleicht muss ich mich endlich dazu durchringen, damit ich Abschied nehmen kann.

Ich löse mich von der Tür, greife in die Tasche meiner Jogginghose und ziehe das zerschnittene Foto heraus. Mein kleines süßes Mädchen. Sie sieht so fröhlich aus, so voller Leben, als könne nichts und niemand ihr dieses Glück jemals nehmen. Mein Herz blutet und ich kann mir nicht vorstellen, dass die Zeit eine so tiefe Wunde heilen wird. Selbst wenn, es wird eine Narbe zurückbleiben, die jederzeit aufreißen kann und die Wunde wird wieder zu bluten beginnen.

Die Zeit vergeht quälend langsam. Ständig schaue ich auf die Uhr. Es wird früher Abend, es wird später Abend, schließlich Mitternacht. Mark lässt auf sich warten. Unruhig wandere ich durch die Räume. Marks Arbeitszimmer ist abgeschlossen, stelle ich erstaunt fest, als ich die Klinke herunterdrücke. Er traut mir nicht. Weil er weitere Geheimnisse vor mir hat? Der Gedanke versetzt mir einen Stich und ich bin kurz davor, das Schloss aufzubrechen, besinne mich aber. Das würde unser ohnehin angespanntes Verhältnis nur noch mehr belasten.

Am Küchenfenster bleibe ich stehen und schaue hinaus. Bei den Hemms ist alles hell erleuchtet. Hin und wieder huschen ihre Silhouetten hinter dem Fensterglas geschäftig hin und her. Sicher hat Mark heute Morgen vergessen, mir zu sagen, dass er Bereitschaft hat und nicht nach Hause kommt, versuche ich mich zu beruhigen. Wenn er einen Unfall gehabt hätte, wäre die Polizei schon längst hier aufgetaucht.

Ich gehe ins Wohnzimmer in der Hoffnung, dass das Festnetztelefon wie durch ein Wunder Bereitschaft signalisiert. Was natürlich nicht der Fall ist. Gegen ein Uhr gebe ich auf. Jetzt wird Mark nicht mehr nach Hause kommen. Im Haus gegenüber ist das Licht erloschen. Die Straße vor unserem Haus sieht im fahlen Schein der Straßenlampe trostlos und gespenstisch aus. Wie in einem dieser Horrorfilme, wo man in einer solchen Szene jeden Augenblick damit rechnen muss, dass das Böse zuschlägt. Mich überläuft ein Schauder und ich schlinge die Arme um mich.

Bevor ich ins Bett gehe, schiebe ich die kleine Kommode in der Diele vor die Haustür und platziere eine Vase auf der äußeren Kante. Für alle Fälle, auch wenn Mark der Meinung ist, ich hätte mir den nächtlichen Besucher nur eingebildet. Wenn jemand versucht, sich Zutritt zum Haus zu verschaffen, werde ich es auf jeden Fall hören. Ich werde keine Schlaftablette nehmen und werde sicher nicht so tief schlafen.

Obwohl ich vor Müdigkeit kaum noch die Augen offen halten kann, finde ich keine Ruhe. Die Sorge um Mark und die Angst vor einem Eindringling halten mich wach. Bei jedem Geräusch zucke ich zusammen und fahre wie elektrisiert hoch. Irgendwann falle ich doch in einen unruhigen Schlaf, aus dem mich das Rumpeln des Umzugswagens am frühen Morgen aufweckt. Ich fühle mich krank und fiebrig. Meine Stirn fühlt sich heiß an und gleichzeitig ist mir kalt. Hoffentlich habe ich mir keine Erkältung eingefangen. Ich kuschele mich unter meine Decke und schließe die Augen, aber an Schlaf ist nicht mehr zu denken. Seufzend quäle ich mich aus dem Bett, hülle mich in meinen warmen Frotteebademantel und koche mir einen Kamillentee.

Beide Hände um die dampfende Tasse gelegt, stelle ich mich ans Fenster und beobachte das Treiben vor dem Haus gegenüber. Vier Männer sind dabei, den Hausrat der Hemms in den Umzugswagen zu schaffen. Rainer packt mit an und Leonie lässt sich ab und zu an der Haustür blicken, sie hat die kleine Lilli auf dem Arm. Der Trubel scheint das

Kind zu verstören, ihrem verweinten Gesichtchen nach zu schließen.

Ich könnte Leonie anbieten, ihr das Kind abzunehmen, bis alles eingepackt ist, schießt es mir durch den Kopf. Ich sehne mich danach, den kleinen warmen Körper an meinem zu spüren und den süßen Babygeruch einzuatmen.

Das wirst du schön bleiben lassen, weist mein Verstand mich streng zurecht. Oder glaubst du, das würde dir guttun?

Ich seufze, trinke meinen Tee aus und gehe unter die Dusche. Als ich danach wieder aus dem Fenster schaue, haben die Männer den gesamten Hausrat bereits im LKW verstaut. Einer schlägt beide Hecktüren zu, drei steigen vorne ein und dann fahren sie weg. Der vierte folgt ihnen in einem Kastenwagen mit der Aufschrift *Umzugsfirma Geschwind – zuverlässig und schnell.*

Leonie und ihr Mann treten auf die Straße. Rainer hat Lilli auf dem Arm. Während er die Kleine in den Kindersitz auf der Rückbank ihres PKW hebt, steuert Leonie auf unser Haus zu. Ich eile zur Tür, schiebe rasch die Kommode zur Seite, die dort noch immer steht, und öffne ihr.

»Geschafft!«, sagt Leonie. Sie sieht genauso erschöpft aus, wie ich mich nach der durchwachten Nacht fühle.

»Das ging ja recht flott,« antworte ich, weil mir nichts anderes einfällt.

Etwas verlegen stehen wir uns gegenüber und lächeln uns an. Ein lautes Hupen unterbricht das Schweigen.

»Rainer wird ungeduldig«, lacht Leonie. Es klingt etwas gezwungen. »Wir bleiben in Verbindung, ja? Meine Handynummer hast du?«

»Ja«, sage ich und nicke bekräftigend.

»Gib gut auf dich acht.« Sie macht einen Schritt auf mich zu und umarmt mich.

»Du auf dich auch und auf die kleine Lilli«, flüstere ich und löse mich aus der Umarmung. Ich bin schon wieder den Tränen nahe.

Leonie zögert. Sie wirkt, als hätte sie noch etwas auf dem Herzen.

»Leonie, kommst du?«, ruft Rainer und winkt mir einen Abschiedsgruß zu.

»Eine Sekunde noch«, antwortet sie in der gleichen Lautstärke und wendet sich wieder mir zu. Ihr Gesicht ist ernst.

»Ich wollte es eigentlich für mich behalten und es hat vermutlich auch nichts zu bedeuten, aber …« Sie stockt und schiebt eine widerspenstige Locke hinters Ohr. »Ich glaube, du solltest es dennoch wissen. Mark war in der Bauphase häufig in Begleitung einer Frau hier. Die beiden schienen sich mehr als nur gut zu kennen. Und es sah auch nicht so aus, als wären sie Geschwister oder sonst wie miteinander verwandt.«

13

Mechanisch winke ich dem davonfahrenden Auto meiner Nachbarn hinterher und merke erst, als mein Nacken zu schmerzen beginnt, dass sie schon längst aus meinem Blickfeld verschwunden sind. Ich lasse den Arm sinken und kehre wie in Trance ins Haus zurück.

Vielleicht ist Leonie eine notorische Lügnerin. Ich klammere mich an diesem Gedanken wie an einem Rettungsanker fest. Erst die Fehlgeburt und jetzt die andere Frau. Das kann nicht stimmen. Das darf nicht stimmen.

Wo bleibt Mark eigentlich? Wenn er gestern Nacht Notdienst hatte, müsste er allmählich wieder hier auftauchen. Ärger steigt in mir hoch. Warum hat er mich in diese Einöde verschleppt? Das hätte nicht unbedingt sein müssen. Ein anderer Stadtteil hätte es auch getan. Ich wollte nur aus der Umgebung raus, in der mich jeder kennt und alle mich mit mitleidigen oder auch feindlichen Blicken bedacht hätten. Aber hier fühle ich mich wie in einem Gefängnis, abgeschnitten von allem.

Vielleicht war genau das Marks Absicht.

»Unsinn«, widerspreche ich mir selbst laut und ungehalten. Wie komme ich nur auf so eine absurde Idee? Warum sollte er das tun? Und doch setzt sich der Gedanke in meinem Kopf fest. Ich kann gar nichts dagegen tun.

Erneut warte ich den ganzen Tag darauf, dass Mark nach Hause kommt. Erneut vergebens. Irgendwann bin ich so müde, dass ich die Augen kaum noch offen halten kann, aber ich zwinge mich, wach zu bleiben. Jetzt, da die Nachbarn nicht mehr da sind, fühle ich mich noch verletzlicher. Ich lasse mich im Wohnzimmer auf dem Sofa nieder und schalte den Fernseher ein. Wahllos zappe ich durch die Programme, doch ich kann mich auf nichts konzentrieren und bleibe schließlich bei einer Dokumentation über Slowenien hängen. Die Schönheit der gebirgigen Landschaft lenkt mich eine Weile ab. Dennoch zucke ich bei jedem Geräusch zusammen, stelle hektisch den Ton ab und lausche mit klopfendem Herzen. Aber nichts passiert. Niemand versucht, in unser Haus einzudringen. Mark lässt sich allerdings auch nicht blicken.

Am nächsten Morgen werde ich von der Sonne geweckt, deren Strahlen durch die Scheibe der Terrassentür ins Hausinnere fallen. Ich blinzle, schiebe die Wolldecke beiseite und richte mich gähnend auf. Irgendwann bin ich wohl doch eingeschlafen. Im Fernsehen läuft das Frühstücksprogramm. Ich schalte das Gerät aus und erhebe mich mit schmerzendem Rücken. Ein Blick ins Schlafzimmer bestätigt mir, was ich ohnehin vermutet habe: Mark ist nicht nach Hause gekommen.

Während ich einen Kaffee trinke und an einer Scheibe Knäckebrot knabbere, reift ein Entschluss in mir. Ich werde nicht wieder den Tag damit verbringen, hier zu sitzen und auf Marks Erscheinen zu warten. Der Bahnhof ist, wenn ich mich richtig erinnere, ungefähr zehn Kilometer entfernt. Das ist in zwei Stunden locker zu schaffen. Ich vergewissere mich, dass ich genug Bargeld im Portemonnaie habe, packe eine Flasche Wasser und vorsichtshalber einen Regenschirm in meinen Rucksack und marschiere los. Das Wetter ist zum Glück ausnahmsweise mal auf meiner Seite.

Die Sonne lacht von einem fast wolkenlosen Himmel auf mich herab und die Nebelschwaden, die über den Feldern wabern, lösen sich in der Wärme langsam auf. Schon bald ist mir so warm, dass ich die Jacke ausziehe und in den Rucksack stopfe.

Das Dorf sieht selbst bei Sonnenschein trist und wenig anheimelnd aus. Die Straße aus holprigem Kopfsteinpflaster, die schnurgerade durch den Ort führt, führt auch wieder aus ihm hinaus. Links und rechts davon reiht sich ein schmutzig braunes Haus an das nächste. Fenster und Türen sind fest verschlossen und wirken so abweisend, als würden sie sich schämen für ihr schäbiges Äußeres. Niemand begegnet mir auf dem Weg durch den Ort.

Ich wandere die Landstraße entlang, bis ich an eine Kreuzung gelange. Auf dem gelben Straßenschild sind mehrere Ortsnamen aufgeführt, ich kenne nicht einen und habe leider auch keine Ahnung, in welchem der Bahnhof sein könnte. Aus dem Bauch heraus entscheide ich mich dafür, nach rechts abzubiegen. Vielleicht habe ich Glück und im nächsten Ort finde ich nicht nur den Bahnhof, sondern auch einen Laden, der Handys verkauft.

Guten Mutes gehe ich weiter. Von hinten nähert sich ein Wagen. Einer Eingebung folgend, wende ich mich um, hebe den Daumen und klebe mir ein Lächeln ins Gesicht. Der Wagen rast an mir vorbei. Es wäre auch zu schön gewesen. Enttäuscht lasse ich meine Hand sinken. Plötzlich quietschen Bremsen. Ich schnelle herum. Der Fahrer setzt zurück und hält direkt neben mir an. Die Beifahrertür öffnet sich. Ich beuge mich hinunter und spähe ins Wageninnere.

»Wo soll es denn hingehen?« Die Stimme gehört zu einem Mann um die siebzig mit freundlichen Augen und schütterem Haar, durch das die Kopfhaut schimmert. Der dicke Bauch ruht auf den Oberschenkeln.

»Nach Berlin.«

»Na, dann steigen Sie mal ein.«

Der Mann ist mir sofort sympathisch und so lasse ich mir das nicht zweimal sagen.

»Wollten Sie den Weg zu Fuß zurücklegen?«, fragt er mit einem verschmitzten Zwinkern, während er den Wagen startet.

Ich lache. »Nein, ich wollte nur zum nächsten Bahnhof.«

»Sie sind wohl fremd hier«, stellt er mit einem Seitenblick fest. »Zum Bahnhof geht es in die andere Richtung.«

»Puh«, entgegne ich. »Dann freue ich mich noch mehr, dass Sie mich mitnehmen. Vielen Dank.«

»Nichts zu danken«, wehrt er ab. »Stört es Sie, wenn ich das Radio anmache?«

»Nein, ganz und gar nicht«, antworte ich.

Zu den Klängen mir gänzlich unbekannter klassischer Musik erreichen wir Berlin. Der Mann setzt mich auf meinen Wunsch in der Nähe des Krankenhauses ab, in dem Mark arbeitet.

»Hier«, sagt er und drückt mir eine Visitenkarte in die Hand. »Falls Sie mal wieder ein Taxi brauchen.«

»Oh«, sage ich. »Was bekommen Sie von mir?« Ich krame in meinem Rucksack nach dem Geldbeutel.

»Heute war es gratis. Ich musste ohnehin in die Stadt«, winkt er ab und lacht. »Mein Nachbar hatte die Idee mit dem Fahrservice. Irgendetwas muss man ja tun, um die mickrige Rente aufzubessern. Einfach anrufen, einer von uns hat immer Zeit.«

»Da komme ich sicher drauf zurück«, verspreche ich, bedanke mich herzlich und steige aus.

Nach der Abgeschiedenheit der letzten Wochen erschlägt mich die betriebsame Hektik der Großstadt im ersten Augenblick komplett. Ich komme mir vor wie in einer anderen Welt. Dabei ist es noch gar nicht so lange her, dass ich ein Teil davon war. Ich lasse mich von der Menschenmenge mitnehmen und passiere die Restaurants und Cafés der Oranienburger Straße. Obwohl die Temperaturen noch weit davon entfernt sind, sommerlich warm zu sein, haben die Gaststätten Tische und Stühle auf die Bürgersteige geräumt. In warme Decken gehüllt sitzen einige Leute bei einem Getränk im Freien und recken ihre Gesichter der wärmenden Sonne entgegen. An einer Ampel überquere ich die Straße, folge der Friedrichstraße und biege in die Reinhardstraße ein. Hier ist es etwas ruhiger. Vor der FDP-Zentrale steht ein Reporter mit Mikrofon und interviewt einen mir vage bekannt vorkommenden Politiker.

Mit einem Mal bin ich ganz aufgeregt. Ich habe keine Ahnung, wie Mark reagieren wird, wenn ich ihn an seinem Arbeitsplatz aufsuche. Es ist fast Mittag. Wenn ich Glück habe, kann er eine Pause machen. Dann könnten wir eine Kleinigkeit essen gehen. Während meiner Schwangerschaft war ich süchtig nach indischem Curry. Wir trafen uns regelmäßig bei einem Inder hier ganz in der Nähe. Vielleicht kann ich Mark überreden, mit mir dahin zu gehen. Wir waren damals so glücklich, vielleicht bringt die Erinnerung an diese schönen Stunden uns einander wieder etwas näher.

Ich beschleunige meine Schritte, als ich in der Luisenstraße ankomme, und betrete das weitläufige Gelände des Krankenhauses. Schon von Weitem fällt mir ein Paar auf, er im weißen Arztkittel, sie in Straßenkleidung. Sie stehen mitten auf dem Weg und streiten sich offensichtlich heftig. Es sieht aus, als würden beide gleich handgreiflich werden und aufeinander losgehen. Ich beschließe, einen Bogen um die Streithähne zu machen. Es macht wenig Sinn, sich in Beziehungsstreitigkeiten einzumischen, da man als Außenstehender so gut wie immer den Kürzeren zieht.

In dem Moment schaut der Mann in meine Richtung. Er lässt die erhobene Hand sinken und starrt mich an. Erfreut wirkt er nicht. Die Frau an seiner Seite folgt seinem Blick in meine Richtung. Es dauert einige Sekunden, bis zu mir durchdringt, wen ich vor mir habe. Der Mann ist Mark, die Frau Katja, meine Hebamme.

14

Ich atme tief durch, setze einen möglichst neutralen Gesichtsausdruck auf und gehe auf die beiden zu. Mark sieht mir mit einem Lächeln entgegen, das mir gezwungen vorkommt. Katja steht daneben und scheint nicht so genau zu wissen, wie sie sich mir gegenüber verhalten soll. So jedenfalls deute ich ihren peinlich berührten Gesichtsausdruck.

»Rina, was machst du denn hier?«, begrüßt Mark mich mit einer gewissen Schärfe in der Stimme.

»Katharina, wie schön dich zu sehen«, sagt Katja. »Wie geht es dir?« Ihre Augen mustern mich prüfend.

»Gut, danke«, erwidere ich mechanisch und fühle mich unwohl unter ihrem Blick.

»Ich muss leider los«, sagt Katja und streicht eine lange Haarsträhne hinters Ohr. »Lass uns mal telefonieren, ja?«

»Gerne«, sage ich aus reiner Höflichkeit.

Katja verabschiedet sich hastig und entfernt sich mit eiligen Schritten von uns.

»Du scheinst nicht übermäßig erfreut zu sein, mich zu sehen«, sage ich zu Mark, der Katja mit versteinerter Miene hinterherschaut.

»Entschuldige«, sagt er und wendet sich mir zu. Er macht keinerlei Anstalten, mich zu umarmen, und seine Körperhaltung strahlt Missbilligung aus.

»Ich habe es allein da draußen einfach nicht mehr ausgehalten«, setze ich zu einer Erklärung an. »Und ich habe mir

Sorgen gemacht. Du bist nicht nach Hause gekommen.« Ich kann nicht verhindern, dass meine Stimme vorwurfsvoll klingt.

»Ich hatte dir doch gesagt, dass ich zwei Nächte hintereinander Dienst habe und in Berlin bleibe.«

»Nein, das hast du nicht«, widerspreche ich.

»Doch, das habe ich«, behauptet er.

Ich bin mir sicher, dass ich recht habe, aber ich will mich nicht streiten, nicht über so eine Banalität. »Das habe ich dann wohl vergessen«, sage ich versöhnlich, obwohl der Ärger in mir kribbelt.

Mark nickt und sagt: »Du, sei mir nicht böse, ich muss wieder rein.« Er deutet mit dem Daumen hinter sich.

»Ja, klar«, sage ich lahm.

Mark merkt mir die Enttäuschung anscheinend an, denn seine Gesichtszüge entspannen sich etwas. Er macht einen Schritt auf mich zu, nimmt meine Hand und zieht mich an sich.

»Entschuldige bitte«, sagt er. »Du weißt, ich kann mit Überraschungen schlecht umgehen. Und ich habe gerade totalen Stress.«

»Ja«, murmele ich an seiner Brust. »Es tut mir leid.«

»Was hältst du davon, wenn wir uns um fünf bei unserem Inder treffen. Wir essen eine Kleinigkeit und fahren zusammen nach Hause?«

»Sehr gerne«, antworte ich schon wieder halbwegs versöhnt.

Mark haucht mir einen Kuss auf die Wange. »Wie bist du denn nach Berlin gekommen?«, fragt er neugierig.

»Per Anhalter«, lache ich.

»Jetzt überraschst du mich schon wieder. Das hätte ich dir nicht zugetraut«, sagt er und wirft einen Blick auf die

Uhr. »Bis nachher. Ich freue mich.« Er wendet sich zum Gehen.

»Warte«, sage ich schnell.

»Ja?« Er sieht mich fragend an.

»Worüber hast du dich mit Katja gestritten?«

Augenblicklich verdüstert sich seine Miene. »Ich glaube, das willst du nicht wissen.«

»Wie bitte?«, frage ich irritiert.

Mark fährt sich mit der Hand durchs Haar. »Wir reden nachher darüber, okay. Ich muss jetzt wirklich wieder rein.« Ohne meine Antwort abzuwarten, geht er mit großen Schritten und wehendem Arztkittel davon.

Eine dunkle Ahnung legt sich wie kantiger Stein in meinen Magen. Worüber sie sich auch gestritten haben, es hatte etwas mit mir zu tun. Das sagt mir mein Gefühl. Nachdenklich lenke ich meine Schritte auf die Straße zurück. Mir ist nicht klar gewesen, dass die beiden immer noch Kontakt haben. Warum eigentlich? Ist sie die Frau, mit der Mark eine Affäre hat? Die Eifersucht schießt spitze Giftpfeile durch meinen Körper. Will Katja, dass Mark mich verlässt? Hat sie ihm ein Ultimatum gesetzt? Ich bin so in meine zerstörerischen Gedanken versunken, dass ich nichts von dem Trubel um mich herum mitbekomme und meine Füße mich automatisch in die Friedrichstraße zu dem Handyshop tragen.

Als ich den Laden verlasse, habe ich ein nigelnagelneues Handy in der Tasche. Die SIM-Karte wird mir per Express zugeschickt. Die blutjunge Verkäuferin mit Nasenpiercing und tätowierten Armen hat mir hoch und heilig versprochen, dass es *worst case* zwei Tage dauern könnte, sie wahrscheinlich aber bereits morgen bei mir eintreffen wird.

Ich werfe einen Blick auf die Uhr. Es ist grade mal eins.

Vier lange Stunden liegen vor mir, die ich hinter mich bringen muss. Es gibt niemanden, mit dem ich mich treffen könnte, also werde ich die Zeit allein totschlagen müssen. Ich beschließe, einen Spaziergang durch den Tiergarten zu machen und anschließend im Café am See einen Kaffee zu trinken.

Im S-Bahnhof Friedrichstraße wimmelt es von Menschen. Ich bahne mir einen Weg zur Rolltreppe und fahre nach oben. Die Informationstafel zeigt an, dass die S7 nach Potsdam in zwei Minuten abfährt. Rasch ziehe ich mir eine Fahrkarte am Automaten und geselle mich zu der Gruppe der Wartenden, die dicht gedrängt und in mehreren Reihen die Ankunft der Bahn erwarten. Als sie sich aus der Ferne nähert, werden die Leute um mich herum sichtlich unruhig. Es geht ein Ruck durch die Menge und alle drängen näher an die Bahnsteigkante. Die Waggons sind fast immer brechend voll und wer einen Sitzplatz ergattern möchte, muss schnell sein und sich rücksichtlos zwischen den Aussteigenden hindurch ins Zuginnere quetschen.

Von hinten drückt sich jemand gegen mich und schubst mich nach vorne. *Hey, was soll das?*, liegt mir auf der Zunge, doch bevor ich mich umdrehen kann, spüre ich eine Hand an meinem Rücken. Vor mir tut sich eine Lücke in der Menge auf und ich werde unerbittlich in Richtung Bahnsteigkante geschoben.

15

Ich stoße einen Schreckenslaut aus, der wie ein Quieken klingt, und rudere wild mit den Armen. Die Gleise scheinen mir entgegenzuspringen. Das Dröhnen der einfahrenden Bahn tönt immer durchdringender in meine Ohren. Ich schwanke, kippele nach vorne. Schon sehe ich meinen Körper zermalmt von den Rädern des Zugs auf den Schienen verbluten, da packt jemand meinen Arm und reißt mich mit einem Ruck zurück. Nur eine Sekunde später und ich wäre vor die einfahrende S-Bahn gestürzt. In meinem Kopf ist nichts als Watte.

Die Bahn hält und ich lasse mich von der Menschenmenge in den Zug schieben. Niemand scheint etwas von dem Vorfall bemerkt zu haben. Völlig verstört und am ganzen Körper zitternd bleibe ich am Eingang stehen und lehne mich schwer atmend gegen das Plastik der Trennwand zu den Sitzbänken. Ich spüre meinen Herzschlag bis unter die Schädeldecke. Jemand wollte mich gerade umbringen.

Ein alter Mann mit dichtem grauem Haar, unzähligen Falten im braungebrannten Gesicht und freundlichen Augen unter den buschigen Brauen stellt sich neben mich. »Das war knapp«, sagt er tadelnd. »Sie müssen besser auf sich achtgeben, Mädchen.«

»Jemand hat mich gestoßen«, stammele ich.

»Ja, das passiert schnell in dem Gedränge. Man sollte sich nicht nach vorne in die erste Reihe quetschen.«

Ich spare mir den Hinweis, dass ich das nicht getan habe, und bedanke mich. »Sie haben mir das Leben gerettet.«

»Gern geschehen.« Er zwinkert mir zu und begibt sich auf einen Stock gestützt auf die Suche nach einem freien Sitzplatz.

Ob es wirklich ein Versehen war? Oder wollte mich tatsächlich jemand vor die Bahn stoßen? Irgendein Geistesgestörter vielleicht? In letzter Zeit häufen sich solche Vorfälle. Nur allmählich beruhigt sich mein Puls wieder. Es muss ein Versehen gewesen sein. Wer sollte mir nach dem Leben trachten? Dennoch wandert mein Blick durch den Wagen und gleitet über die Sitzreihen. Eine schlanke Frau mit langen braunen Haaren erregt meine Aufmerksamkeit. Sie dreht mir den Rücken zu, eine Hand umklammert die Haltestange, die andere hält ein Handy. Das ist doch … Bevor ich den Gedanken zu Ende führen kann, verlangsamt die Bahn ihre Fahrt und hält fast geräuschlos an. Die Türen öffnen sich mit einem leisen Knarren. Ohne den Blick von ihrem Telefon zu nehmen, steuert die Frau auf die Ausgangstür zu. Jetzt schaut sie auf und sieht mich direkt an. Sie hat anscheinend bemerkt, dass ich sie angestarrt habe. Verlegen senke ich den Blick. Ich habe mich geirrt. Es ist nicht Katja. Sie sieht ihr nicht mal ähnlich. Ich schreibe es meiner Eifersucht zu, dass ich auf diese abstruse Idee gekommen bin.

Als ich am S-Bahnhof Tiergarten aussteige, habe ich mich einigermaßen von dem Vorfall erholt. Ich überquere die Straße, gehe ein kleines Stück an der vielbefahrenen Straße des 17. Juni entlang und biege dann in den *Großen Weg* ein, der sich quer durch den Park schlängelt. Im Sommer wimmelt es hier nur so von Menschen. Jetzt, Mitte April begegnet man nur wenigen Spaziergängern. Wehmut erfüllt mich. Die Kita, für die ich gearbeitet habe, liegt ganz in der Nähe. Wir waren mit den Kindern bei schönem Wetter fast täglich hier und hatten viel Spaß miteinander. Es gibt einige Spielplätze und die Kaninchen, die hier überall herumwuseln, erfreuten sich besonderer Beliebtheit bei den Kleinen. Einmal haben wir sogar einen Waschbären ganz aus der Nähe beobachten können. In aller Seelenruhe räumte er einen Abfalleimer leer, als wären wir überhaupt nicht vorhanden. Die Kinder haben noch tagelang von dem Erlebnis gezehrt. Mein Herz wird schwer bei all den schönen Erinnerungen und ich richte meine Aufmerksamkeit rasch wieder auf die Umgebung.

In der Ferne erhebt sich die Siegessäule, im Berliner Volksmund Goldelse genannt, über die noch recht kahlen Baumwipfel. Im Gebüsch neben mir streiten sich lautstark die Spatzen und über mir auf einem Baum gurren und schnäbeln zwei Tauben. Am *Neuen See* setze ich mich auf eine Bank und beobachte die Enten und Schwäne, die im trüben Wasser schaukeln. Leider hat die Sonne sich hinter einer Wolkendecke verschanzt und ein kühler Wind ist aufgekommen. Fröstelnd ziehe ich die Schultern hoch und erhebe mich von der Bank. Jemand ruft hinter mir laut meinen Namen. Erstaunt wende ich mich um. Eine Frau läuft übers ganze Gesicht strahlend auf mich zu.

»Rina«, ruft sie. »Was für ein schöner Zufall.«

Ich erkenne sie erst auf den zweiten Blick. Der ehemals schwarze Pagenschnitt ist einem frechen Kurzhaarschnitt in Weißblond gewichen. Das Augenbrauenpiercing ist geblieben, ebenso der kleine Diamant im rechten Nasenflügel. Ihre Vorliebe für schwarze Kleidung hat sie offensichtlich auch nicht abgelegt. Neben ihr wirke ich in meinem leuchtend blauen Shirt und der roten Cargohose wie ein Paradiesvogel, der ich nun wahrlich nicht bin.

»Hallo, Sonja.« Einen Moment lang ist mir nach Flucht zumute, dann überwiegt die Freude, meine ehemalige Arbeitskollegin wiederzusehen.

Sonja schließt mich in die Arme und drückt mich fest an sich. »Ich freue mich so, dich zu sehen.«

Mir wird warm ums Herz. »Hast du Zeit?«, frage ich. »Ich lade dich auf einen Kaffee ein oder was immer du willst.«

Sonja wirft einen schnellen Blick auf ihre Armbanduhr. »Gern, eine halbe Stunde habe ich noch.«

Sie hakt mich unter und wir schlendern plaudernd zum Café. Es ist brechend voll, aber wir haben Glück und ergattern einen Zweiertisch mit Blick auf den See. Ich bestelle mir einen Kakao mit Sahne und ein Stück Schokotorte. Sonja begnügt sich mit einem großen Cappuccino.

»Nimm es mir nicht übel«, sagt sie und nippt an ihrem Kaffee. »Aber du siehst schrecklich aus. Lässt dich die Kleine nicht schlafen? Wie alt ist sie jetzt? Acht, neun Monate? Wo ist sie eigentlich? Ich hätte sie sehr gerne kennengelernt.«

Ich habe Sonjas unverblümte Art immer gemocht. Jetzt allerdings fühle ich mich in die Ecke getrieben von ihrer Direktheit. Ich weiche ihrem forschenden Blick aus und schaue hinaus auf den See.

»Sie ist gestorben«, wispere ich tonlos.

»Oh, nein. Wie furchtbar. Das tut mir so leid für dich«, sagt Sonja sichtlich erschrocken. Sie beugt sich über den Tisch und ergreift meine Hand. »Was ist passiert?« In ihren Augen schwimmen Tränen.

Ich hatte eine Fehlgeburt, liegt mir auf der Zunge. Nun verstehe ich, warum Mark das Leonie gegenüber behauptet hat. Eine Fehlgeburt ist ein Schicksalsschlag, der über dich hereinbricht und bei anderen tiefes Mitgefühl hervorruft. Ein tödlicher Sturz hingegen erzeugt Befremden und wirft Fragen auf. Fragen, mit denen man sich ständig selbst quält, die man jedoch von anderen nicht gestellt bekommen möchte.

»Ein Unfall«, sage ich. »Sie ist …« Die Stimme versagt mir. Ich hole tief Luft und versuche es noch mal. »Sie ist vom Balkon unserer Wohnung im vierten Stock auf die Straße gestürzt.«

Ich habe das noch nie laut ausgesprochen und erschrecke, wie nüchtern der Satz klingt.

»Um Gottes willen, was für ein schrecklicher Schicksalsschlag.« Sonja drückt meine Hand fester. »Möchtest du darüber reden?«

»Ich würde gern, aber ich kann nicht.«

Sonja nickt verständnisvoll. »Das braucht seine Zeit. Ach, Mensch, du Arme. Ich würde dich so gerne trösten. Ich fürchte nur, es gibt in dem Fall für dich keinen wirklichen Trost. Worte können so einen tiefen Schmerz nicht lindern.« Ihre Stimme klingt rau.

Ich sehe ihr an, dass auch sie mit den Tränen kämpft. Und dann sprudelt es wie von selbst aus mir heraus. »Mark war noch im Schlafzimmer und es klingelte an der Tür. Charlotte machte ihre ersten Krabbelversuche. Sie war damit sehr früh dran und robbte über den Boden im Wohnzimmer. Ich bin zur Gegensprechanlage, aber niemand antwortete mir auf meine Frage, wer da sei. Aber kaum hatte ich den Hörer aufgehängt, da klingelte es wieder. Ich rief ein paarmal *Hallo, wer ist da* und dann habe ich den Hörer wieder auf die Gabel gehängt. Ich habe Mark zugerufen, er solle nach Charlotte sehen und bin ins Bad. Als ich wieder rauskam, stürzte er an mir vorbei. Er war aschfahl im Gesicht.« Ich schlucke.

»Du musst es mir nicht erzählen, wenn du nicht kannst«, sagt Sonja mit leiser Stimme.

»Ich muss es endlich laut aussprechen«, sage ich. »Sonst ersticke ich irgendwann daran.« Ich muss mich sammeln, bevor ich fortfahren kann. »Ich habe seine Stimme heute noch im Ohr, als er mir panisch zurief, Charlotte sei auf den Balkon gekrabbelt und durch die Lücke zwischen den Gitterstäben nach unten gestürzt. Mark hatte das schon mehrmals bei der Hausverwaltung reklamiert, aber es war noch nicht repariert worden. Ich war im ersten Moment wie gelähmt. Mein Verstand weigerte sich, den Sinn der Worte zu begreifen. Mark riss die Wohnungstür auf und hetzte die Treppenstufen hinunter. Ich bin ihm wie in Trance hinterher. Auf der Treppe muss ich gestolpert sein. Ich weiß es nicht mehr, ich erinnere mich nur noch, dass sich plötzlich alles um mich herum gedreht hat. Erst im Krankenhaus bin ich wieder zu mir gekommen. Dort habe ich erfahren, dass mein Baby den Sturz nicht überlebt hatte.«

Sonja reicht mir ein Tempo und nimmt sich selbst eins. Ich habe gar nicht mitbekommen, dass mir die Tränen über die Wangen strömen. Sonja schnäuzt sich.

»Die Balkontür stand offen. Wir wissen beide nicht, wie das passieren konnte. Wir haben immer drauf geachtet, dass sie verschlossen war. Oh, Gott, ich fühle mich so schuldig«, schluchze ich.

»Das kann ich sehr gut verstehen«, sagt Sonja mit weicher Stimme. »Das Schuldgefühl wird dich, fürchte ich, dein Leben lang begleiten. Aber du bist stark, du wirst nicht daran zerbrechen. Und du hast Mark. Zusammen werdet ihr es schaffen. Menschen machen nun mal Fehler, wenn auch manchmal mit grauenvollen Folgen.«

Ich lächele sie unter Tränen an. »Es tut so gut, mit dir zu reden. Du bist die Erste, der ich es erzählt habe.«

»Danke für dein Vertrauen«, sagt Sonja und fügt nach

einer kleinen Pause hinzu, »Jetzt verstehe ich auch, warum Mark, als ich bei euch angerufen habe, gesagt hat, dass du im Moment niemanden sehen willst«, sagt sie.

»Du hast angerufen?«, frage ich erstaunt.

»Mehrmals sogar«, antwortet Sonja. »Auf dem Handy habe ich dich nicht erreicht, und auf der Festnetznummer hatte ich immer Mark am Apparat. Irgendwann habe ich es dann aufgegeben.«

Merkwürdig. Mark hat mir gegenüber nie erwähnt, dass Sonja angerufen hat. Bevor ich etwas erwidern kann, sagt Sonja nach einem schnellen Blick auf ihr Handy: »Du, sei mir nicht böse, ich muss los.« Sie winkt die Kellnerin herbei. »Den Termin kann ich leider nicht sausen lassen«, fügt sie entschuldigend hinzu.

»Sag den Kindern und den Kollegen einen lieben Gruß von mir«, sage ich, nachdem wir bezahlt haben und dem Ausgang zustreben.

»Ich komme grade von der Kita, ich habe mein Zeugnis abgeholt«, sagt sie und errötet zu meiner Überraschung. »Ich habe jemanden kennengelernt und gekündigt.« Wir bleiben vor dem Café stehen. Sonja bekommt leuchtende Augen. »Ich wandere nach Norwegen aus und bin dabei, meinen Umzug vorzubereiten. In zwei Wochen bin ich weg.«

»Das freut mich für dich«, sage ich herzlich, obwohl ich es schade finde, dass sich unsere Wege schon wieder trennen werden. Ich könnte eine Freundin gut gebrauchen. Aber ich gönne Sonja ihr Glück von Herzen.

»Wenn es dich mal nach Norwegen verschlägt, musst du uns unbedingt besuchen kommen«, sagt sie und umarmt mich. »Wir bleiben in Kontakt, ja?«

Ich verspreche es und sehe ihr nach, wie sie mit großen Schritten davoneilt. Erst als sie aus meinem Sichtfeld verschwunden ist, fällt mir ein, dass ihre Handynummer auf meinem alten Gerät und nicht in meinem Kopf abgespeichert ist. Mit einem Mal überkommt mich das bittere Gefühl, dass ich alle Menschen, die mir lieb und teuer sind, verlieren und bald ganz allein dastehen werde.

16

Als ich schon befürchte, dass Mark unsere Verabredung beim Inder vergessen hat, taucht er mit einstündiger Verspätung endlich doch noch auf. Er sieht sich suchend im Restaurant um, entdeckt mich, als ich mich halb erhebe und ihm zuwinke. Nach einem flüchtigen Kuss auf meine Wange nimmt er mir gegenüber Platz.

»Sorry«, sagt er. »Mein Chef wollte mich noch dringend sprechen und hat wie üblich kein Ende gefunden.« Er klingt gehetzt.

»Kein Problem«, sage ich, obwohl der Ärger in mir schwelt. Außerdem ist mir übel von den Unmengen an Ingwertee, die ich mittlerweile in mich reingeschüttet habe.

Mark ist ungewöhnlich schweigsam. Ihn scheint etwas zu beschäftigen. Er wirkt abwesend, als wäre er mit seinen Gedanken woanders.

»Alles in Ordnung?«, frage ich besorgt, nachdem er auf meine Versuche, eine Unterhaltung in Gang zu bringen, immer einsilbiger antwortet und lustlos in seinem Essen herumstochert.

Er schaut von seinem Teller auf. »Nein, nichts ist in Ordnung«, erwidert er mit düsterem Blick. Ich erschrecke.

»Was ist? Ärger im Krankenhaus?«

»Nein.« Er schüttelt den Kopf. »Lass uns zahlen, ja? Ich bringe keinen Bissen runter.«

»Hat es etwas mit Katja zu tun?« Die Frage rutscht mir ungewollt raus.

Mark holt tief Luft. »In gewisser Weise«, sagt er. »Aber lass uns nicht hier darüber reden. Das ist nicht der richtige Ort dafür. Okay?«

»Okay«, stimme ich halbherzig zu und kann nicht verhindern, dass meine Stimme so verzagt klingt, wie ich mich fühle.

Mark zahlt, Seite an Seite verlassen wir das Restaurant und gehen schweigend zu dem Parkhaus, in dem sein Wagen steht. Ich fühle mich schrecklich. Was soll ich machen, wenn meine Vorahnung sich bewahrheitet und Mark mich verlassen will? Dann habe ich niemanden mehr. Die Stille, die zwischen uns lastet, ist kaum auszuhalten, ich wage dennoch nicht, die Frage zu stellen, die mir auf der Seele brennt.

Ist es aus? Willst du dich von mir trennen?

Mark richtet auf der Heimfahrt nicht ein Wort an mich. Die Stimmung ist so angespannt, dass ich Magenschmerzen bekomme. Ich habe das Gefühl, mich gleich übergeben zu müssen, und presse die Lippen fest zusammen. Dabei schaue ich die ganze Zeit angestrengt aus dem Seitenfenster, damit Mark nicht mitbekommt, dass ich mit den Tränen kämpfe. Mittlerweile bin ich mir sicher, dass er unsere Beziehung beenden will. Wahrscheinlich hat er schon länger eine Affäre mit Katja und sie hat ihn unter Druck gesetzt, damit er mir endlich reinen Wein einschenkt.

Als wir zu Hause ankommen, stürze ich, kaum dass Mark aufgeschlossen hat, ins Bad und übergebe mich. Besser fühle ich mich danach allerdings nicht. Der Druck in meiner Magengegend ist kaum auszuhalten. Das Gesicht, das mir im Spiegel über dem Waschbecken entgegenschaut, spiegelt das tiefe Elend, das sich in jeder Faser meines Köpers eingenistet hat, wider. Am liebsten würde ich hier drin bleiben, so sehr fürchte ich mich vor dem, was Mark mir zu sagen hat. Nach einer Weile gebe ich mir einen Ruck und gehe ins Wohnzimmer. Mark steht vor der Terrassentür, die Hände in den Hosentaschen und starrt in die Dunkelheit. Ich räuspere mich. Er zeigt keine Reaktion.

»Was ist? Nun sag schon!«, bricht es aus mir heraus.

»Ich werde erpresst«, antwortet Mark, ohne sich zu mir umzudrehen.

»Wie bitte?«, frage ich entgeistert.

»Du hast richtig gehört.« Sein Spiegelbild im Glas der Fensterscheibe gleicht einer reglosen Statue.

»Weswegen? Ich meine, hast du dir etwas zuschulden kommen lassen?«

Ich versuche, meine Erleichterung zu verbergen, dass sich meine schlimmste Befürchtung nicht bestätigt hat. Mark wendet sich mir zu und schaut mich mit kalten Augen an, in denen ich Feindseligkeit zu lesen glaube, und das Gefühl der Erleichterung verpufft.

»Nein, ich habe mir nichts zuschulden kommen lassen.« Der Nachdruck, mit dem er das *ich* betont, lässt mich aufhorchen.

»Wie meinst du das?«

Mark reibt sich über die Knöchel seiner zur Faust geballten rechten Hand. Einen Wimpernschlag lang fürchte ich, er könnte mich schlagen. Was ich im gleichen Atemzug als Unsinn abtue, Mark würde niemals die Hand gegen mich erheben.

»Setz dich lieber«, sagt er und weist auf das Sofa hinter mir.

Ich folge seinem Rat und schaue mit ängstlichem Erwarten zu ihm auf. Ich habe nicht die geringste Ahnung, worauf er hinauswill.

»Katja erpresst mich.«

Wenn ich mit allem gerechnet hätte, damit, dass Katja die Erpresserin ist, sicherlich nicht. Mir verschlägt es die Sprache.

»Ich habe ihr schon eine nicht unbeträchtliche Summe gezahlt. Aber sie will mehr, viel mehr.« Mark beginnt im Zimmer hin und her zu gehen und fährt sich mit den Händen durchs Haar. »Wenn ich nicht zahle, geht sie zur Polizei und dann …« Er lässt den Satz unbeendet in der Luft hängen.

»Ich verstehe das nicht«, sage ich. »Womit erpresst sie dich denn? So rede doch endlich!«

»Ich wollte dir das nie sagen, das musst du mir glauben. Aber jetzt bleibt mir keine andere Wahl mehr.« Er lässt sich auf den Sessel mir gegenüber fallen und verschränkt die Finger ineinander. Er ist grau im Gesicht und sieht todunglücklich aus. Eine Welle der Zuneigung durchflutet mich.

»Was es auch ist, wir stehen das zusammen durch«, sage ich mit zärtlicher Stimme.

Mark gibt einen Laut von sich, der wie ein unterdrücktes Schnauben klingt. »Es geht um Charlotte«, sagt er so leise, dass ich ihn kaum verstehe.

»Um Charlotte?«, wiederhole ich mit tonloser Stimme.

Mark nickt stumm.

»Was hat unser Kind damit zu tun?«, hake ich nach, als er keine Anstalten zu einer Erklärung macht.

Mark schluckt, sein Adamsapfel bewegt sich hektisch auf und ab. Er scheint nach Worten zu suchen und nicht die richtigen zu finden.

Ein Gefühl der Beklommenheit breitet sich in mir aus und die Ahnung, dass ich gleich etwas Entsetzliches erfahren werde, wird nach einem weiteren Blick in Marks versteinertes Gesicht zur Gewissheit. Seine Kiefer mahlen. Am liebsten würde ich mir wie ein kleines Kind die Ohren zuhalten und rufen: »Sei still. Ich will das nicht hören.«

17

Doch da spricht Mark bereits weiter. »Charlottes Tod war kein Unfall.«

Ich starre ihn an. *Was soll das heißen*, will ich fragen, aber meine Kehle ist wie zugeschnürt. Ich bringe kein einziges Wort über die Lippen. Mark weicht meinem Blick aus und betrachtet den Fußboden vor seinen Füßen.

Die Stille ist unerträglich.

»Katja war dabei, als es passiert ist.« Jetzt schaut er auf und blickt mir direkt in die Augen. Er holt tief Luft und fixiert mich. »Du«, hier macht er eine Pause, als fiele es ihm nicht leicht, die folgenden Worte auszusprechen, »hast unser Kind getötet.«

Alles in mir erstarrt. Eine klirrende Kälte kriecht in mir hoch. Ein tonloses »Nein« ist alles, was ich herausbringe.

Warum sagt Mark so etwas? Das ist doch nicht wahr. Das Eis in mir weicht sekundenschnell einer glühenden Hitze, die mir bis unter die Schädeldecke schießt. Mein Verstand setzt aus.

»Du warst nicht du selbst.« Marks Stimme dringt dumpf wie aus weiter Ferne an mein Ohr. »Charlotte hatte seit Wochen nur noch geweint und sich über Stunden hinweg die Seele aus dem Leib geschrien. Sie hat sich durch nichts beruhigen lassen. Es wurde sogar schlimmer, wenn du sie auf den Arm genommen hast. Erinnerst du dich, dass du zu mir gesagt hast, dass du das Gefühl hättest, die Kleine verabscheue dich und hasse es, von dir auf den Arm genommen zu werden?«

Automatisch schüttele ich den Kopf.

»Ich weiß nicht genau, was geschehen ist. Du hast plötzlich laut geschrien. Katja und ich sind ins Wohnzimmer gerannt. Du hast auf Zehenspitzen auf dem Balkon gestanden und dich weit über das Geländer gebeugt. Es sah aus, als wolltest du dich hinunterstürzen. Dass du Charlotte in den Händen hältst, habe ich erst auf den zweiten Blick bemerkt. Bevor ich etwas tun konnte, hast du sie fallen lassen.«

Ich bin zu keiner Reaktion fähig. Ich höre Marks Worte, aber sie ergeben keinen Sinn für mich.

»Wir vermuten, dass du dich die Treppe hinuntergestürzt hast, um dich selbst zu töten.«

Alles, was Mark sagt, ist nicht richtig. Ich habe Charlotte nicht vom Balkon geworfen. Das hätte ich nie getan. Nie, nie, nie! Und auf der Treppe bin ich gestolpert.

Ich bin an der Gegensprechanlage gewesen, als das Unglück passiert ist. Es war so, wie ich es Sonja heute Nachmittag erzählt habe. Warum unterstellt Mark mir so etwas Furchtbares? Mein Herz schlägt rasend schnell und in meinen Ohren rauscht das Blut. Mein Gesicht glüht und unvermittelt wird mir schwarz vor Augen. Ich bekomme noch mit, dass Mark meinen Namen ruft. Es klingt, als wäre er ganz weit weg. Dann schwinden mir die Sinne.

Als ich wieder zu mir komme, liege ich auf dem Sofa, auf meiner Stirn fühle ich etwas Nasses und Mark sitzt dicht neben mir. Der Geruch seines Rasierwassers steigt mir in die Nase und mir wird augenblicklich übel.

»Ich muss mich übergeben«, stoße ich hervor und versuche gleichzeitig, mich aufzurichten.

Mark nimmt den nassen Lappen von meiner Stirn und hilft mir hoch. »Schaffst du es allein?«

Ich nicke und wanke an ihm vorbei ins Badezimmer. Dort beuge ich mich über die Toilette und würge, bis nur noch bittere Galle kommt. Erschöpft richte ich mich auf. Am Waschbecken spüle ich meinen Mund mit Wasser aus und stütze mich mit beiden Händen auf dem Beckenrand ab. Das Zittern, das meinen Körper ergriffen hat, wird immer stärker. In einer Endlosschleife rotiert Marks Anschuldigung durch meinen Kopf:

Du hast unser Kind getötet.

Warum behauptet er so etwas Entsetzliches? Wenn ich das getan hätte, würde ich mich doch daran erinnern.

Es klopft an der Tür. »Kann ich reinkommen?«

Ich ringe mir ein »Ja« ab.

Mit einem Glas in der Hand, in dem eine milchige Flüssigkeit schwimmt, tritt Mark neben mich. »Trink das«, fordert er mich auf.

»Was ist das?« Meine Stimme klingt schleppend.

»Ein leichtes Beruhigungsmittel. Es wird dir guttun.« Er reicht mir das Glas.

Gehorsam trinke ich es leer. Es schmeckt so bitter, dass ich mich unwillkürlich schüttele. Mark nimmt mir das Glas aus der Hand und ich folge ihm in die Küche. Apathisch sehe ich zu, wie er es in den Geschirrspüler stellt und ihn anschließend anmacht. Mit dem Rücken zu mir bleibt er davor stehen. Das Schweigen, das zwischen uns lastet, füllt den ganzen Raum mit einer bleiernen Schwere.

»Bitte, Mark, sag mir, dass es nicht wahr ist«, wispere ich.

»Es tut mir unsagbar leid.« Er dreht sich um und schaut an mir vorbei, als würde er sich scheuen, mir in die Augen zu sehen. »Aber es ist die Wahrheit.«

»Warum hast du dann der Polizei etwas anderes gesagt?«

»Das fragst du?« Mark sieht mich fassungslos an.

Ich nicke. »Ja, natürlich. Ich meine ...«, stammele ich.

»Gott, Rina, ist dir nicht klar, was dann passiert wäre? Sie hätten dich für Jahre ins Gefängnis gesteckt. Dort werden Frauen, die ihre Kinder umgebracht haben, wie Abschaum behandelt. Sie sind der letzte Dreck und werden gnadenlos fertiggemacht. Das hättest du nicht lange überlebt.«

»Warum habe ich keine Erinnerung daran?« Meine Zunge will mir nicht mehr gehorchen und eine seltsame Schwere breitet sich in mir aus. Die Wirkung des Beruhigungsmittels scheint allmählich einzusetzen.

»Das ist entweder eine Folge deines Treppensturzes oder du hast die furchtbare Tat aus deinem Bewusstsein verdrängt.«

Obwohl Mark nur wenige Schritte von mir entfernt steht, habe ich das Gefühl, dass uns eine unüberwindbare Kluft trennt.

»Wie kannst du mich jetzt noch lieben?«, lalle ich, als wäre ich betrunken.

Über Marks Gesicht huscht ein Schatten. »Lass uns morgen weiterreden, ja?«

»Ich werde mich der Polizei stellen. Gleich morgen früh werde ich ...«

»Bist du wahnsinnig?«, unterbricht mich Mark. Seine Stimme klingt ungewöhnlich scharf. Das nehme ich sogar durch den Medikamentenschleier wahr. »Das würde mich meine Approbation als Arzt kosten.«

»Ich bin noch nicht mal an ihrem Grab gewesen«, flüstere ich. Tränen rinnen mir über die Wangen. »Wo hast du unsere Tochter beerdigen lassen?«

»Auf einem Friedhof in Charlottenburg. Dort gibt es eine

Grabstätte nur für Kinder«, sagt er so leise, dass ich ihn kaum verstehen kann.

»Ich möchte dorthin. Bitte.« Ich kann meine Augen kaum noch offen halten.

»Ja, natürlich, aber nicht jetzt.«

»Morgen?«

»Ja!«

»Versprochen?«

»Versprochen!«

»Ich bin so müde.« Meine Beine scheinen plötzlich aus Gummi zu bestehen. Haltsuchend kralle ich beide Hände um die Stuhllehne vor mir.

Sofort ist Mark an meiner Seite und stützt mich. »Ich habe den wahren Sachverhalt verschwiegen, weil ich dich über alles liebe«, flüstert er, während er mich ins Schlafzimmer bringt. »Ich wollte dich beschützen.«

Seine Worte dringen wie durch einen Filter gepresst an mein Ohr. Ich will ihm antworten, mich bedanken für seine Fürsorge, aber mein Kopf ist mit Watte gefüllt. Willenlos lasse ich es geschehen, dass er mich auszieht, und schlüpfe dann unter die Bettdecke. Mein Hinterkopf hat kaum das Kissen berührt, da drifte ich schon weg.

Als ich aus einem tiefen, traumlosen Schlaf wieder aufwache, bin ich für Sekunden orientierungslos. Tageslicht quetscht sich durch die Lamellen der Jalousie und taucht den Raum in ein diffuses Licht. Marks Seite im Bett ist unberührt. Schlagartig fällt mir alles wieder ein.

Es war kein Unfall. Du hast unser Kind getötet.

Die Verzweiflung, die augenblicklich von mir Besitz ergreift, ist so allumfassend und schmerzt so sehr, dass ich mich zusammenkrümme und leise zu wimmern beginne. Ich möchte nur noch eins: sterben.

18

Als ich das zweite Mal erwache, ist es dunkel im Zimmer. Stöhnend richte ich mich auf und taste nach dem Schalter der Nachttischlampe. Das Licht erhellt den Raum nur spärlich. Ich habe einen sauren Geschmack im Mund und höllische Kopfschmerzen. Auf dem Nachttisch steht eine Flasche Wasser. Ich richte mich auf, greife danach und trinke so gierig, dass ich mich verschlucke. Hustend sinke ich auf das Bett zurück. Ich fühle mich schwach und unendlich müde. Am liebsten würde ich weiterschlafen und nie wieder aufwachen.

Ich schließe die Augen. Doch der Schlaf will sich nicht einstellen, mein Kopf ist voller quälender Gedanken. Außerdem meldet sich meine Blase mit einer Dringlichkeit, die keinen Aufschub duldet. Ich schlage die Bettdecke zur Seite und erhebe mich. Auf wackeligen Beinen tappe ich zur Tür und drücke die Klinke runter. Die Tür lässt sich nicht öffnen. Der Schlüssel, der normalerweise von innen steckt, ist verschwunden. Ist die Tür von außen abgeschlossen?

Ich schlage mit der flachen Hand gegen das Türblatt und rufe laut nach Mark. Keine Reaktion. Im Haus bleibt es still.

»Mark, bist du da?« Ich hämmere mit den Fäusten gegen die Tür. Aber es tut sich nichts.

Ist Mark zur Arbeit ins Krankenhaus gefahren, als sei nichts geschehen, und hat mich hier alleingelassen? Und vorsichtshalber eingeschlossen, damit ich mir nichts antue? Oder hatte er Angst, dass ich es mir anders überlege und mich doch der Polizei stelle? Eine Gänsehaut kriecht über meinen Körper, was nicht nur daran liegt, dass es lausig kalt in dem Zimmer ist. In Windeseile kleide ich mich an.

Ich schalte die Deckenbeleuchtung ein, damit ich besser sehen kann, und beäuge das Schlüsselloch. Wenn mich nicht alles täuscht, steckt der Schlüssel von außen. Also hat Mark mich eingeschlossen. Aber mit dem richtigen Werkzeug dürfte es kein Problem sein, hier rauszukommen. In meiner Nachttischschublade befindet sich allerlei Kram, da werde ich sicher fündig. Die Schublade steht halb offen, ich ziehe sie heraus und stutze. Gut ein Dutzend Blister sind da drin. Wie sind die dahin gekommen? Ich nehme einen Tablettenstreifen zur Hand. Es ist ein starkes Schlafmittel, die Sorte, die ich noch bis vor Kurzem genommen habe. Ich zähle die Tabletten. Es sind vierzig Stück. Das könnte reichen, schießt es mir durch den Kopf. Einfach einschlafen und nie wieder aufwachen. Alles hinter mir lassen und meiner kleinen Tochter in den Tod folgen.

Vielleicht gibt es doch ein Leben nach dem Tod und wir beide finden in einer anderen Welt jenseits der von uns wahrgenommenen Realität wieder zueinander. Der Gedanke hat etwas ungemein Tröstliches und erscheint mir mit einem Mal sehr verführerisch. Meine Finger agieren, als würden sie nicht zu mir gehören. Sie drücken eine Tablette nach der anderen in das Glas auf dem Nachttisch.

Doch dann schleicht sich hinterrücks ein furchtbarer Verdacht in mein Bewusstsein und ich unterbreche mein Tun abrupt. Hat Mark die Tabletten in die Schublade gelegt? Es kann nur er gewesen sein. Will er mir zu verstehen geben, dass es besser wäre, wenn ich mich umbringe? Der Tablettenstreifen entgleitet mir.

Ich sinke auf die Bettkante. Nein, das kann nicht sein. Mark würde so etwas nie tun. Aber wer ist es dann gewesen? Ich habe alle Tabletten in den Müll geworfen, damit ich erst gar nicht in Versuchung komme, wieder eine davon zu nehmen. Oder habe ich mir das nur vorgenommen und vergessen, mein Vorhaben in die Tat umzusetzen? Aber hatte ich wirklich noch so viele? Mir schwirrt der Kopf. Ich weiß nicht mehr, was ich denken soll.

Meine volle Blase drückt mittlerweile schmerzhaft gegen meinen Unterleib und überlagert alles andere. Hastig durchsuche ich die Schublade und fördere ein Paket Tempos, ein unbenutztes Kondom, drei Haargummis und zu guter Letzt eine Nagelfeile ans Tageslicht. Das ist genau das, was ich brauche. Auf Marks Nachttisch stapeln sich diverse medizinische Fachbücher. Kurz entschlossen reiße ich aus einem eine Seite heraus.

Vor der Schlafzimmertür gehe ich in die Hocke und schiebe das Blatt unter dem Türspalt hindurch. Anschließend stochere ich mit der Nagelfeile so lange in dem Schloss herum, bis der Schlüssel mit einem leisen Klacken auf der anderen Seite herunterfällt. Ich lege mich flach auf den Boden und beäuge den Spalt zwischen Tür und Boden. Es könnte funktionieren. Vorsichtig ziehe ich das Papier zu mir ran. Der Schlüssel schrammt hörbar über die untere Kante des Türblattes. Ich zucke zusammen. Wenn ich Pech habe, passt der Schlüssel nicht unter dem Türspalt durch und schiebt sich auf der anderen Seite vom Papier.

Ich hole tief Luft und mache weiter. Es ist meine einzige Möglichkeit, aus dem Zimmer rauszukommen. Als der Bart des Schlüssels sichtbar wird, schnaufe ich erleichtert. Ich bin mir nicht bewusst gewesen, dass ich den Atem angehalten habe. Mit fliegenden Fingern schließe ich auf, stürze ins Bad und erleichtere mich.

Ohne Licht anzumachen, setze ich mich im Wohnzimmer aufs Sofa. Die Dunkelheit umschließt mich wie ein schützender Kokon. Und obwohl ich nicht wirklich daran glaube, klammere ich mich an die Hoffnung, dass Mark jeden Moment auftaucht und eine Erklärung für das alles hat. Doch die Zeiger der Uhr rücken Stunde um Stunde vor und er kommt nicht nach Hause. Vielleicht ist ihm etwas Wichtiges dazwischengekommen, eine Not-OP oder so, versuche ich mir einzureden und schimpfe mich gleichzeitig ein naives Schaf.

Was muss noch passieren, damit du endlich begreifst, dass Mark ein falsches Spiel mit dir treibt?

Ich schnaube ein unfrohes Lachen und denke, dass ich gehen sollte. Es bleibt bei dem Gedanken. Wohin sollte ich auch mitten in der Nacht? Ich komme ja nicht mal von hier weg.

Irgendwann muss ich wohl eingeschlafen sein, denn am nächsten Morgen kitzeln mich die Sonnenstrahlen auf meinem Gesicht aus einem unruhigen Schlaf. Verwirrt schaue ich mich um. Wieso bin ich nicht im Schlafzimmer? Wo ist Mark? Ich setze mich auf und die Realität überfällt mich mit einer solchen Wucht, dass ich nach Luft schnappe.

Du hast dein Kind getötet.

Der Satz explodiert in meinem Kopf.

Du

hast

dein

Kind

getötet.

Jedes einzelne Wort ist ein Schrei, der mein Inneres in Stücke zerfetzt. Wimmernd halte ich mir die Ohren zu und wiege mich vor und zurück. Alles in mir begehrt auf. Das ist nicht wahr. Das kann nicht wahr sein. Dazu wäre ich niemals fähig gewesen.

Nur warum sollte Mark so etwas behaupten, wenn es nicht der Wahrheit entspricht? Und wie soll ich weiterleben mit dem Wissen, dass ich den Tod meines eigenen Kindes verschuldet habe? Das kann ich nicht.

Mark wusste das und hat dir einen Ausweg gezeigt, flüstert eine eindringliche Stimme in meinem Hinterkopf. *Beende das, was du gestern begonnen hast, und du findest deinen Frieden. Es ist das Beste für dich.*

Ich bin kurz davor, dem Ratschlag wie eine willenlose Marionette zu folgen, als mir etwas in den Sinn schießt, das so ungeheuerlich ist, dass ich versucht bin, den Gedanken als absurd und abwegig abzutun. Er hält sich jedoch hartnäckig in einem Winkel meines Verstandes und drängt sich immer wieder mit aller Macht in den Vordergrund meines Bewusstseins.

Vielleicht hat Mark Charlotte umgebracht und will es jetzt dir in die Schuhe schieben.

Das kann nicht sein. Mark hat Charlotte über alles geliebt.

Vielleicht war es ein Unfall.

Eine eisige Kälte steigt in mir hoch und etwas in mir reißt, lautlos wie ein dünner Faden. Nicht zum ersten Mal in letzter Zeit stelle ich mir die Frage, ob ich den Menschen, der sich hinter dem Namen Mark verbirgt, wirklich kenne. Habe ich nur das gesehen, was ich sehen wollte? Habe ich ihn mir zurechtgebogen, bis er so war, wie ich mir den Mann, den ich liebe, gewünscht habe? Erst jetzt fällt mir auf, dass er mich nie seinen Freunden vorgestellt hat, und Verwandte hat er – angeblich – keine. Er hat mich vor allem abgeschirmt. Ich habe es für übertriebene Fürsorge gehalten, mir weiter keine Gedanken darüber gemacht, denn im Grunde war mir Mark genug.

Mitten in meine Überlegungen hinein schrillt die Türklingel. Wer könnte das sein? Egal, wer immer es ist, er kann mich vielleicht von hier wegbringen. Ich stürze zur Haustür und drücke die Klinke herunter. Abgeschlossen.

»Wer ist da?«, rufe ich.

»DHL. Ein Päckchen, ich lege es auf die Fußmatte.«

»Warten Sie. Bitte! Können Sie mich vielleicht …« Doch da höre ich schon davoneilende Schritte und kurz darauf das Geräusch einer zuschlagenden Autotür.

Wieder begebe ich mich auf die Suche nach meinem Haustürschlüssel. Im Gefrierfach, in dem ich als Erstes nachschaue, ist er nicht. Ich stelle den gesamten Bungalow auf den Kopf, bis auf Marks Arbeitszimmer, das ist nach wie vor verriegelt. Vergebens.

Die Fenster sind auch keine Option. Sie sind von innen mit Schlössern gesichert, damit kein Einbrecher durch sie ins Hausinnere gelangen kann. Die jeweiligen Schlüssel liegen normalerweise griffbereit auf der Fensterbank. Auch sie sind verschwunden.

Ich bin hier eingesperrt. Eine Gefangene. Ohne Verbindung zur Außenwelt. Ich lasse mich auf das Sofa im Wohnzimmer sinken und verberge mein Gesicht in den Händen. Was nun? Resignation steigt wie bittere Galle in mir hoch und löscht den kläglichen Rest der Hoffnung, dass Mark für all das eine Erklärung hat.

Ich könnte ein Fenster einschlagen und rausklettern. Doch dann kommt mir eine bessere Idee. Im Hauswirtschaftsraum finde ich einen Schraubendreher und eine Zange. Innerhalb weniger Minuten habe ich das Türschloss zu Marks Arbeitszimmer geknackt. Im Stillen danke ich meinem verstorbenen Onkel, dass er mir das beigebracht hat. Ich lasse das Werkzeug achtlos fallen, stürze zum Fenster und zerre am Griff. Verriegelt! Natürlich. Mein Blick tastet sich über den Marmor der Fensterbank. Wo ist der Schlüssel?

»Mist, verfluchter«, schreie ich meine Enttäuschung laut heraus.

Ich will mich schon abwenden, um nach einem Hammer zu suchen, da entdecke ich ihn. Er liegt verborgen von den schmalen Blättern einer Grünlilie in der linken Ecke der Fensterbank. Ich entriegele das Fenster, klettere etwas umständlich ins Freie und kehre mit dem wattierten Umschlag, den der Bote auf der Fußmatte vor der Eingangstür platziert hat, zurück. Wieder ins Haus reinzukommen, gestaltet sich weitaus schwieriger. Ich werfe den Umschlag ins Zimmer, um beide Hände frei zu haben. Nach mehreren Fehlversuchen gelingt es mir endlich, mich so weit hochzustemmen, dass ich mit den Knien auf der Fensterbank lande.

Anschließend stehe ich schwer atmend in Marks Arbeitszimmer und reiße den Umschlag auf. Für einen winzigen Augenblick beschert mir der Anblick der SIM-Karte ein kleines Glücksgefühl. Jetzt kann ich endlich telefonieren und bin nicht mehr abgeschnitten von der Außenwelt. Meine Handtasche hängt unter meinem Mantel an der Garderobe. Ich wühle mich durch ein Sammelsurium aus Haargummis, Lipgloss, Handcreme, Tempopackungen, losen Tampons und zerknüllten Quittungen. Doch das gerade erst gekaufte Handy ist nicht dabei.

19

Ich kippe den Inhalt der Tasche auf den Boden und öffne sämtliche Reißverschlüsse, ich taste sogar das Futter ab, doch das Handy bleibt unauffindbar. Ob es mir jemand gestohlen hat, als ich im Café auf Toilette war? Unwahrscheinlich, Sonja saß die ganze Zeit am Tisch. Vielleicht ist es mir aus der Tasche gerutscht, als ich nach meinem Portemonnaie gekramt habe. Ich merke selbst, dass mein Verstand verzweifelt versucht, Erklärungen zu finden, weil ich eine simple Tatsache nicht wahrhaben möchte. Mark hat es an sich genommen. Hatte ich ihm von dem Handy erzählt? Ich nehme es an, sicher bin ich mir nicht.

Du musst hier weg!

Die Erkenntnis schießt mir so unvermittelt in den Sinn, dass ich, ohne nachzudenken, ins Schlafzimmer stürze und meinen großen Rucksack vom Schrank herunterziehe. Wahllos stopfe ich Unterwäsche, Pullis und Hosen hinein. Anschließend schnappe ich mir im Badezimmer Zahnbürste, Kamm und alles, was mir im ersten Moment in die Finger kommt, und verstaue die Sachen ebenfalls im Rucksack. Als ich in der Diele meine Handtasche wieder einräume, höre ich das Motorgeräusch eines sich nähernden Wagens. Mark? Der Schreck lässt mich erstarren. Ihm will ich jetzt auf keinen Fall gegenübertreten.

Ich schlüpfe in meine Stiefel, reiße den Mantel vom Haken und stolpere in Marks Arbeitszimmer. Dort stoppe ich abrupt. Die SIM-Karte. Die hätte ich fast vergessen. Wo habe ich sie hingetan? Ich vergegenwärtige mir, dass ich den Umschlag hier in diesem Zimmer aufgemacht habe und dann zur Garderobe gegangen bin. Ich hetze in die Diele zurück. Und tatsächlich, sie liegt auf dem kleinen Beistelltisch. Draußen vorm Haus erklingen Schritte. Mein Herzschlag beschleunigt sich. Ich nehme die Karte, stecke sie in die Manteltasche, spurte in Marks Zimmer und steige aus dem Fenster ins Freie. Von außen drücke ich es wieder in den Rahmen, damit er nicht auf den ersten Blick sieht, auf welchem Weg ich entkommen bin und meine Flucht womöglich verhindert.

Die Türklingel schlägt an. Wieso klingelt Mark? Er hat doch einen Schlüssel. Geduckt schleiche ich an der Hauswand entlang und linse vorsichtig um die Ecke. Eine Frau steht vor der Haustür. Das Gesicht verbirgt die übergroße Kapuze eines grauen Wollmantels, um den Hals hat sie sich einen Schal geschlungen. Sie drückt ein zweites Mal auf den Klingelknopf und legt den Kopf leicht schräg, als lausche sie angestrengt nach Schritten aus dem Hausinneren. Gleichzeitig kramt sie in ihrer Handtasche und holt einen Schlüssel hervor. Sie dreht ihn in den Händen, als wäre sie unentschlossen, ob sie aufschließen soll.

Unvermittelt wendet sie den Kopf in meine Richtung. Ich zucke zurück und bete, dass sie mich nicht gesehen hat. Dennoch rechne ich jeden Augenblick damit, dass sie um die Ecke biegt und ich entdeckt werde. Auf ihr Gesicht habe ich nur einen flüchtigen Blick werfen können. Sie trägt eine riesige dunkle Sonnenbrille, die ihr halbes Gesicht verdeckt, der Schal ist über das Kinn gezogen. Aus den Augenwinkeln nehme ich das leuchtende Rot ihrer Lippen wahr. Mein Gefühl sagt mir, dass ich von dieser Frau nichts Gutes zu erwarten habe. Mit klopfendem Herzen presse ich mich mit dem Rücken gegen die Hauswand und verharre regungslos. Ich wage kaum zu atmen.

Als ich das Geräusch der zufallenden Haustür vernehme, löse ich mich von der Wand und schaue vorsichtig nach, ob sie wirklich im Haus verschwunden ist. Ist sie! Ich renne los. Matsch und Wasser spritzen hoch und durchnässen den Stoff meiner Hose. Es ist mir egal. Bloß weg hier. Ich beschleunige mein Tempo. Einige Male rutsche ich auf dem vom Regen durchgeweichten Boden aus und kämpfe stolpernd mit dem Gleichgewicht. Ich stoppe meinen Lauf erst, als ich im Ort angekommen bin.

Völlig außer Atem fummele ich aus meiner Manteltasche die Visitenkarte heraus, die mir der nette alte Mann neulich zugesteckt hat. Ich frage eine mürrisch wirkende Passantin, die mir mit einem kurzatmigen Mops an der Leine entgegenkommt, nach dem Weg, den sie mir nach einem misstrauischen Seitenblick zögerlich verrät. Keine zwei Minuten später stehe ich vor der Tür von *Kalle's Fahrdienst*. Er erkennt mich sofort.

»So schnell habe ich nicht mit Ihnen gerechnet«, nuschelt er mit vollem Mund. Die Augen unter seinen buschigen Augenbrauen betrachten mich mit freundlichem Wohlwollen.

»Entschuldigen Sie die Störung. Hätten Sie Zeit, mich nach Berlin zu fahren?«, komme ich ohne Umschweife und noch immer etwas atemlos zur Sache.

»Hätte ich.« Er grinst, kaut und wischt sich mit der Handkante ein paar Brotkrümel von den Lippen. Offensichtlich habe ich ihn beim Essen gestört. »Ich stehe sofort zu Ihrer Verfügung«, sagt er und verschwindet im Hausinnern.

Auf der Fahrt nach Berlin löst sich meine Anspannung langsam. Ich lehne meinen Kopf gegen die Stütze und schließe die Augen. Auch die Aufregung legt sich und mein Verstand schaltet sich wieder zu.

Wer war diese Frau? Und wieso hat sie einen Schlüssel zu unserem Bungalow? Hat sie den von Mark bekommen? Hat er sie geschickt, um nach mir zu sehen? Warum kommt er nicht selbst? Fragen über Fragen türmen sich in meinem Kopf. Ich weiß auf keine eine Antwort. Unwillkürlich seufze ich.

»Alles in Ordnung mit Ihnen?«, fragt mein Fahrer und mustert mich aufmerksam von der Seite. »Haben Sie Kummer?«

Seine väterliche Art berührt etwas in mir und ich bin versucht, ihm mein Herz auszuschütten. Doch der Moment verfliegt und ich besinne mich. Ich kenne den Mann kaum.

»Ja, alles bestens«, behaupte ich. »Ich habe nur schlecht geschlafen und fühle mich wie gerädert.«

Er gibt sich mit meiner Antwort zufrieden und nickt verständnisvoll. »Das kenne ich gut.«

Als wir Berlin erreichen, fragt er, wo er mich absetzen soll. Gute Frage. Ich habe mir in der Eile nicht überlegt, wo ich hinwill, und zögere mit der Antwort. Dann nenne ich ihm Sonjas Adresse in Kreuzberg. Sie ist die einzige Freundin, die ich in Berlin habe. Und wenn ich mich richtig erinnere, ist sie noch nicht umgezogen.

Sonja reißt erstaunt die Augen auf, als sie mich vor ihrer Tür stehen sieht. Ich versuche ein Lächeln, sage »Die Haustür unten ist offen« und kämpfe mit den Tränen.

»Das Schloss ist schon seit Tagen defekt.« Sonja verdreht die Augen. »Aber komm erst mal rein.« Sie tritt zur Seite und lässt mich eintreten. »Deine Schuhe solltest du besser ausziehen.« Sie zeigt auf meine verdreckten Sneakers.

»Oh, natürlich.« Ich beeile mich, ihrer Bitte nachzukommen.

»Entschuldige das Chaos.« Sie weist auf die Umzugskartons, die überall in der Diele herumstehen. »Ich koche uns erst mal einen Kaffee, ja?«

»Tut mir leid, dass ich dich einfach so überfalle, aber ich wusste nicht …«

»Papperlapapp«, fällt sie mir ins Wort. »Dafür sind Freunde doch da.«

Ich schniefe ein »Danke« und folge ihr auf Strümpfen in die Küche. Hier scheint noch alles an seinem Platz zu sein, stelle ich mit einem schnellen Blick fest.

»Die Küche kommt als letztes dran.« Sonja schaufelt Kaffeepulver in den Filter. »Einen Rückzugsort muss man ja haben.« Die Kaffeemaschine nimmt leise gurgelnd ihre Arbeit auf.

»Jetzt erzähl mal, was passiert ist«, fordert sie mich auf. »Du siehst ehrlich gesagt noch fertiger aus als bei unserem Treffen neulich.«

Wo soll ich anfangen? Soll ich ihr von Marks Anschuldigung erzählen? Sonja liebt Kinder über alles, genau wie ich. Vielleicht wirft sie mich aus ihrer Wohnung, wenn ich ihr beichte, dass Mark behauptet hat, ich hätte unser Kind in einem Anfall unbändiger Wut aus dem Fenster geworfen. Ich presse die Lippen fest aufeinander, als wollte ich verhindern, dass auch nur ein Wort über sie kommt. Sonja ist feinfühlig genug, um zu merken, dass ich mich mit dem Reden schwertue.

»Du musst nicht darüber sprechen, wenn du nicht kannst«, sagt sie. Sie schenkt zwei Tassen Kaffee ein, schiebt mir eine davon über den Tisch zu und nimmt mir gegenüber Platz. »Du kannst erst mal hierbleiben, wenn du magst.«

»Du bist ein Schatz«, sage ich. »Ich danke dir sehr.«

»Ich weiß. Ich bin zu gut für diese Welt«, sagt sie und grinst mich an. Gleich darauf wird sie wieder ernst. »Wenn ich dir sonst noch irgendwie helfen kann, sag es einfach, ja?«

»Du könntest mich dein Telefon benutzen lassen«, antworte ich. »Ich habe mir grade eine neue SIM-Karte besorgt, aber ich kann mein Handy nicht mehr finden.«

»Warte mal!« Sonja springt auf und eilt aus dem Raum. Ich höre sie im Nebenraum herumkramen und wundere mich, was sie da macht. Freudestrahlend kommt sie zurück und präsentiert mir ein Smartphone. »Das kannst du gerne haben. Ich schenke es dir. Ich habe mir vor ein paar Wochen ein iPhone zugelegt.«

»Das ist großartig«, freue ich mich. »Vielen lieben Dank.« Ich erhebe mich und umarme sie.

»Doch nicht dafür«, murmelt sie an meinem Ohr und drückt mich an sich.

Während Sonja ins Wohnzimmer verschwindet, um weitere Umzugskisten zu packen, bringe ich das Handy an den Start. Mark ist mir eine Erklärung schuldig, also rufe ich als Erstes im Krankenhaus an und verlange Dr. Eggers zu sprechen. Seine Handynummer habe ich dummerweise nicht im Kopf und auch nirgendwo notiert.

»In welcher Angelegenheit«, werde ich von dem Mann in der Zentrale gefragt.

»Es ist dringend«, sage ich. »Ich bin seine Ehefrau«, schiebe ich rasch hinterher, auch wenn es nicht der Wahrheit entspricht.

Es funktioniert. Jetzt werde ich anstandslos mit der Station verbunden. »Ich möchte meinen Mann, Dr. Eggers, sprechen«, wiederhole ich mein Anliegen, als sich eine Schwester Agnes meldet.

»Doktor Eggers hat sich eine Woche freigenommen.«

»Er hat sich freigenommen?«, wiederhole ich überrascht.

»Ja«, bestätigt die Schwester. »Wissen Sie das etwa nicht?« Misstrauen klingt in ihrer Stimme an.

»Doch, doch!«, versichere ich eifrig. »Natürlich. Das hatte ich völlig vergessen. Ich war ein paar Tage verreist und mir wurde heute Morgen mein Handy gestohlen. Ich bin noch völlig durcheinander.«

»Verstehe«, sagt sie. Sie klingt verhalten. Vermutlich glaubt sie mir kein Wort.

»Könnten Sie mir netterweise Marks Handynummer geben? Sie war in meinem Smartphone eingespeichert und ich habe sie nicht im Kopf.«

Das Schweigen am anderen Ende der Leitung verrät mir, dass sie zögert.

»Bitte«, hake ich nach. »Ich muss ihn dringend erreichen. Es ist wirklich sehr wichtig. Bitte.« Ich kann nicht verhindern, dass meine Stimme bricht und kläglich klingt. Doch damit scheine ich sie zu erweichen.

»Gut«, sagt sie und schiebt ein »Ausnahmsweise« hinterher. Ich notiere mir die Nummer, bedanke mich herzlich und verabschiede mich von ihr.

20

Wo zum Teufel steckt Mark? Warum hat er sich freigenommen? Er hat das mir gegenüber mit keinem Wort erwähnt. Was mache ich denn jetzt? Ich fühle mich komplett überfordert von der Situation.

Beruhige dich erst mal und dann rufst du Mark an. Das hattest du ohnehin vor.

Ich hole tief Luft und gebe dann die Zahlenfolge von Marks Telefonnummer in mein Handy ein. Mein Finger ist so zittrig, dass ich mich zweimal vertippe, bis ich die Verbindung herstellen kann. Ich lasse es endlos lange klingeln, aber niemand meldet sich am anderen Ende der Leitung. Nicht mal die Mailbox springt an. Nach zwei weiteren Versuchen gebe ich auf.

Wo verdammt steckst du?

Ich logge mich auf Facebook ein. Mark hat seit einer Ewigkeit nichts mehr in seinem Profil gepostet. Nicht mal ein Foto von sich hat er eingestellt und seine Freunde, von denen ich keinen einzigen kenne, kann man an zehn Fingern abzählen. So komme ich jedenfalls auch nicht weiter. Frustriert will ich mich wieder ausloggen, als mir auffällt, dass ich eine Nachrichtenanfrage erhalten habe. Da ich mich eher selten in den sozialen Medien herumtreibe, kommt das nicht häufig vor. Neugierig öffne ich die Nachricht.

Guten Tag Frau Schneider,
ich muss Sie dringend sprechen. Es geht um den Tod Ihrer kleinen Tochter. Können wir uns treffen?
Adrian Bacher

Die Aufregung schießt wie ein heiß glühender Strahl durch meinen Körper. Wer ist der Mann? Woher kennt er mich? Was weiß er? Mit wild klopfendem Herzen gebe ich seinen Namen in die Suchleiste bei Facebook ein. Sein Profil ist öffentlich. Adrian Bacher ist Schauspieler, er lebt in Berlin und arbeitet fast ausschließlich als Synchronsprecher. Er hat das glatte nichtssagende Aussehen eines Models. Dunkle Haare, blaue Augen, Dreitagebart, strahlendes Zahnpastalächeln. Das einzig Auffällige in seinem Gesicht ist der schwarze Leberfleck unter dem rechten Auge. Sonderlich erfolgreich scheint er nicht zu sein. Die wenigen Filme und Serien, in denen er eine Rolle gespielt hat, sagen mir alle nichts. Dennoch kommt mir sein Gesicht bekannt vor. Womöglich habe ich ihn doch im Fernsehen in irgendeiner Serie gesehen.

Soll ich ihm antworten? Oder soll ich die Nachricht ignorieren? Vielleicht war er der Mann, der vor unserem Bungalow im Auto saß und die Flucht ergriffen hat, als ich nach Mark gerufen habe, schießt es mir durch den Kopf. Sonja rauscht an mir vorbei zum Waschbecken und ich schrecke aus meinen Überlegungen hoch.

»Ich bin am Verhungern«, verkündet sie, während sie sich die Hände wäscht. »Ich springe schnell runter und hole mir einen Döner. Möchtest du auch einen?«

»Nein, danke«, antworte ich und bin in Gedanken schon wieder bei der Nachricht des Unbekannten. Was kann er über den Tod unserer Tochter wissen? Er war doch nicht dabei. Aber vielleicht stand er unten auf der Straße vor dem Haus und hat etwas beobachtet.

Ein ungutes Gefühl überfällt mich. Was mache ich hier eigentlich? Meine überstürzte Flucht erscheint mir plötzlich übereilt, um nicht zu sagen hysterisch. Wie komme ich dazu, Mark zu misstrauen? Er hat mir nie auch nur den geringsten Anlass gegeben, an ihm und seinen Gefühlen zu mir zu zweifeln. Ich sollte mit ihm reden. Es gibt sicher eine plausible Erklärung für alles.

Wieder wähle ich Marks Handynummer. Wieder geht der Anruf ins Leere. Wenn ich ihm wenigstens eine Nachricht hinterlassen könnte mit der Bitte, mich so schnell wie möglich zurückzurufen. Soll ich nach Hause zurückkehren? Oder soll ich hierbleiben und mit Adrian Bacher reden? Ich kann mich einfach nicht entscheiden.

Sonja stapft mit einem in Alufolie verpackten Döner in der Hand in die Küche, nimmt mir gegenüber Platz und befreit ihr Essen von der knisternden Verpackung. Durchdringender Zwiebelduft steigt mir in die Nase und mein Magen hebt sich, was sicher der Aufregung geschuldet ist. Normalerweise bin ich nicht so geruchsempfindlich.

»Schlechte Nachrichten?«, fragt sie kauend. Sie schmatzt, schiebt mit dem Finger ein Stück Fleisch in den Mund und mustert mich mit gerunzelter Stirn. »Du siehst so bedröppelt aus.«

»Ich kann Mark nicht erreichen. Er geht nicht an sein Handy und im Krankenhaus ist er auch nicht.«

»Habt ihr euch gestritten?«

»Nein, nicht direkt. Es ist …« Ich hebe in einer hilflosen Geste die Hände. »Es ist schwierig.«

»Hat es etwas mit dem Tod eurer Tochter zu tun?«, fragt Sonja.

Ich nicke. Meine Arbeitskollegin hat ein Talent, etwas genau auf den Punkt zu bringen. Und dann erzähle ich ihr von der Nachricht in meinem Facebook-Account.

»Wie merkwürdig.« Sonja knüllt die Alufolie zusammen und entsorgt sie im Mülleimer. »Kann ich die Nachricht mal sehen?«

»Klar.« Ich greife nach meinem Handy und öffne den Messenger. Die Nachricht von Adrian Bacher ist verschwunden.

21

»Ich verstehe das nicht.« Hektisch scrolle ich durch meine Nachrichten. Vielleicht ist die Nachricht von Bacher verrutscht oder in einem anderen Ordner gelandet. Aber ich finde sie nirgends.

»Was ist?«, fragt Sonja.

»Die Nachricht ist weg.«

»Wie weg?«

»Sie wurde offensichtlich gelöscht.«

»Hat denn noch jemand Zugriff auf deinen Account?«

»Nein. Nicht dass ich wüsste.«

»Sehr mysteriös!« Sonja kratzt sich am Kinn und schaut mich ratlos an. »Vielleicht hast du die Nachricht selbst versehentlich gelöscht?«

»Nein, das habe ich nicht«, fahre ich sie an und entschuldige mich sofort. »Sorry, ich bin etwas durch den Wind.«

Sonja winkt ab. »Kein Problem. Wenn du es nicht warst, war es jemand anders. Jemand, der auf dein Konto zugreifen kann.«

Beunruhigt öffne ich meinen Mailaccount und sehe die Nachrichten durch. Tatsächlich – vor einer halben Stunde hat sich jemand von einem unbekannten Gerät auf meinem Facebook-Account eingeloggt. Entweder ich wurde gehackt oder Mark ist dafür verantwortlich. Er ist der Einzige, der mein Passwort kennen könnte.

»Ich ändere sofort mein Passwort«, sage ich zu Sonja.

»Und? Wirst du dich mit dem Mann treffen?«

»Was rätst du mir?« Ich sehe sie fragend an. Sie wiegt den Kopf hin und her.

»Wenn du es nicht machst, wirst du dich immer fragen, was er dir Wichtiges mitteilen wollte. Verabrede dich mit ihm an einem öffentlichen Ort und hör dir an, was er zu sagen hat. Schaden kann es ja nicht, oder?«

»Du hast recht«, sage ich. »Ich antworte ihm und schlage einen Treffpunkt vor.«

»Und ich geh weiter einpacken.« Sonja erhebt sich mit einem ächzenden Seufzer. »Gott, was bin ich froh, wenn ich die Plackerei hinter mich gebracht habe.«

»Ich helfe dir gleich«, verspreche ich.

»Das wäre toll.« Sie lächelt mir dankbar zu und verschwindet im Nebenraum.

Ich logge mich mit dem neuen Passwort ein und schreibe Adrian Bacher eine Nachricht.

Hallo Herr Bacher,
ich bin für ein paar Tage in Berlin. Wir können uns gerne treffen. Was halten Sie von morgen? Um 10 Uhr im Café Balzac in der Friedrichstraße. Passt Ihnen das?
Katharina Schneider

Mein Finger schwebt über der Sendetaste. Ich zögere. Soll ich mich wirklich mit dem Mann treffen? Vielleicht ist es irgendein Spinner, der sich am Leid seiner Mitmenschen aufgeilt. Noch kann ich zurück. Nein! Ich will wissen, was er zu sagen hat. Rasch schicke ich die Nachricht ab, bevor ich es mir doch noch anders überlege.

Während ich Sonjas umfangreiche Büchersammlung in Kartons verstaue, checke ich zwischendurch immer wieder, ob Adrian Bacher geantwortet hat. Die Nachricht hat ihn erreicht, das kann man sehen, aber er scheint sie noch nicht gelesen zu haben.

Am späten Abend sitzen Sonja und ich völlig erschöpft in ihrer winzigen Küche bei einem Glas Wein zusammen. In meinem Kopf hat sich eine angenehme Leere ausgebreitet. Sonja erzählt mir mit leuchtenden Augen, wie sehr sie sich auf Norwegen freut, und schwärmt von der traumhaften Landschaft. Ich lasse sie reden und nicke oder brumme an den passenden Stellen zustimmend. Das Klingeln von Sonjas Handy unterbricht unsere etwas einseitige Unterhaltung.

»Entschuldige«, flüstert sie mir nach einem Blick auf das Display zu und verlässt mit dem Telefon am Ohr eilig den Raum. Ich höre noch, wie sie »Schön, dass du anrufst« säuselt, dann schlägt die Tür hinter ihr zu.

Ich bleibe sitzen und nippe an meinem Wein. Aus dem Wohnzimmer klingt Sonjas Stimme an mein Ohr. Ich gönne meiner Freundin ihr Glück von Herzen, bin aber dennoch traurig, dass sie weggeht und ich allein zurückbleibe. Auch wenn manchmal noch ein winziger Funken Hoffnung aufflackert, kann ich mich der Tatsache nicht länger verschließen, dass meine Beziehung mit Mark zu Ende ist. Noch vor ein paar Tagen hat mich die Angst, ihn zu verlieren, in pure Panik versetzt. Jetzt erfüllt mich der Gedanke nur noch mit einer tiefen Traurigkeit. Ist das ein Zeichen von Reife oder eher von Resignation? Ich weiß es nicht.

Ich nehme mein Handy vom Tisch und checke den Messenger. Adrian Bacher hat meine Nachricht inzwischen gelesen. Mein Herzschlag beschleunigt sich. Wie gebannt starre ich auf die drei auf und ab hüpfenden Punkte, die ein Zeichen dafür sind, dass er dabei ist, eine Antwort zu verfassen. Es scheint ewig zu dauern. Vor Ungeduld beginne ich mit den Fingern auf den Tisch zu trommeln und höre erst damit auf, als die Nachricht erscheint.

> Das passt! Ich werde pünktlich da sein. Aber ich möchte Sie bitten, ohne Ihren Mann zu kommen. Es tut mir übrigens leid, dass ich Sie neulich so erschreckt habe.
> Adrian Bacher

Also lag ich richtig mit meiner Vermutung, dass er es war, der sich vor unserem Bungalow rumgetrieben hat.

»Was kann dir in einem Café schon passieren?«, zerstreut Sonja meine Bedenken. Sie hat ihr Telefonat beendet und sitzt mir mit rot angehauchten Wangen und einem Funkeln in den Augen gegenüber.

»Du hast recht«, sage ich und füge hinzu »Es ist schön, dich so glücklich zu sehen.«

Sonja greift über den Tisch nach meiner Hand und drückt sie sachte. »Du wirst sehen, du findest den Richtigen auch noch. Mark und du«, sie verzieht den Mund und rümpft die Nase, »verzeih mir, wenn ich das so offen ausspreche, ihr passt einfach nicht zusammen.«

Ich lasse ihre Aussage einfach unkommentiert stehen. Was soll ich dazu auch groß sagen? Wie es aussieht, hat sie recht. Hinterher ist man immer schlauer, aber meistens nicht glücklicher.

»Ich war gestern noch mal in der Kita, weil ich etwas vergessen hatte. Ich soll dir von den Kollegen ganz liebe Grüße ausrichten«, fährt sie fort und lässt meine Hand los. »Sie finden es alle total schade, dass du gekündigt hast.«

Ich reiße erstaunt die Augen auf. »Ich habe nicht gekündigt«, erwidere ich.

Sonja runzelt die Stirn. »Natürlich hast du gekündigt. Ich habe das Schreiben mit eigenen Augen gesehen. Du hast geschrieben, es täte dir leid, aber du möchtest dich in den nächsten Jahren ganz der Erziehung deiner Tochter widmen.«

22

»Es dürfte aber kein Problem sein, wieder einzusteigen. Gute Kräfte wie du sind rar. Ein Wort von dir und die nehmen dich mit Kusshand zurück.«

Ich höre nur mit halbem Ohr, was Sonja von sich gibt. Ich bin wie vor den Kopf geschlagen. Hat mir Mark nicht gesagt, die Kita hätte mir gekündigt? Wegen der Umstände, die zu Charlottes Tod geführt hatten. Ja, natürlich hat er das behauptet. Wieso hat er gelogen? Sonja versteht mein Schweigen falsch.

»Überlege es dir einfach«, sagt sie. »Du musst dich ja nicht gleich entscheiden.«

Ich starre sie an, unfähig, etwas zu sagen.

»Aber vielleicht wäre ein Neuanfang in einer anderen Stadt die bessere Lösung«, plappert sie weiter.

»Mark hat mir erzählt, die Kita hätte mir gekündigt«, sage ich mit tonloser Stimme.

»Was?« Sonjas Augen weiten sich.

»Ja.«

»Hast du das Kündigungsschreiben gesehen?«

Ich schüttele den Kopf und flüstere ein mattes »Nein.«

»Er hat gelogen«, bringt Sonja es auf den Punkt. »Du solltest ihn zur Rede stellen.«

»Ich weiß nicht, wo er ist«, sage ich. »Er hat ohne mein Wissen Urlaub genommen und ist seit zwei Tagen verschwunden.«

»Das wird ja immer merkwürdiger.« Sonja schüttelt entrüstet den Kopf. »Mein Angebot steht. Du kannst hierbleiben, wenn du magst. Die Miete ist noch bis Ende des Monats bezahlt.«

»Danke«, sage ich mit Tränen in den Augen.

»Nicht dafür«, sagt Sonja herzlich.

Ich weiß nicht, was ich ohne sie machen würde. Ich habe das Gefühl, dass mein Leben innerhalb weniger Tage zu einer Farce verkommen ist. Es ist noch nicht so lange her, da habe ich geglaubt, der glücklichste Mensch auf der ganzen Welt zu sein und alles erreicht zu haben, was ich mir erträumt hatte. Doch seit mein Kind tot ist, habe ich das Gefühl, ich habe mir das alles nur eingebildet. Nichts von meinem Glück war echt. Es war alles nur ein schöner Traum, aus dem ich auf brutale Weise gerissen wurde.

In der Nacht kann ich kein Auge zutun, was nicht an Sonjas Sofa liegt. Das ist bequemer, als es aussieht. Es gelingt mir nicht, meinen Kopf abzuschalten. In einer Tour kreisen die Gedanken und verknäulen sich zu Knoten, die ich nicht lösen kann. Erst im Morgengrauen falle ich in einen unruhigen Schlaf, aus dem ich schweißgebadet durch den Wecker meines Handys hochschrecke. Ich schleppe mich unter die Dusche und koche mir anschließend einen starken Kaffee. Ein Blick auf die Uhr sagt mir, dass ich mich beeilen muss, wenn ich pünktlich zu meiner Verabredung im Café Balzac sein möchte. Ich schreibe Sonja eine Nachricht und mache mich auf den Weg zum S-Bahnhof Warschauer Straße.

Eine halbe Stunde zu früh betrete ich das Café in der Friedrichstraße. Es sind nur wenige Tische besetzt. Suchend schaue ich mich um, aber keiner der anwesenden Männer hat Ähnlichkeit mit Adrian Bacher. Ich bestelle am Tresen einen Cappuccino, bezahle ihn und setze mich an einen kleinen Zweiertisch mit Blick auf die Friedrichstraße. Meine Hände sind eiskalt, so aufgeregt bin ich. Als die Zeiger der Uhr auf zehn zeigen und meine Verabredung noch immer nicht aufgetaucht ist, steigt meine Nervosität. Ist ihm etwas dazwischengekommen? Ich öffne den Messenger. Keine neue Nachricht von Bacher. Um Viertel vor elf wird mir klar, dass er nicht mehr auftauchen wird. Dennoch warte ich eine weitere Viertelstunde. Vergeblich. Ich bringe die leere Tasse an den Tresen zurück und verlasse enttäuscht das Café.

Straßenlärm umfängt mich, eine Tram rattert vorbei und auf den Bürgersteigen tummeln sich Horden von Touristen. Der Himmel trägt die Farbe von Betongrau und spiegelt meine trostlose Gefühlslage punktgenau wider. Ich will schon die Stufen zur U-Bahn hinuntergehen, als mir eine Idee in den Sinn kommt. Rasch ziehe ich mich in einen Hauseingang zurück, wo ich ungestörter bin, und öffne die Website von Adrian Bacher. Unter Kontakt steht nur die Anschrift seiner Agentur. Aber im Impressum ist eine andere Adresse aufgeführt. Wenn ich Glück habe, ist es seine private.

Wenig später sitze ich in der U-Bahn und bin auf dem Weg nach Neukölln. Am Hermannplatz steige ich aus und nach einem kurzen Fußmarsch stehe ich vor einem Haus in der Sonnenallee, in dem der Schauspieler hoffentlich wohnt. Es ist ein weißes schmuckloses Eckhaus, rechts neben dem Hauseingang befindet sich eine Apotheke, links daneben ein Dönerladen. Ich überfliege die Namen auf dem Klingelbrett, viele türkisch klingende sind darunter, ganz oben in der Liste finde ich einen A. Bacher. Bingo!

Ich drücke auf den Klingelknopf und warte. Niemand meldet sich über die Gegensprechanlage. Auch ein nochmaliger Versuch bringt keinen Erfolg. Was nun? Enttäuscht will ich mich zum Gehen wenden, als sich unerwartet die Tür von innen öffnet. Ich kann grade noch zur Seite treten, da stürmt ein kleiner Junge in einem blauen Anorak an mir vorbei ins Freie. Nur Sekunden später folgt eine verhärmt aussehende Frau. Ihr Blick streift mich flüchtig, dann rennt sie dem Kind hinterher.

»Komm sofort zurück. Sonst setzt's was!«, kreischt sie.

Ich schlüpfe ins Hausinnere. Hinter mir fällt die Tür ins Schloss. Es riecht muffig, die Luft ist abgestanden und kühl. Langsam steige ich die Treppenstufen hoch. Etwas atemlos komme ich im vierten Stock an. Hier gibt es nur eine Wohnung, auf dem Türschild steht der Name Bacher. Ich atme tief durch und klingele. Irgendwo poltert es. Kam das aus der Wohnung?

Ich drücke noch mal auf den Klingelknopf. Erst jetzt entdecke ich in Augenhöhe den runden Spion in der Tür. Beobachtet mich dahinter jemand? In mir regt sich Ärger. Bacher wollte mich treffen. Erst versetzt er mich und jetzt öffnet er mir nicht. Ich klingele ein drittes Mal und rufe »Herr Bacher? Sind Sie da? Ich bin's, Katharina Schneider.«

Aus dem Wohnungsinneren dringt kein Geräusch zu mir. Alles bleibt still. Ich balle die Rechte zur Faust, um damit gegen die Tür zu hämmern, überlege es mir im letzten Moment jedoch anders. Wenn er mir nicht öffnen will aus welchem Grund auch immer, dann wird er das auch nicht tun, wenn ich fordernder werde. Es könnte natürlich sein, dass Bacher wirklich nicht in der Wohnung ist und eine Katze hat, die für das Poltern verantwortlich war.

Wenige Minuten später stehe ich wieder auf der belebten Straße. Direkt gegenüber entdecke ich eine kleine Backstube. Hinter der Schaufensterscheibe befinden sich zwei Stehtische mit Blick auf das Haus, in dem Bacher wohnt. Ich überquere mit schnellen Schritten die stark befahrene Straße und betrete den Laden. Mit einem Kaffee und einem Teller, auf dem sich ein klebrig aussehendes türkisches Gebäck befindet, beziehe ich an einem der Stehtische Stellung.

Es ist idiotisch, darauf zu hoffen, dass Bacher demnächst auftauchen wird, doch einen Versuch ist es wert. Ich habe ja sonst nichts zu tun. Ich hoffe nur, dass ich ihn auch auf Anhieb erkenne. Bisher habe ich nur Fotos von ihm gesehen, und die sind sicher mit Photoshop entsprechend bearbeitet worden.

Ich überlege gerade, ob ich mir noch einen Kaffee bestellen soll, obwohl mir schon etwas flau im Magen ist, da öffnet sich die Haustür gegenüber und jemand tritt auf den Bürgersteig. Meine Aufmerksamkeit wird von einer Frau abgelenkt, die mit wippendem Pferdeschwanz von links auf das Haus zueilt und im letzten Moment verhindern kann, dass die Tür vor ihrer Nase ins Schloss fällt. Sie verschwindet im Hausinnern. Ich kneife meine Augen zusammen und recke den Kopf, um besser sehen zu können, wer das Haus verlassen hat. Es ist ein Mann. Er trägt einen schwarzen Parka und hält einen Arm eng an seinen Körper gepresst, als würde er unter seiner Jacke etwas verbergen. Ist das Bacher? Ohne ihn aus den Augen zu lassen, greife ich nach meinem Mantel, der neben mir auf einem Hocker liegt, und erstarre. Denn in dieser Sekunde schaut der Mann zu mir rüber. Ich erschrecke so, dass ich einen kleinen Schrei ausstoße.

»Alles in Ordnung?« Ich wende mich nach der Stimme um. Die Frau hinterm Verkaufstresen mustert mich mit gerunzelter Stirn.

»Ja, ja«, versichere ich. »Alles gut. Ich habe nur gerade da draußen einen Bekannten entdeckt.«

Ich schnappe mir meine Tasche, stürze nach einem knappen Gruß in Richtung Tresen aus dem Laden. Ich schicke einen Blick über die stark befahrene Straße. Wo ist er? Ich kann ihn nirgendwo entdecken. Als sich eine Lücke zwischen den vorbeifahrenden Autos auftut, renne ich auf die andere Straßenseite. Dort drehe ich mich mehrmals um die eigene Achse. Er ist weg, in der Menge untergetaucht.

Vielleicht hast du dich geirrt und der Mann, den du gesehen hast, sah Mark nur sehr ähnlich.

Möglich wäre es. Aber mein Bauchgefühl sagt mir, dass ich mich nicht getäuscht habe. Es war Mark, der aus dem Haus gekommen ist, in dem Bacher wohnt.

23

Unschlüssig verharre ich mitten auf dem Bürgersteig. Jemand rempelt mich an und geht schimpfend an mir vorbei. Ich nehme es kaum wahr. Was soll ich denn jetzt tun? Zurück in Sonjas Wohnung fahren und hoffen, dass Bacher sich noch mal bei mir meldet? Vielleicht hat er mir zwischenzeitlich eine Nachricht geschickt und sein Fernbleiben erklärt. Auf die Idee hätte ich auch früher kommen können. Ich fingere mein Handy aus der Tasche und öffne den Messenger. Der Browser lädt und lädt, aber die Verbindung kommt nicht zustande. Kein Internetempfang.

Kurzentschlossen klingele ich erneut bei Bacher. Zu meinem Erstaunen surrt der Türöffner sofort, ohne dass sich jemand über die Gegensprechanlage meldet. Zum zweiten Mal an diesem Tag betrete ich das Haus. Unvermittelt fängt ein Baby an zu schreien und scheint sich durch nichts beruhigen zu lassen. Das verzweifelte Weinen des Kindes, das sich immer höherschraubt, geht mir durch und durch. Es tut mir so weh, als würde sich ein Messer in mich hineinbohren. Genauso hat Charlotte gebrüllt, das kleine Gesicht ganz rot vor Anstrengung. Ich schnappe nach Luft, alles in mir schreit nach Flucht. Doch ich zwinge mich weiterzugehen. Genauso plötzlich wie das Babygeschrei eingesetzt hat, verstummt es wieder, sodass ich mich ernsthaft frage, ob ich mir das nur eingebildet habe.

Die Tür zu Bachers Wohnung im vierten Stock steht merkwürdigerweise offen. Aus dem Inneren dringt kein Laut. Ich mache einen zaghaften Schritt über die Schwelle und klopfe gegen den Türrahmen.

»Hallo! Herr Bacher? Sind Sie da?«, rufe ich und lasse meinen Blick schweifen. Ein langer Flurschlauch, rechter Hand ist die Küche, linker Hand eine verschlossene Tür. Mehr kann ich von meiner Position aus nicht sehen.

Die Klospülung rauscht, die Tür auf der linken Seite öffnet sich und eine Frau tritt in den Flur. Ich erkenne sie an dem Pferdeschwanz wieder. Ihr Gesicht hat die Farbe von Kalk, die Lippen sind blutleer. In ihren Augen lese ich pures Entsetzen.

»Sind Sie von der Polizei?«, keucht sie.

»Nein, ich …«, beginne ich.

»Er ist tot«, sagt sie. Sie klingt so sachlich, dass mir ein Schauer über den Rücken läuft. Wen meint sie? Bacher? Hat sie ihn umgebracht?

»Was ist passiert?« Ich mache einen Schritt auf sie zu. Sie weicht zurück, als hätte sie Angst vor mir.

»Ich tue Ihnen nichts«, versichere ich ihr. »Ist etwas mit Herrn Bacher?«

Sie schluckt und nickt, hört gar nicht mehr auf damit. Ihre blassen Lippen zucken, sie will etwas sagen, es kommt jedoch nur ein erstickter Laut heraus. Unvermittelt fängt sie an zu zittern. »Er lag einfach so da, als ich zurückkam. Hat sich nicht gerührt. Und das Blut … Überall ist Blut.« Ihre Stimme klingt atemlos.

Sie wankt, ihre Hand greift auf der Suche nach Halt ins Leere. Sofort bin ich neben ihr und stütze sie. Ich werfe einen Blick ins Badezimmer, kann aber nichts Ungewöhnliches darin entdecken.

»Wer tut denn so etwas?«, fragt sie und schaut mich mit großen Augen hilfesuchend an.

Sie tut mir unendlich leid, aber ich weiß nicht, was ich ihr antworten soll. Vermutlich erwartet sie auch keine Antwort von mir. Von draußen dringt das durchdringende Heulen von Sirenen an mein Ohr.

»Die Polizei, endlich«, sagt sie erleichtert. »Ich muss ihnen aufmachen.« Sie löst sich aus meinem Griff und hastet zur Wohnungstür.

Ich nutze die Gelegenheit und sehe mich schnell um. Schon im ersten Raum, den ich betrete, finde ich ihn. Es ist das Wohnzimmer, das von einem riesigen Flachbildschirm dominiert wird. Er liegt davor auf dem Bauch. Wie gefällt, schießt es mir durch den Sinn. Das Shirt klebt nass von Blut an seinem Rücken. Daneben hat sich eine Blutlache gebildet. Es sieht aus, als hätte jemand mit einem Messer mehrfach auf ihn eingestochen. War sein Mörder in der Wohnung, als ich das erste Mal an der Tür geklingelt habe? Schlagartig wird mir übel. Ich schlage eine Hand vor den Mund, um den Schrei in meiner Kehle zu ersticken.

Die Polizei wird jeden Moment hier auftauchen. Sie werden wissen wollen, warum ich hier bin und ob ich das Mordopfer kannte. Sie werden mich verhören. Das werde ich nicht durchstehen. Ich haste in den Flur zurück und verlasse die Wohnung. Die Frau steht am Treppenabsatz und hält sich mit beiden Armen umschlungen. Ihr Gesicht ist tränenüberströmt. Sie zittert am ganzen Körper.

Wie selbstverständlich gehe ich an ihr vorbei und laufe die Stufen hinunter. Sie scheint mich nicht wahrzunehmen. Vor einer Wohnungstür im dritten Stock stehen drei Frauen beieinander. Die Neugierde steht ihnen ins Gesicht geschrieben.

»Was ist denn da oben los?«, fragt mich eine von ihnen. Alle drei sehen mich erwartungsvoll an, in ihren Augen die pure Sensationsgier.

Ich zucke betont gleichmütig mit den Achseln, sage »Keine Ahnung« und trete rasch zur Seite, um die beiden uniformierten Polizisten vorbeizulassen, die die Treppenstufen hochstürmen.

Ihre Blicke streifen uns und ich senke rasch den Kopf. Die aufgeregte Stimme einer Frau unterbrochen von lautem Weinen tönt durch das Treppenhaus, während ich die Stufen hinunter zum Ausgang eile. Ich öffne die Haustür und kollidiere fast mit zwei Sanitätern, die im gleichen Augenblick ins Haus wollen. Ich lasse ihnen den Vortritt, obwohl es mich Überwindung kostet. Alles in mir drängt danach, so schnell wie möglich von hier zu verschwinden. Aber ich darf nicht auffallen, kein Aufsehen erregen, sonst erinnert sich noch jemand an mich.

Straßenlärm brandet mir entgegen und der Geruch nach Döner ist so durchdringend, dass sich meine Übelkeit verstärkt. Der Rettungswagen parkt direkt vor dem Haus hinter dem Polizeiwagen in zweiter Reihe. Mit gesenktem Kopf gehe ich davon.

Nicht rennen, befehle ich mir stumm. *Es darf nicht nach Flucht aussehen.*

Ich komme erst wieder zu mir, als ich am Hermannplatz in die Bahn steige. Mit einem Aufatmen lasse ich mich auf einen Sitz fallen und starre blicklos aus dem Fenster. Der Zug setzt sich in Bewegung und nimmt rasch an Fahrt auf. Ich lehne meine Stirn an die Fensterscheibe und schließe die Augen. Mein Herz klopft ein wildes Stakkato in meiner Brust. All meine Nerven scheinen zu vibrieren. Wenn es wirklich Mark war, den ich vorhin aus dem Haus von Bacher habe kommen sehen, kann das nur eins bedeuten: Er hat diesen Mann umgebracht.

24

»Wo bist du denn da bloß reingeraten?« Sonja fährt sich mit gespreizten Fingern durch die kurzen Haare und schaut mich an, als sähe sie mich zum ersten Mal. Wir sitzen uns in ihrer Küche gegenüber, jede von uns hat eine Tasse mit dampfendem Tee vor sich stehen.

»Frag mich was Leichteres«, antworte ich und verziehe kläglich den Mund.

»Und du bist sicher, dass es Mark war, den du gesehen hast?«

»Relativ sicher«, sage ich. »Obwohl«, zögere ich, »je länger ich darüber nachdenke, desto unsicherer werde ich. Ich habe sein Gesicht nur ganz flüchtig wahrgenommen.«

»Was willst du jetzt machen?«

»Ich weiß es nicht.«

»Wenn es wirklich Mark war, den du gesehen hast, dann glaube ich nicht, dass er den Mann umgebracht hat«, sagt Sonja nachdenklich.

Überrascht sehe ich sie an. »Nein?«

»Überleg doch mal. Der Typ ist nicht zu eurer Verabredung erschienen. Das kann nur bedeuten, dass er zu dem Zeitpunkt schon tot war. Wie lange hast du gebraucht, um von der Friedrichstraße in die Sonnenallee nach Neukölln zu kommen?« Sie schaut mich fragend an.

»Ich habe das Café gegen elf Uhr verlassen und war so gegen zwölf, halb eins dort«, antworte ich.

»Warum sollte der Täter so lange bei der Leiche in der Wohnung ausharren? Das ergibt keinen Sinn.«

»Das kann viele Gründe haben«, widerspreche ich. »Vielleicht hat er etwas in der Wohnung gesucht. Oder er wollte die Spuren verwischen.«

»Okay, das kann natürlich sein. Aber dafür braucht man keine zweieinhalb Stunden. Sah die Wohnung denn aus, als wäre sie durchsucht worden?«

»Ich war bloß im Wohnzimmer«, antworte ich. »Und ich hatte ehrlich gesagt nur Augen für die Leiche.« Bei der Erinnerung an den blutüberströmten Körper schaudert es mich. »Wenn ich nur wüsste, was Bacher mir mitteilen wollte«, murmele ich und umfasse mit beiden Händen den warmen Becher, um meine eiskalten Finger zu wärmen.

»Wer immer ihn ermordet hat, wollte verhindern, dass er mit dir redet.« Sonja nippt an ihrem Tee und schaut mich über den Rand der Tasse an. »Ich frage mich schon die ganze Zeit, was dieser Mann über den Tod deiner kleinen Tochter wissen konnte.«

Mir schießt die Röte brennend ins Gesicht und ich weiche Sonjas forschendem Blick aus. Ein ungutes Schweigen breitet sich zwischen uns aus. Ich atme tief durch.

»Mark hat mir vor ein paar Tagen gesagt, dass ich …« Ich stocke, schlucke. Mein Mund ist mit einem Mal so ausgetrocknet, dass meine Worte kaum mehr als ein heiseres Flüstern sind. »Er hat behauptet, ich hätte Charlotte vom Balkon geworfen.«

Sonjas Augen weiten sich vor Entsetzen. Ich senke die Augen auf meine verschränkten Finger und spreche schnell weiter.

»Mark hat bei der Polizei angegeben, dass es ein Unfall gewesen sei, um mich zu schützen.«

Sonja stößt einen Laut aus, den ich nicht deuten kann. Bestürzung? Abscheu? Ich wage nicht, sie anzuschauen, und rechne jede Sekunde damit, dass sie mich bittet, ihre Wohnung auf der Stelle zu verlassen. Die Stille im Raum ist so tief und allumfassend, dass sie mir in den Ohren dröhnt.

»Nein«, sagt Sonja nach einer Weile mit fester Stimme und wiederholt es noch mal mit Nachdruck. »Nein!«

Überrascht sehe ich hoch. Ich weiß nicht, was ich erwartet habe, aber sicher kein Lächeln. Es ist zwar nur ein angedeutetes, aber es ist ein Lächeln, das über ihre Lippen flackert.

»Was, nein?«, frage ich leise.

»Nein, das hast du nicht getan«, sagt Sonja. »Das passt nicht zu dir.«

»Ich hatte nach Charlottes Geburt Depressionen, die so schlimm wurden, dass ich Tabletten nehmen musste. Aber es wurde und wurde nicht besser. Im Gegenteil. Ich kam mir fremd und verloren vor in meinem eigenen Leben. Ich wusste nicht mehr, wozu es sich lohnen sollte zu leben, und ich war nicht dazu in der Lage, mich um meine Tochter zu kümmern. Ich empfand nichts mehr. Nicht für sie, nicht für Mark, nicht für mich selbst. Es war, als wäre ich in einem leeren Raum gefangen, aus dem es kein Entkommen gab.«

Ich mache eine Pause. Es fällt mir schwer, weiterzusprechen. »Charlotte war ein Schreikind. Sie hat stundenlang nur geweint und gebrüllt, Tag und Nacht, als würde ihr weiß Gott was angetan. Sie erschien mir wie ein kleines Monster, das mich quälten wollte. Ich …« Mir bricht die Stimme weg.

Spätestens nach dem Geständnis wird Sonja mich vor die Tür setzen. Ich räuspere mich und erhebe mich abrupt. *Ich gehe dann mal*, liegt mir auf der Zunge, aber da ist meine

Freundin bereits neben mir und zieht mich in eine feste Umarmung. Der Kloß in meiner Kehle löst sich auf und die Tränen fangen an zu fließen. Sonja hält mich fest, streichelt mir über den Rücken und wartet geduldig, bis mein Weinkrampf allmählich abklingt.

»Mein Gott, du Arme. Ich kann mir nicht annähernd vorstellen, was du durchgemacht hast. Es muss die Hölle gewesen sein.« Sie streicht mir eine feuchte Haarsträhne aus dem Gesicht. »Du kannst sagen, was du willst, aber ich glaube das einfach nicht.«

»Aber warum sollte Mark so etwas Ungeheuerliches behaupten, wenn es nicht wahr ist?« Ich schnäuze mich in das Taschentuch, das Sonja mir reicht, und nehme wieder Platz. Mir ist etwas leichter ums Herz.

»Genau das müssen wir herausfinden.« Sonja setzt sich mir gegenüber. Ihre Augen funkeln vor Tatendrang.

»Ich glaube, Mark wollte, dass ich mich umbringe«, sage ich leise. Ich erzähle ihr von den Schlaftabletten in meinem Nachttisch und dass Mark mir verboten hat, mich der Polizei zu stellen. »Das würde das Ende seiner Karriere als Arzt bedeuten.«

»Was für ein mieses Arschloch«, sagt Sonja. In ihrer Stimme klingt Verachtung an. »Vielleicht hat Mark etwas mit Charlottes Tod zu tun. Das würde zumindest einiges erklären.«

»Auf die Idee bin ich auch schon gekommen«, gestehe ich kleinlaut.

»Woran kannst du dich noch erinnern?«, fragt Sonja.

Ich erzähle ihr noch mal meine Version des Unglückstages. »Ich bin dann im Krankenhaus zu mir gekommen. Mark saß an meinem Bett und hinter ihm stand ein Polizeibeamter. Er hat mir sein Beileid ausgesprochen und wollte von mir wissen, was genau passiert ist. Aber das konnte ich ihm natürlich nicht sagen.«

Ich rufe mir die Szene ins Gedächtnis. Mark, der neben mir saß und meine Hand hielt. Es genügte ein Blick in sein Gesicht, das gezeichnet war von einem tiefen Schmerz, und meine Hoffnung zerbrach. Die Erinnerung schnürt mir die Kehle zu und treibt mir erneut Tränen in die Augen.

»Wenn es zu schmerzhaft für dich ist, müssen wir nicht darüber reden«, sagt Sonja.

»Schon gut«, entgegne ich und wische mir über meine nassen Wangen. »Ich will endlich wissen, was wirklich passiert ist. Vielleicht können wir den Polizisten ausfindig machen, der im Krankenhaus war.«

»Und was soll das bringen?«, fragt Sonja.

Ich zucke abwesend mit den Schultern. Vor meinem geistigen Auge setzt sich das Gesicht des Mannes Stück für Stück zusammen. Je klarer es wird, desto größer wird meine Aufregung. Aber das kann nicht sein. Ich muss mich irren. Ganz sicher irre ich mich. Das ist unmöglich.

»Was hast du?«, fragt Sonja. »Du zitterst ja am ganzen Körper.«

»Ich hatte grade so etwas wie eine Eingebung«, sage ich mit tonloser Stimme.

Sonja gibt einen Laut von sich, der alles und nichts bedeuten kann, und legt die Stirn in Falten. Vermutlich fürchtet sie, dass ich jetzt komplett übergeschnappt bin.

Ich nehme mein Handy zur Hand, logge mich auf Facebook ein und rufe das Profil auf. Es gibt mehrere Porträtfotos und ich frage mich, warum mir das nicht schon früher aufgefallen ist. Der Leberfleck unter dem rechten Auge zerstreut jeden Zweifel. Adrian Bacher ist der Polizist, den

Mark mir im Krankenhaus als den ermittelnden Polizeibeamten vorgestellt hat.

25

»Wir müssen zur Polizei!« Ich springe vom Stuhl hoch.

»Warte mal«, hält Sonja mich zurück. »Wir haben keine Beweise, dass es wirklich dieser Bacher war. Und der ist tot. Den können wir nicht mehr danach fragen.«

»Du hast recht.« Ich setze mich wieder hin. »Und was machen wir jetzt?«

»Ich habe nicht die geringste Ahnung.« Sonja schaut mich ratlos an.

»Der Einzige, der Licht ins Dunkel bringen könnte, ist Mark«, sage ich.

»Dem Typen würde ich nicht mal mehr für fünf Cent über den Weg trauen.«

»Ich rufe ihn an«, sage ich und greife nach meinem Handy.

»Und was willst du konkret von ihm?«

Ich lasse das Handy sinken. »Als Erstes will ich von ihm wissen, wo er steckt,« erwidere ich nach einer kleinen Pause. »Wenn er überhaupt ran geht. Und dann …« Ich zucke mit den Schultern.

»Mach einfach!«, sagt Sonja. »Schaden kann es nicht.«

Mark nimmt nach dem ersten Klingelton ab. »Ja? Eggers.«

Ich bin so überrascht, dass es mir für einen Moment die Sprache verschlägt. Ich wechsele einen schnellen Blick mit Sonja.

»Ist er dran?«, formen ihre Lippen lautlos. Ich nicke. Mein Herz klopft plötzlich viel zu schnell.

»Rina? Bist du das?«, tönt Marks Stimme in mein Ohr.

»Ja«, sage ich. Rasch stelle ich auf laut, damit Sonja mithören kann.

»Wo zum Teufel steckst du?«

Das war mein Part. Jetzt weiß ich überhaupt nicht mehr, was ich sagen soll. Doch Mark spricht bereits weiter.

»Ich habe mir große Sorgen um dich gemacht. Ich war schon kurz davor, dich als vermisst zu melden.«

Wer's glaubt, denke ich grimmig und frage »Und wo bist du?«

»Zu Hause«, antwortet er, als sei es das Selbstverständlichste der Welt. »Wo sonst? Was hast du dir dabei gedacht, einfach zu verschwinden? Du hättest mir wenigstens eine Nachricht hinterlassen können.« Ein leiser Vorwurf klingt in seinem letzten Satz an.

»Wieso hast du Urlaub genommen, ohne mir etwas davon zu sagen? Und was hast du dir dabei gedacht, mich einzusperren. Wieso …«

»Rina, hör mir bitte zu«, unterbricht Mark meine Fragen, die jetzt nur so aus mir heraussprudeln wollen. »Ich kann mir vorstellen, dass du verwirrt und auch verärgert bist. Aber ich kann dir das alles erklären.«

»Ich höre«, sage ich kühl. Sonja nickt und hebt zustimmend den Daumen.

»Nicht am Telefon.«

»Warum nicht?«

»Rina, bitte, komm nach Hause. Ich kann und ich möchte dir das nicht so zwischen Tür und Angel sagen.«

In Marks Stimme schwingt ein weicher, schmeichelnder Ton mit, mit dem er es in der Vergangenheit stets geschafft hat, jeden Widerstand von mir zum Schmelzen zu bringen. Auch jetzt merke ich, wie meine Gegenwehr zu bröckeln beginnt.

Sonja schüttelt heftig mit dem Kopf. »Das tust du nicht«, raunt sie mir zu.

»Ich überlege es mir«, sage ich zu Mark.

»Wo bist du? Ich kann dich abholen.« Er bleibt hartnäckig. Es scheint ihm wirklich wichtig zu sein.

»Das tut nichts zur Sache«, antworte ich ausweichend und unterbreche das Gespräch kurzerhand.

Wenn er weiter auf mich einredet, gebe ich seinem Drängen bestimmt nach und mein Gefühl sagt mir, dass das nicht gut wäre. Andererseits bin ich natürlich auch neugierig auf seine Erklärung.

»Du hoffst wohl, dass sich das Ganze noch zu Marks Gunsten aufklärt«, stellt Sonja nach einem forschenden Blick in mein Gesicht fest. »Jetzt sag bloß, du hängst immer noch an dem Typen?«

»Nein. Ja«, stammele ich.

»Was jetzt?«, fragt Sonja mit einem spöttischen Grinsen nach. »Nein oder ja?«

»Ja, irgendwie schon«, gebe ich kleinlaut zu.

Mein Handy gibt Laut. Mark. In meiner Hand zuckt es. Ich beherrsche mich, starre aber wie gebannt auf das Display, bis es aufhört zu klingeln, um gleich darauf wieder anzufangen.

»Er gibt nicht auf«, sagt Sonja. »Das muss man ihm zugutehalten.«

»Sollte ich nicht vielleicht doch mit ihm reden. Ich meine, immerhin hat er …«

»Komm«, fordert mich Sonja auf und erhebt sich. »Wir fahren.«

»Wohin?«

»Zu euch. Ich komme mit. Für alle Fälle. Das ist doch okay für dich?«

»Ja, klar. Das ist mir sogar lieber. Vielen Dank für deine Hilfe.« Ich falle ihr um den Hals. »Du bist echt ein Schatz.«

»Nicht doch«, wehrt sie verlegen ab. »Das mache ich doch gern für dich.«

In Windeseile verlassen wir die Wohnung und steigen in Sonjas alten zitronengelben Opel, der direkt vor dem Haus parkt. Sie fährt. Die Innenstadt ist wie üblich verstopft und auf der Autobahn staut es sich auf mehreren Kilometern. Es ist bereits dunkel, als wir Auweiler hinter uns lassen und der Bungalow in Sichtweite kommt.

»Da vorne rechts an dem Haus kannst du halten.«, sage ich.

»Hier?«, fragt Sonja ungläubig. Ich erspare mir eine Antwort und steige aus.

Die Straße ist aufgeweicht und matschig. Die Sonne hat es nicht geschafft, den Boden auch nur ansatzweise zu trocknen. Die Straßenlampe vor unserem Haus ist defekt. Das Licht flackert, hell, dunkel, hell, dunkel und gibt der Umgebung ein gespenstisches Ambiente. Unwillkürlich fröstelt es mich.

Sonja schließt den Wagen ab und tritt neben mich. »Ich will ja nichts sagen«, sagt sie, »aber was wolltet ihr denn in dieser Einöde? Hier würde ich es keine fünf Minuten aushalten.«

»Es sollte nur vorübergehend sein«, antworte ich ausweichend und stapfe über die Holzbohlen auf die Eingangstür zu. Sonja folgt mir und murmelt etwas, von dem ich kein Wort verstehe.

Im Hausinneren brennt kein Licht. Mein Blick fliegt

zum Carport. Marks Wagen parkt dort. Er müsste also da sein. Ob er schon schläft? Unwahrscheinlich. Es ist gerade mal halb neun. Ich klingele.

»Hast du keinen Schlüssel?«, fragt Sonja verwundert.

»Den habe ich verloren«, antworte ich nicht ganz wahrheitsgemäß. Ich drücke noch ein weiteres Mal auf den Klingelknopf und horche auf Schritte. Doch im Haus bleibt alles still.

»Den Weg hätten wir uns sparen können«, seufzt Sonja. »Dein sauberer Freund hat sich wohl verdrückt. Lass uns wieder verschwinden.«

»Sein Auto steht im Carport. Er muss da sein«, sage ich und klingele erneut. Der Dreiklang dringt gedämpft nach draußen, aber im Hausinneren rührt sich nichts. In meinem Magen macht sich ein ungutes Gefühl bemerkbar.

»Komm mit«, sage ich zu Sonja.

Ohne ihre Reaktion abzuwarten, begebe ich mich auf die rechte Seite des Bungalows. Vielleicht habe ich Glück. Ich recke mich und drücke mit der flachen Hand gegen die Scheibe des Fensters zu Marks Arbeitszimmer. Und tatsächlich – der Fensterflügel schwingt nach innen auf.

»Hier bin ich gestern raus.« Ich wende mich zu Sonja um. Sie zieht eine Augenbraue hoch, aber verkneift sich die Frage, warum ich auf diesem Weg das Haus verlassen habe. Vermutlich denkt sie sich ihren Teil.

»Ich klettere rein und öffne dir die Haustür. Okay?«

»Okay. Ich gehe dann schon mal nach vorne. Oder brauchst du meine Hilfe?«

»Nein«, sage ich. Ich stemme beide Hände auf die Fensterbank und hieve mich hoch. Im Gegensatz zum ersten Mal klappt es auf Anhieb. Ich schwinge meine Beine über die Brüstung und lasse mich von der Fensterbank ins Zimmer gleiten. Meine Augen brauchen eine Weile, bis sie in der Dunkelheit die Konturen der Umgebung erkennen können. Die Tür zum Arbeitszimmer steht offen. Der Kühlschrank in der Küche gibt blubbernde Geräusche von sich. Sonst ist alles still. Nirgendwo brennt Licht. Vielleicht schläft Mark doch schon. Ich husche durch das dunkle Haus ins Schlafzimmer und betätige den Lichtschalter.

Es sieht noch genauso aus, wie ich es verlassen habe. Meine Seite des Bettes ist zerwühlt, Marks Seite ist unbenutzt. Moment. Etwas ist anders. Ich komme nur nicht drauf, was es sein könnte. Nachdenklich lasse ich meinen Blick durch den Raum schweifen. Ich glaube, Marks Anwesenheit mit jeder Faser meines Körpers zu spüren.

Die Türklingel schrillt wie ein Alarmsignal durch die Stille. Nach einer Schrecksekunde geht mir auf, was sich verändert hat. Das Glas auf meinem Nachttisch ist verschwunden. Ich hatte darin die Schlaftabletten aufgelöst. Mark muss es weggeräumt haben. Wieder klingelt es. Sonja. Die habe ich völlig vergessen. Ich eile zur Haustür. Wider Erwarten ist sie nicht abgeschlossen. Demnach müsste Mark hier sein. Warum macht er sich dann nicht bemerkbar? Versteckt er sich vor mir?

»Was hast du denn so lange gemacht?«, schimpft Sonja. »Es ist arschkalt hier draußen.« Sie funkelt mich verärgert an.

Ich will zu einer Antwort ansetzen, als das Geräusch eines startenden Motors erklingt. Wir wechseln einen schnellen Blick, dann stürzen wir beide aus dem Haus.

Marks Auto setzt aus dem Carport. Ohne nachzudenken, renne ich los. Mit ausgestreckten Armen bleibe ich mitten auf der Straße stehen. Der Wagen verharrt mit laufendem Motor. Ich kneife die Augen zusammen, versuche zu erkennen, wer am Steuer sitzt. Das flackernde Licht der Straßenbeleuchtung macht es unmöglich, etwas Genaues zu erkennen. Plötzlich heult der Motor auf. Mein Herzschlag beschleunigt sich. Aber ich weiche nicht von der Stelle. Der Wagen beschleunigt und steuert direkt auf mich zu.

26

Wie hypnotisiert starre ich in das Scheinwerferlicht. Ein lauter Schrei dringt an mein Ohr und reißt mich aus meiner Bewegungslosigkeit. Ich hechte zur Seite, stolpere über ein Hindernis und knalle der Länge nach auf den Boden. Das Auto rast an mir vorbei. Matsch spritzt hoch, etwas trifft mich hart am Hinterkopf. Benommen versuche ich, auf die Beine zu kommen. Schon ist Sonja an meiner Seite und hilft mir hoch. Ich trete vorsichtig auf. Es scheint nichts gebrochen zu sein.

»Um Gottes willen, Rina«, keucht sie. »Ist alles in Ordnung mit dir?«

»Ja«, krächze ich, noch ganz stimmlos vor Schreck. Ich zittere am ganzen Körper.

»War das Mark am Steuer?«, fragt Sonja.

»Ich weiß es nicht«, antworte ich. »Ich habe nichts erkennen können. Aber«, ich hole tief Luft »wer sollte es sonst gewesen sein?«

Ich humpele an ihr vorbei Richtung Haus. In mir drin ist eine schwarze Leere. Wollte Mark mich umbringen? Oder wollte er mir nur Angst machen? Ich verstehe rein gar nichts.

»Du blutest ja«, sagt Sonja. Ihre Stimme klingt zittrig. Auch ihr sitzt der Schreck in den Gliedern.

Ich fasse mir an den Hinterkopf und spüre erst, als ich die Wunde ertaste, einen scharfen Schmerz. Die Kuppen meiner Finger sind blutig.

»Lass mal schauen«, sagt Sonja, nachdem sie die Haustür hinter sich ins Schloss gedrückt hat. »Ist gar nicht so schlimm. Es ist nur ein oberflächlicher Kratzer, es blutet auch schon nicht mehr ganz so doll. Hier nimm.« Sie reicht mir ein Taschentuch. »Was war das gerade? Ein Mordversuch?«

Ich schlucke und ringe mir ein »Es sieht fast danach aus« ab.

Sonja sieht mich mit hochgezogenen Augenbrauen an. Vermutlich wartet sie auf eine Erklärung, aber ich habe keine. Hilflos zucke ich mit den Schultern.

»Es muss doch einen Grund geben, warum Mark dich töten wollte.«

»Ich weiß nicht, was mit ihm ist«, sage ich und breche in Tränen aus. »Er ist seit einigen Tag wie …« Ich suche nach dem richtigen Wort. »Er ist wie verwandelt.«

»Lass uns von hier verschwinden«, sagt Sonja, »bevor er zurückkommt und es noch mal versucht.«

»Ja«, antworte ich und schaue an mir runter. Meine Kleidung ist verdreckt und der Stoff meiner Hose über dem rechten Knie zerrissen. »Ich zieh mir nur schnell etwas anderes an.«

»Okay. Aber beeil dich. Ich warte draußen im Wagen auf dich. Für den Fall, dass sich ein Auto nähert, hupe ich.«

»Es dauert nur eine Minute«, verspreche ich und eile ins Schlafzimmer.

Ich streife die schmutzigen Sachen ab und greife mir wahllos eine Jeans und einen Pulli aus dem Kleiderschrank. Ich fühle mich wie betäubt. Tausend Fragen stürmen auf mich ein. Was habe ich Mark getan? Warum wollte er mich umbringen? Mit einem Mal fühle ich mich so schwach und wackelig auf den Beinen, dass ich fürchte, mein Kreislauf macht schlapp, und ich lasse mich auf die Bettkante sinken.

Das ergibt alles keinen Sinn. Mark würde nie jemanden vorsätzlich ermorden. Das würde ihn seine Karriere als Arzt kosten, und die bedeutet ihm alles. Vielleicht stand er unter Drogen? Oder jemand hat ihn dazu gezwungen, loszufahren? Doch die Frage nach dem Warum klärt sich nicht, egal wie ich die Sache drehe und wende. Das Dröhnen einer Hupe reißt mich jäh aus meinen Gedanken. Ist Mark zurückgekommen? Panisch springe ich auf und hetze nach draußen.

Sonja lehnt mit verschränkten Armen an ihrem Wagen. »Wo bleibst du denn?«, fragt sie sichtlich genervt und verzieht missbilligend den Mund. Vermutlich bereut sie es schon, dass sie mich bei sich aufgenommen und hierher begleitet hat. Ich bringe ihr nur Ärger.

»Sorry«, murmele ich beschämt und steige auf der Beifahrerseite ein.

Sonja startet den Wagen. Ein leiser Nieselregen setzt ein und die Scheibenwischer nehmen mit einem leisen Ratschen ihre Arbeit auf. Das Dorf Auweiler wirkt wie ausgestorben in der fahlen Straßenbeleuchtung. Die dunklen Fensterrechtecke der schmutziggrauen Häuser starren mich wie anklagend an.

Schnell wende ich meinen Blick ab, lehne mich gegen die Kopfstütze und schließe die Augen. Ich fühle mich in einem Albtraum gefangen und fürchte, dass es daraus kein Erwachen geben könnte. Ich bin so müde, ich möchte nur noch schlafen, traumlos, um wenigstens für ein paar Stunden in die Gedankenlosigkeit abtauchen zu können. Im Wachzustand lässt sich mein Verstand nicht abschalten und die Fragen drehen sich wie ein Kreisel in meinem Kopf.

Wenn ich nur wüsste, was für Informationen Bacher für mich hatte. Vielleicht kann mir die Frau, die ich in seiner

Wohnung angetroffen habe, weiterhelfen. Allerdings bin ich mir nicht sicher, ob es eine gute Idee ist, sie zu kontakten.

Ein Polizeiwagen rast auf der Gegenspur mit überhöhter Geschwindigkeit und rotierendem Blaulicht an uns vorbei.

»In dem Dorf scheint was passiert zu sein«, sagt Sonja und wirft mir von der Seite einen Blick zu, den ich nicht deuten kann.

Ich ziehe die Unterlippe zwischen die Zähne und nicke stumm, in Gedanken noch immer bei Bacher.

»Du solltest Mark anzeigen«, sagt Sonja unvermittelt.

Sie hat natürlich recht. Ich müsste das zur Anzeige bringen. Doch etwas in mir wehrt sich dagegen.

»Ich kann nicht mit Bestimmtheit sagen, dass Mark hinter dem Steuer saß«, antworte ich ausweichend.

»Das klang vorhin aber noch ganz anders.«

»Ich weiß«, sage ich. »Aber …« Ich zucke hilflos mit den Schultern.

»Jetzt sag nicht, du empfindest noch immer etwas für diesen Typen?«

»Nein. Ja. Ich weiß nicht«, stottere ich.

»Meine Güte, Rina, du bist so ein Schaf. Dir ist echt nicht zu helfen«, sagt sie und es klingt nicht unbedingt liebevoll.

Mir fällt keine passende Erwiderung darauf ein, also halte ich meinen Mund, obwohl ich ihr die Bemerkung übel nehme. In einem unguten Schweigen setzen wir die Fahrt fort. Ich fühle mich immer unwohler. Sonja ist meine einzige Freundin. Wenn ich sie verliere, habe ich niemanden mehr, der zu mir hält.

»Ich werde darüber schlafen und dann entscheiden, ob ich ihn anzeigen werde«, sage ich, als ich die Stille nicht länger aushalte. »Okay?«

»Mach das«, sagt sie knapp.

Die Stimmung zwischen uns bleibt angespannt. Ich würde gerne etwas sagen, um das zu ändern, es fällt mir leider nichts ein. Als wir in ihrer Wohnung ankommen, zieht sich Sonja mit einem gemurmelten »Ich bin total erschlagen« in ihr Schlafzimmer zurück.

»Gute Nacht«, sage ich leise, aber da hat sie schon die Tür hinter sich zugezogen.

Etwas später höre ich sie telefonieren. Ihre Stimme klingt leise und eindringlich. Vermutlich schildert sie grade unser *Erlebnis* und echauffiert sich über mein Verhalten. Gleich morgen werde ich mir ein Zimmer in einem Hotel nehmen, beschließe ich. Vielleicht reagiere ich über, aber irgendwie fühle ich mich hier nicht mehr willkommen. Ich bin versucht, jetzt gleich zu verschwinden, doch das wäre unfair Sonja gegenüber. Leise seufzend gehe ich ins Bad, putze mir die Zähne und mache es mir anschließend umgeben von Umzugskisten auf dem Sofa bequem.

Ich nehme mein Handy zur Hand und schalte es ein. Der Messenger zeigt an, dass ich eine neue Nachricht habe. Vielleicht ist sie von Mark. Mein Herz macht einen kleinen Satz.

27

Die Nachricht ist von Mark. Er hat sie abgeschickt, als Sonja und ich auf dem Weg zum Bungalow waren.

> Liebe Rina,
> ich habe einen großen Fehler gemacht, den ich zutiefst bereue. Du wirst mich deswegen hassen, aber ich kann so nicht weiterleben. Bitte komm nach Hause, dann erkläre ich dir alles. Mark

Ich setze mich auf, mein Finger schwebt schon über den Rückrufsymbol, doch etwas lässt mich zögern.

Spinnst du? Mark hat grade versucht, dich umzubringen. Schon vergessen? Mit der Nachricht wollte er dich zum Bungalow locken.

Die Hand mit dem Handy sinkt schwer auf meinen Oberschenkel. Tief in mir spüre ich nach wie vor leise Zweifel. Zweifel daran, dass es Mark war, der den Wagen in der Absicht gesteuert hat, mich zu töten. Ich kann, ich will das einfach nicht glauben. Genauso wenig wie ich meine Gefühle für ihn von jetzt auf gleich einfach per Knopfdruck abschalten kann. Ich habe diesen Mann geliebt, ihm vertraut. Das wischt man nicht von einem Tag auf den anderen einfach weg.

Vielleicht saß wirklich nicht er hinterm Steuer. Vielleicht war noch jemand im Wagen und hat ihn gezwungen, loszufahren.

Zu viele Vielleicht, höhnt es in meinem Hinterkopf.

Ich schenke der Stimme keine Beachtung. Mark hat eine Chance verdient, mir seine Sicht der Dinge zu schildern. Vielleicht stellt sich das Geschehene dann in einem anderen Licht dar. Darauf setze ich meine ganze Hoffnung.

Aller Einwände zum Trotz wähle ich Marks Nummer. Das Freizeichen tönt in mein Ohr. Nachdem es mindestens zwanzig Mal geklingelt hat, ohne dass er abgenommen hat, beende ich die Verbindung. Ich schwanke zwischen Wut und Enttäuschung. Was für ein Spielchen spielt Mark mit mir?

Ich ziehe mich bis auf T-Shirt und Slip aus, schlüpfe unter die Decke und schließe die Augen. Obwohl ich vor Müdigkeit kaum klar denken kann, finde ich keinen Schlaf. Die Gedanken kreisen durch meinen Kopf und verknoten sich zu sinnlosen Satzgebilden, die mich wahnsinnig machen. Ich wälze mich hin und her und dann überfällt mich die Erkenntnis mit solch einer Wucht, dass ich das Gefühl habe, mein Körper stünde unter Strom.

Mark hasst dich, weil du schuld bist an Charlottes Tod. Das ist der Grund, warum er durchgedreht ist und dich töten wollte. Du hast ihm das Liebste genommen.

Er ist so vernarrt in unser süßes kleines Mädchen gewesen, dass ich mich manchmal zurückgesetzt und vernachlässigt gefühlt habe.

Zurückgesetzt? Vernachlässigt? Manchmal? Sei doch wenigstens zu dir selbst ehrlich. Du warst zerfressen von Eifersucht auf Charlotte. Du hast in ständiger Angst gelebt, dass er sie mehr liebt als dich.

Mir bricht der Schweiß aus. Das ist nicht wahr, schreit alles in mir. Krampfhaft versuche ich, die Stimme in meinem Hinterkopf stumm zu schalten. Es will mir nicht gelingen.

Warst du nicht insgeheim sogar froh, dass sie weg war und du Mark wieder für dich allein hattest?

»Nein, das ist nicht wahr«, wispere ich mit erstickter Stimme. »So war es nicht. Ich habe Charlotte geliebt, mehr als mein Leben.«

Beweise es. Folge ihr in den Tod.

Leise wimmernd halte ich mir beide Ohren zu. Doch die Stimmen werden immer lauter. In einer Endlosschleife wiederholen sie ihre Forderung. Ich halte das nicht länger aus. Mit einem Schrei auf den Lippen springe ich hoch, stürze zum Fenster und reiße beide Flügel weit auf. Gierig sauge ich die kühle Luft ein, die von außen hereinströmt, und ziehe sie tief in meine Lunge.

»Alles in Ordnung mit dir?«

Ich zucke erschreckt zusammen und wende mich um. Im Türrahmen steht Sonja und mustert mich in einer Mischung aus Besorgnis und Befremden.

»Ja«, versichere ich schnell. »Ich hatte plötzlich das Gefühl, keine Luft mehr zu bekommen.«

»Verstehe.« Ihre Stimme klingt seltsam reserviert.

Ich schließe das Fenster und drehe mich wieder zu ihr um. Sie hat etwas auf dem Herzen, das sehe ich ihr an, und ich fürchte, dass es mir nicht gefallen wird. Ein mulmiges Gefühl breitet sich in meiner Magengegend aus. Ich will gar nicht wissen, was sie hat.

»Was ist? Hast du etwas?«, frage ich dennoch nach.

»Wann ist das mit deiner Tochter passiert?«, fragt sie. Ihr Gesicht ist verschlossen und feindselig.

»Warum willst du das wissen?« Meine Beklommenheit wächst.

»Ich habe das Internet durchforstet«, sagt sie. »Es gibt keinen einzigen Hinweis auf das Unglück.«

»Wie meinst du das?«

»Ich meine, wenn ein Kind vom Balkon stürzt und tödlich verunglückt, sind die Zeitungen zumindest einen Tag nach dem Unglück voll davon.«

»Ja, und?« Meine Stimme klingt tonlos und ängstlich zugleich.

»In Berlin gab es in diesem und auch im letzten Jahr nur einen einzigen derartigen Vorfall. In Neukölln. Ein kleiner Junge ist aus dem dritten Stock eines Wohnhauses gefallen und er hat den Sturz wie durch ein Wunder fast unverletzt überlebt.«

28

»Das kann nicht sein«, sage ich. Hilflos schaue ich Sonja an. »Ich verstehe das nicht.«

Ich habe mir ganz bewusst keine Berichte über das Unglück angesehen weder in den Zeitungen noch in den sozialen Medien. Mark hat mich darin bestätigt. »Tu es dir besser nicht an. Die Artikel sind zum Teil alles andere als sachlich. Es wird sehr viel Häme und Boshaftigkeit über uns als Eltern ausgeschüttet. Du wirst dich danach nur noch schlechter fühlen. Und vor allem schuldig.«

»Was ist wirklich passiert?«, fragt Sonja und mustert mich, die Augen zu schmalen Schlitzen verengt, als wäre ich die Personifizierung des Bösen.

»Ich verstehe nicht …?«, stammele ich.

»Wie ist eure Tochter wirklich zu Tode gekommen?«

»Das weißt du doch«, sage ich. »Das habe ich dir erzählt.« Nur mit Mühe kann ich meine Tränen zurückhalten.

»Und warum findet sich nicht ein einziges Wort über das Unglück in den Medien?«

»Das weiß ich nicht. Glaub mir, ich begreife das auch nicht. Ich …« In einer hilflosen Geste hebe ich beide Hände.

»Mir hätte schon viel früher auffallen sollen, dass etwas an deiner Geschichte nicht stimmt. Wieso wurde kein Verfahren wegen Verletzung eurer Aufsichtspflicht als Eltern eingeleitet? Oder hast du nur vergessen, das zu erwähnen?«

Aus Sonjas Stimme ist jegliche Wärme gewichen. Ihr Tonfall ist eisig.

»Das hat alles Mark geregelt«, sage ich. Der Blick, den sie mir zuwirft, spricht Bände. Sie glaubt mir kein Wort mehr.

»Was immer du und dieser Mark verheimlicht, ich möchte nichts damit zu tun haben«, stellt sie klar. »In drei Tagen bin ich weg und dann möchte ich nie wieder etwas von dir hören.«

Ich nicke stumm. In meiner Kehle hat sich ein dicker Kloß gebildet.

»Ich will, dass du gehst«, setzt Sonja noch einen drauf. »Auf der Stelle!«

Dazu hätte sie mich nicht auffordern müssen. Unter den Umständen möchte ich keine Minute länger als nötig ihre Gastfreundschaft beanspruchen. Wieder nicke ich stumm. Ich bringe kein Wort mehr heraus und Tränen brennen in meinen Augen. Aber ich will nicht weinen, nicht jetzt und schon gar nicht vor Sonja. Abrupt kehre ich ihr den Rücken zu, klaube meine Kleidungsstücke auf, die neben dem Sofa auf dem Boden liegen und ziehe mich an.

Als ich mich umdrehe, ist die Stelle, an der Sonja eben noch an der Tür gelehnt hat, leer. Sie hat sich ohne ein Wort des Abschieds davongestohlen. Ich kann es ihr nicht verdenken. Hastig räume ich meine Sachen aus dem Bad und stopfe sie zu meinen anderen Habseligkeiten in den Rucksack. Ich überlege, ob ich Sonjas Handy dalassen soll, besinne mich jedoch anders. Sie hat es mir schließlich geschenkt, denke ich trotzig und verlasse die Wohnung. Obwohl mir danach ist, die Tür hinter mir zuzuknallen, ziehe ich sie ganz leise ins Schloss.

Erst unten auf der Straße wird mir klar, dass ich keinen Schimmer habe, wo ich mitten in der Nacht hin soll. Das

Wasser im Landwehrkanal plätschert leise gegen die Kaimauer und ein frischer Wind lässt mich frösteln. Das fahle Licht der Straßenlaternen gibt der Umgebung ein unwirkliches Ambiente.

Auf dem Weg zur S-Bahn bin ich gestern an einem Hostel vorbeigekommen, fällt mir ein. Es ist nicht weit von hier. Vielleicht habe ich Glück und dort ist noch etwas frei. Die junge Frau hinter dem Empfangstresen mit einer wilden Dreadlockfrisur, in die bunte Perlen eingeflochten sind, schüttelt bedauernd den Kopf.

»Alles belegt«, sagt sie. »Es sei denn, es macht dir nichts aus, in einem Vierbettzimmer zu übernachten. Da ist noch was frei.«

Die Vorstellung mit drei wildfremden Menschen ein Zimmer zu teilen, behagt mir nicht sonderlich. Vermutlich würde ich die ganze Nacht kein Auge zutun. Ich lehne dankend ab. Die meisten Kneipen in Kreuzberg haben bis in die frühen Morgenstunden offen. Ich könnte in einer auf den Morgen warten, mir dann ein Auto mieten und nach Hause fahren. Nach Hause? Fast muss ich laut lachen, so absurd erscheint mir der Gedanke. Ich habe nicht mal mehr einen Schlüssel zu dem Bungalow. Was ich jetzt brauche, ist ein Ort, an dem ich in Ruhe darüber nachdenken kann, was ich von Sonja erfahren habe. Im Moment fühle ich mich wie in einem Schockzustand, als hätte jemand den Faden zu meinem bisherigen Leben durchgeschnitten.

Ich setze mich auf eine schmale Schaufensterbrüstung, krame nach meinem Handy und suche über Google Maps nach weiteren Hotels in der Nähe. Um mich herum tobt das Leben. Gruppen von jungen Leuten schieben sich plaudernd und lachend an mir vorbei, vermutlich auf dem Weg in irgendeinen der angesagten Clubs, die es in dem Bezirk an jeder Ecke gibt. Ich beneide sie um ihre Unbekümmertheit, die mir verloren gegangen ist, falls ich sie jemals besessen habe.

Meine Suche hat Erfolg. Auf der anderen Seite der Spree gibt es in fußläufiger Entfernung ein Hotel, das noch ein paar freie Einzelzimmer hat. Es ist recht günstig, doch ich befürchte, dass selbst der Preis mein klammes Budget übersteigen könnte. Wenn mich nicht alles täuscht, ist mein Konto fett in den Miesen. Ich bin mir nicht mal sicher, ob mein Kreditrahmen nicht schon ausgeschöpft ist. Doch schließlich werfe ich all meine Bedenken über Bord und eile über die Oberbaumbrücke auf die andere Spreeseite.

Eine halbe Stunde und ein paar Formalitäten später schließe ich die Tür zu dem Hotelzimmer auf. Ich lasse den Rucksack von meiner Schulter gleiten und inspiziere als Erstes das Badezimmer. Es ist etwas altbacken, winzig, aber tadellos sauber. Ich gehe auf Toilette, wasche mir die Hände und vermeide dabei den Blick in den Spiegel. Wenn ich so aussehe, wie ich mich fühle, will ich mein Gesicht gar nicht erst sehen. Das würde mich nur noch mehr runterziehen.

Ich schenke mir ein Glas aus der Wasserflasche ein, die als Geschenk des Hauses auf dem kleinen Tisch am Fenster steht, und lasse mich auf dem Stuhl nieder. Nervös knete ich meine Hände. Ich scheue mich davor, aber ich muss mich mit meinen eigenen Augen davon überzeugen, dass Sonjas Behauptungen der Wahrheit entsprechen. Auch wenn ich keinen Grund weiß, warum sie mir etwas Falsches hätte erzählen sollen.

Mir klopft das Herz bis zum Hals, als ich mich über das WLAN des Hotels im Netz einlogge und den Begriff *Tödlicher Balkonsturz in Berlin* in das freie Feld der Suchmaschine eintippe. Über 80.000 Treffer. Ich scrolle durch die ersten zwanzig Seiten. Nichts. Mein Magen beginnt zu flattern. Ich atme zittrig ein, schränke das Zeitfenster auf letztes Jahr ein und füge den Suchbegriff *Mädchen* hinzu. Jetzt werden mir nur noch wenige Ergebnisseiten angezeigt. Ich klicke mich durch die einzelnen Beiträge. Als ich am Ende der Suchergebnisse angelangt bin, fange ich noch mal von vorne an. Ich kann es einfach nicht glauben. Nirgendwo im Netz gibt es auch nur einen Hinweis darauf, dass meine kleine Tochter von einem Balkon aus dem vierten Stock in den Tod gestürzt ist.

29

Blicklos starre ich vor mich hin und versuche zu begreifen, was nicht zu begreifen ist. Durch meinen Verstand tobt ein Sturm von Fragen. Was ist an dem Tag wirklich geschehen? Und welche Rolle hat Mark dabei gespielt? Ist er es gewesen, der Adrian Bacher *engagiert* hat, um mir im Krankenhaus den Polizisten vorzuspielen? Ich würde gerne glauben, dass er nichts damit zu tun hat, aber das fällt mir immer schwerer. Wer sollte es sonst gewesen sein, wenn nicht er? Alles, wirklich alles deutet darauf hin. Was will er vertuschen?

Es gibt nur einen Menschen, der das beantworten kann. Und das ist Mark selbst. Ich greife nach dem Handy, das auf dem Tisch liegt.

Was willst du ihn denn fragen? Ob er Charlotte umgebracht hat? Glaubst du im Ernst, dass er dir darauf eine ehrliche Antwort gibt?

Ich lege das Handy wieder zurück. Mit einem Mal friere ich. Ich umschlinge meinen Oberkörper mit beiden Armen und wiege mich vor und zurück. Wie ich es als kleines Mädchen gemacht habe, wenn ich schreckliche Angst hatte. Was leider oft der Fall war. Meine Eltern stritten sich häufig so heftig, dass ich fürchtete, sie würden ihre laut herausgebrüllte Wut in die Tat umsetzen und sich gegenseitig umbringen. Diese Streits, die nicht ausschließlich verbal ausgetragen wurden, sondern durchaus auch handgreiflich werden konnten, endeten in schöner Regelmäßigkeit im elterlichen

Schlafzimmer. Ich habe erst sehr viel später begriffen, was hinter der verschlossenen Tür vor sich ging und dass diese handfesten Auseinandersetzungen quasi das Vorspiel dazu waren. Als kleines Mädchen haben mir die Geräusche, die aus dem Raum nach draußen drangen, noch mehr Angst gemacht als ihre lautstarken Wortgefechte. Ich schiebe die unguten Erinnerungen an meine Kindheit von mir und erhebe mich.

Unruhig wandere ich in dem kleinen Zimmer hin und her. Alles in mir ist in Aufruhr. Und es gibt niemanden, dem ich mich anvertrauen könnte, um die Dinge vielleicht etwas klarer zu sehen. In meiner Verzweiflung überlege ich sogar, ob ich Sonja anrufen soll, aber sie wird nicht mit mir reden wollen. Ihre Reaktion war unmissverständlich. Sie will nichts mehr mit mir zu tun haben. Laut seufzend lasse ich mich auf das Bett fallen und verschränke die Arme hinterm Kopf. Was mache ich denn jetzt? Soll ich zur Polizei gehen? Aber was soll ich ihnen erzählen? Ich weiß doch selbst nicht, was geschehen ist. Mir wird nichts anderes übrig bleiben, als morgen nach Hause zurückzukehren und Mark zur Rede zu stellen.

Er wollte dich umbringen. Schon vergessen? Was, wenn er es wieder versucht?

Die Mahnung in meinem Hinterkopf ist eindringlich. Aber ich habe nach wie vor Zweifel, ob es wirklich Mark war, der in dem Wagen saß. Ich schließe die Augen und versuche, mir die Szene in Erinnerung zu rufen. Das Auto kommt mit aufgeblendeten Scheinwerfern auf mich zu. Ich bin wie gelähmt und unfähig, mich zu rühren. Das Gesicht hinter der Frontscheibe ist verschwommen. So sehr ich mich auch bemühe, ich bekomme die Gesichtszüge nicht scharfgestellt. Der Fahrer könnte Mark gewesen sein, aber auch jemand anderes. Ich kann es einfach nicht mit Sicherheit sagen. Mittlerweile bin ich so erschöpft, dass ich kaum noch in der Lage bin, klar zu denken. Ich krieche, wie ich bin, unter die Bettdecke und schlafe auf der Stelle ein.

Irgendwann schrecke ich aus einem wilden Traum hoch und sehe mich irritiert um. Wo bin ich? Der Raum liegt im Halbdunkel. Die Umrisse der Möbel sind nur als vage Konturen erkennbar. Die Vorhänge sind nicht zugezogen und durch das gekippte Fenster dringen kühle Luft und Stimmengewirr von der Straße herein.

Mein erster klarer Gedanke ist: Sonnenbrille. Rote Lippen. Adrenalin schießt durch meinen Körper. Ich setze mich auf. Das war nicht Mark, der hinterm Steuer saß. Es war eine Frau mit Sonnenbrille und rotgeschminkten Lippen. Die gleiche Frau, die einen Schlüssel zu unserem Bungalow hat und vor meiner Flucht dort aufgetaucht ist. Wer ist diese Frau? Und warum wollte sie mich umbringen? Ist sie Marks Geliebte und ihr Motiv rasende Eifersucht?

Ich lasse mich auf das Kissen zurücksinken und starre an die Decke. Mein Leben scheint nur noch aus Fragen zu bestehen, auf die es keine Antworten gibt. Die Uhr auf dem Nachttisch zeigt 05:25 an. Ich bin hellwach. An Schlaf ist nicht mehr zu denken. Ich habe keine Ahnung, wie es jetzt weitergehen soll. Noch nie in meinem Leben habe ich mich so verloren, so haltlos gefühlt wie in diesem Moment. Eine Weile schwimme ich auf einer Woge von Selbstmitleid, doch dann raffe ich mich auf und schleppe mich ins Badezimmer. Ich ziehe mich aus, stelle mich unter die Dusche und lasse das heiße Wasser minutenlang auf mich herabprasseln. Viel besser fühle ich mich im Anschluss daran allerdings auch nicht. Am liebsten würde ich mich wieder im Bett verkriechen und mir die Decke über den Kopf ziehen.

Aber das bringt mich leider auch nicht weiter. Und noch eine Übernachtung in dem Hotel kann ich mir definitiv nicht leisten.

Ich schultere den Rucksack und fahre im Aufzug in die Hotellobby hinunter. Als ich dem Mann hinter der Rezeption meine EC-Karte reiche, bete ich stumm, dass sie nicht abgelehnt wird. Sonst habe ich ein Problem. Als käme es darauf jetzt noch an, denke ich in einem Anflug von Galgenhumor. Mit angehaltenem Atem beobachte ich, wie er die Karte durch das Lesegerät zieht und mit gerunzelter Stirn auf eine Reaktion wartet. Als ich schon nicht mehr damit rechne und mir im Geiste eine Entschuldigung zusammenbastele, spuckt das Gerät endlich den Beleg aus. Der Angestellte reicht mir die Karte und wünscht mir mit einem professionell freundlichen Lächeln, das seine dunklen Augen unberührt lässt, einen schönen Tag.

Meine Freude darüber, dass alles gut gegangen ist, währt nicht lange. Ein paar Schritte weiter springt mich vor einem Kiosk die Schlagzeile eines Boulevardblattes an. Abrupt stoppe ich. Meine Augen saugen sich an den fett gedruckten Buchstaben fest. Ich füge sie zu Worten zusammen und lese sie wieder und wieder. So lange, bis ihr Sinn sich mir endlich erschließt.

Chirurg tot in seinem Bungalow aufgefunden – war es Mord?

30

Erst als sich mir ein spitzer Ellbogen in die Seite rammt und jemand blufft »Biste hier festgewachsen, oder was? Du hältst den ganzen Verkehr auf« kommt Bewegung in mich.

Ich klaube das Kleingeld in meinem Portemonnaie zusammen und kaufe eine Zeitung. Auf den Straßen wimmelt es nur so von Menschen, die es scheinbar alle sehr eilig haben, zu ihrem Ziel zu gelangen. Rücksichtslos drängeln sie sich aneinander vorbei. Einige schauen kein einziges Mal von ihrem Handy auf. Ich ziehe mich in den nächstbesten Hauseingang zurück, um den Artikel ungestört lesen zu können. Rasch überfliege ich die wenigen Zeilen.

In einem Bungalow in Auweiler nahe Berlin hat die Polizei gestern Abend eine männliche Leiche entdeckt. Offenbar folgten die Beamten einem anonym eingegangenen Hinweis. Dazu, wie der Mann zu Tode gekommen ist und ob ein Suizid oder ein Gewaltverbrechen vorliegt, wollte sich der Sprecher des Polizeipräsidiums nicht äußern. Bei dem Toten handelt sich um Mark E. Nach unseren Informationen hat er als Chirurg in einer renommierten Klinik in Berlin gearbeitet.

Die Zeitung entgleitet mir, mein Herz setzt einen Schlag aus. Mark ist tot. Nein, das kann nicht sein. Meine überreizten Sinne haben mir einen Streich gespielt. Mit weichen Knien beuge ich mich vor und hebe die Zeitung vom Boden auf. Noch einmal lese ich den Artikel, dieses Mal Wort für Wort. Mein Magen verkrampft sich zu einem harten Klumpen. Bei dem Toten kann es sich nur um Mark handeln, die Angaben treffen haargenau auf ihn zu. Meine Beine geben nach. Langsam rutsche ich an der Hauswand herunter. Der Stoff meiner Jacke ratscht an den rauen Mauersteinen entlang und zerreißt mit einem unschönen Geräusch. Mit dem Hintern lande ich auf dem kalten Boden.

Mark ist tot.

Ich kann nichts anderes denken als immer nur diesen einen Satz.

Mark ist tot.

Doch so oft ich ihn auch wiederhole, mein Verstand will es einfach nicht begreifen. Mark kann nicht tot sein. Das darf nicht sein.

Was soll ich denn jetzt tun?

Mark ist der Einzige gewesen, der meine Fragen hätte beantworten können, der Licht in all das Dunkel hätte bringen können.

Schlagartig wird mir etwas anderes klar. Ich spüre, wie mir die Hitze ins Gesicht steigt. Mark war schon tot, als Sonja und ich im Haus gewesen sind. Er muss irgendwo in seinem Blut gelegen haben und ich habe es nicht mal bemerkt. Womöglich hat er zu dem Zeitpunkt noch gelebt und ich hätte ihn retten können, wenn ich ihn entdeckt hätte. Warum habe ich nicht auf mein Gefühl gehört?

Mir wird schlecht. Ich rappele mich hoch, presse eine Hand auf den Mund und wanke auf die Straße. Dort erbreche ich meinen Mageninhalt in einen Gully im Rinnstein. Niemand der vorbeihastenden Passanten scheint etwas davon bemerkt zu haben. Kein angewiderter Blick trifft mich, keiner fragt nach, ob er mir helfen könne, als ich mich aus meiner gebeugten Haltung aufrichte und mir mit dem Handrücken über die Lippen wische. Der Geschmack in meinem Mund ist widerlich und mein Magen brennt, als hätte jemand ein Feuer darin entfacht.

Apathisch nehme ich meinen Rucksack, der mir von der Schulter gerutscht ist, reihe mich in den Menschenstrom ein und lasse mich zur nächsten S-Bahnstation mitnehmen. Ich bewege mich mechanisch wie ein Roboter vorwärts und komme erst wieder halbwegs zur Besinnung, als ich in der Bahn sitze und diese sich in Bewegung setzt. Ich habe keine Ahnung, wohin sie fährt. Es ist mir auch egal. Ich weiß ohnehin nicht wohin. Müde lehne ich meine Stirn an das Glas der Fensterscheibe und sehe zu, wie Häuserfluchten und Grünflächen in schnellem Wechsel vorbeigleiten. Mit halbem Ohr bekomme ich die Haltestellen mit, die eine männliche Lautsprecherstimme in regelmäßigen Abständen verkündet. Als er als nächsten Halt *Charlottenburg* nennt, zündet etwas in meinem Kopf. Ruckartig richte ich mich auf. Der Zug stoppt und die Türen öffnen sich. Zwei kichernde Mädchen hüpfen durch den Gang an mir vorbei und steigen aus. Da macht es klick. Ich greife mir meinen Rucksack vom Sitz neben mir und springe in letzter Sekunde aus der Bahn. Hinter mir schließen sich die Türen mit einem lauten Ratschen.

Mark hat erwähnt, dass er Charlotte auf einem Friedhof in Charlottenburg hat beisetzen lassen. Ich muss mich mit eigenen Augen davon überzeugen, dass er zumindest in dem Punkt die Wahrheit gesagt hat. Obwohl ich nicht davon ausgehe. Alles spricht dafür, dass er den Tod unserer Tochter verursacht und versucht hat, es zu vertuschen. Womöglich hat er sie irgendwo verscharrt. Der Gedanke ist so furchtbar, dass mir unwillkürlich ein Schrei des Entsetzens entfährt. Ich atme durch und sehe mich auf dem zugigen Bahnhof um. Nirgends ein Hinweisschild, welchen Ausgang ich nehmen muss, um zum Friedhof zu kommen. Vermutlich gibt es in Charlottenburg mehr als nur eine Begräbnisstätte. Ich setze mich auf eine der unbequemen Metallbänke und krame mein Handy hervor. Es signalisiert, dass der Akku bald leer sein wird. Ich habe zwar daran gedacht, das Ladegerät einzustecken, aber vergessen, das Handy im Hotel aufzuladen.

Ausnahmsweise ist die Internetverbindung hervorragend. In wenigen Minuten habe ich herausgefunden, dass es drei Friedhöfe gibt, aber nur auf einem eine gesonderte Begräbnisstätte für Kinder. Er ist eine gute halbe Stunde Fußmarsch von hier entfernt. Bevor ich den Browser schließe, schaue ich in den einschlägigen Nachrichtenportalen nach, ob es Neuigkeiten über Marks Tod gibt. Ich kann mir nicht vorstellen, dass er sich umgebracht haben könnte. Dafür war er nicht der Typ. Er hat gern gelebt. Aber wenn er sich zu solch einem Schritt gezwungen sah, muss etwas unfassbar Schreckliches geschehen sein, an dem er vielleicht sogar die Schuld trug. Ein Selbstmord wäre ein weiterer Hinweis darauf, dass er für den Tod unseres Kindes verantwortlich gewesen ist.

Ich werde sofort fündig. Sämtliche Nachrichtenportale bringen es als Eilmeldung.

Mark E. fiel einem heimtückischen Verbrechen zum Opfer. Er wurde aus nächster Nähe erschossen. Nähere Angaben wollte der Sprecher der Polizei aus ermittlungstechnischen Gründen vorerst nicht machen. Wir halten Sie auf dem Laufenden.

31

Die Buchstaben auf dem Handy verschwimmen zu einer undefinierbaren Masse und vor meinen Augen tanzen schwarze Schlieren. Mark ist ermordet worden, hämmert es in meinem Kopf. Das wirft meine Theorie mit einen Schlag über den Haufen. Aber wer hat ihn umgebracht? Und warum? Hatte er Feinde? Irgendwelche Neider? Oder hat ihn diese Frau umgebracht, die mich mit seinem Wagen überfahren wollte?

Ich bin zu durcheinander, um einen klaren Gedanken fassen zu können. Als über Lautsprecher die Ankunft einer einfahrenden S-Bahn angekündigt wird, erhebe ich mich automatisch und strebe dem Ausgang zu. Ich bin wie betäubt, empfinde weder Schmerz noch Trauer über Marks Tod.

Umbrandet von Straßenlärm bleibe ich vor dem Bahnhof stehen und schaue mich verwirrt um. Was wollte ich hier noch mal? Es dauerte ein paar Sekunden, bis es mir wieder einfällt. Wie konnte ich das vergessen. Ich reiße mich zusammen und frage eine Passantin nach dem Weg zum Friedhof. Dennoch verlaufe ich mich ständig in dem Straßengewirr und so dauert es über eine Stunde, bis ich endlich an meinem Ziel ankomme.

Neben einem roten Backsteingebäude führt ein Weg auf das Friedhofsgelände. Mit einem Mal überfällt mich eine irrationale Angst, die mir die Luft abschnürt und für die ich keine Erklärung finde. Mein Herz klopft zum Zerspringen. Ich zögere. Soll ich lieber umkehren?

»Nein«, widerspreche ich mir selbst laut und energisch. »Das kommt nicht infrage.«

Das ältere Paar, das genau in diesem Moment Hand in Hand an mir vorbeispaziert, wirft mir misstrauische Blicke zu und beschleunigt seine Schritte. Ich ignoriere sie und betrete den geweihten Ort. Der mit Pflastersteinen ausgelegte Weg, den mächtige Bäume säumen, führt mich an einer Kapelle vorbei in den hinteren Teil des Friedhofs. Ich frage eine alte Frau, die gebeugt eine mit Wasser gefüllte Gießkanne schleppt, nach der Begräbnisstätte für Kinder. Ihr mitleidiger Blick bohrt sich mitten in mein Herz. Sie erklärt mir etwas umständlich, wie ich dorthin komme. Ich bedanke mich mit brüchiger Stimme bei ihr und eile schnell weiter. Schon bald tauchen die ersten Kindergräber auf.

Ich verharre und atme tief durch. Doch der Druck auf meinem Brustkorb wird immer stärker. Mein Atem wird flacher und aufgeregt. Ich zwinge mich dazu, langsam durch die Grabreihen zu gehen. Viele der Grabsteine sind in Herzform, andere sind wie Sterne geformt. Auf den Gräbern sitzen Teddybären, Kuscheltiere, sogar Spielsachen sind dort platziert, hier und da stecken Windräder in Regenbogenfarben in der Erde. Bunte Blumen runden das Bild ab. Der Gegensatz zwischen dem fröhlich anmutenden Ambiente und der untröstlichen Trauer, die sich dahinter verbirgt, könnte nicht größer sein. Ich schlucke schwer an meinen Tränen.

Ein Grabmal, auf dem die Fotos eines Jungen und eines Mädchens zu sehen sind, erschüttert mich zutiefst. Geschwister, zwei und vier Jahre alt, starben am gleichen Tag. Ein Unfall oder womöglich ein Verbrechen scheint die

Kinder brutal aus dem Leben gerissen zu haben. Wie kann man einen solchen Verlust verkraften und damit weiterleben, ohne wahnsinnig zu werden? Unvorstellbar.

Ein paar Gräber weiter steht auf einem weißen Steinherz geschrieben: *Wenn Liebe dich hätte retten können, hättest du für immer gelebt.* Jetzt kann ich meine Tränen nicht mehr zurückhalten. Halb blind stolpere ich weiter und versuche vergeblich, mein Herz gegen dieses unermessliche Leid zu verschließen. Ich konzentriere mich auf die Namen und blende alles andere aus.

Ich bin fast am Ende der Grabreihe angekommen, als ich auf einer schlichten weißen Marmorplatte den Namen *Charlotte* lese. Mein Herz bleibt stehen und ich spüre, wie alles Blut in meinen Bauchraum sackt. Ich sinke auf die Knie und verberge mein Gesicht in den Händen. Das Weinen bricht stoßweise aus mir heraus, bis es meinen ganzen Körper schüttelt. Ich vergesse alles um mich herum, nehme nichts mehr von meiner Umgebung wahr. Es gibt nur noch mein kleines Mädchen und mich und die Sehnsucht nach ihr zerreißt mich. Alles würde ich dafür geben, könnte ich nur noch einmal ihre winzigen Hände berühren und ihren süßen, reinen Duft in mich einsaugen.

Erst als meine Tränen langsam versiegen und der Wind empfindlich kalte Böen über die Gräber schickt, erhebe ich mich mühsam. Meine Augen brennen und fühlen sich geschwollen an. Ich nehme meinen Rucksack vom Boden auf und werfe einen letzten Blick auf den Grabstein.

Im ersten Moment glaube ich einer Täuschung zu unterliegen. Meine Augen sind noch immer halb blind von den Tränen. Ich blinzele sie weg und schaue genauer hin. Nein, ich habe mich nicht geirrt. Das Mädchen, das hier begraben liegt, ist bereits vor fünf Jahren gestorben. Für einen

Moment schwanke ich zwischen Lachen und Weinen und fühle mich dem Wahnsinn näher als je zuvor. Das ist nicht das Grab meiner Tochter.

32

Aufgewühlt und verstört verlasse ich den Friedhof. Nachdem ich meinen Irrtum bemerkt habe, bin ich die Grabreihe bis zum Ende durchgegangen. Auf keinem der Grabsteine habe ich den Namen Charlotte noch mal gefunden. Also bin ich ein zweites Mal und ein drittes Mal durch die Reihen der Kindergräber geschritten und habe jede Grabinschrift genau gelesen. Vielleicht hatte ich ja etwas übersehen. Obwohl ich das nicht wirklich glaubte, doch ich musste ganz sichergehen.

Mit wackeligen Knien stolpere ich zu einer Bank, die in unmittelbarer Nähe des Friedhofsausgangs vor einem Maschendrahtzaun steht, und sinke kraftlos darauf nieder. Mit blicklosen Augen starre ich auf die Autos, die an mir vorbeirauschen. Der Himmel hat sich hinter einer dichten Decke aus tiefdunklem Grau verkrochen und kündet von Regen.

Mark, was hast du getan?

Ich fühle mich in einem Albtraum gefangen und bin mir gleichzeitig bewusst, dass es keiner ist. Mark hat gelogen. Es gibt auf diesem Friedhof kein Grab unserer Tochter. An dem Punkt setzt mein Verstand aus. Es ist, als wäre ein Schalter umgelegt worden und hätte mein gesamtes Denkvermögen lahmgelegt. Ich fühle mich wie eine Hülle ohne Inhalt.

Ich höre den Regen eher, als dass ich ihn spüre. Das leise Trommeln der Tropfen auf den Autodächern ist ein stetes, fast einschläferndes Geräusch. Ich lege den Kopf in den Nacken und empfinde die Nässe fast wohltuend auf meiner Haut. Der Regen wird stärker, prasselt auf mich herab, als habe der Himmel sämtliche Schleusen geöffnet. Nach einer Weile beginne ich zu frieren.

Ich erhebe mich und haste durch den strömenden Regen Richtung S-Bahn. Als ich auf dem Bahnsteig ankomme, bin ich klatschnass. Alles an mir tropft. Meine Kleidung klebt kalt und feucht an meinem Körper. Eine Bahn fährt ein, Menschen strömen aus den Waggons, andere drängen hinein. Ich habe keine Ahnung, wo ich hin soll, und bleibe mit hängenden Armen und schlotternd vor Kälte mitten auf dem Bahnsteig stehen. Die irritierten Blicke, die mich streifen, bekomme ich nur am Rande mit. Nichts könnte mich im Augenblick weniger interessieren als das, was andere von mir denken.

»Zurückbleiben bitte!«, fordert eine männliche Computerstimme und die Türen schließen sich unter den rotblinkenden Warnlampen. Unmittelbar danach fährt der Zug an, nimmt Fahrt auf und verlässt den Bahnhof.

Ich bleibe allein zurück. Mit zaghaften Schritten trete ich an die Bahnsteigkante heran und sehe auf das Gleisbett hinab. Zwischen den grauen Schottersteinen entdecke ich eine verfaulte Bananenschale, einen Pappbecher und einen roten Wollhandschuh. Er gehört zu einer Kinderhand, so klein wie er ist. In meiner Kehle bildet sich ein dicker Kloß. Ich schiebe den rechten Fuß ein Stück weiter über die Kante. In der Ferne höre ich das Geräusch eines sich nähernden Zuges.

Lass dich einfach fallen. Fallen in das ewige Vergessen.

Der erste klare Gedanke, der mein Bewusstsein erreicht. Ein verführerischer Gedanke. Ich beuge mich nach vorne. Eine Bewegung zwischen den Steinen erregt meine Aufmerksamkeit und lässt mich innehalten. Da ist eine Maus, kaum größer als mein Daumen. Sie bewegt sich so schnell über den Schotter, der die gleiche Farbe wie das kleine Tier hat, dass ich sie aus den Augen verliere. Ich schaue auf. Von rechts nähert sich die S-Bahn.

Jetzt, raunt die Stimme in meinem Hinterkopf. *Lass dich einfach fallen, dann hast du es hinter dir.*

»Was machen Sie denn da?« Wie durch einen Filter gepresst tönen die Worte an mein Ohr. Jemand packt mich am Arm und zerrt mich von der Bahnsteigkante weg.

»Da war eine Maus.« Ich weiß selbst nicht, warum ich das sage, und wende mich der Frau zu, die plötzlich neben mir aufgetaucht ist. Sie ist ganz in Schwarz gekleidet und hat eine stachelige Punkfrisur mit türkisfarbenen Haarspitzen.

»Das war sehr leichtsinnig von Ihnen«, sagt sie tadelnd. »Sie hätten auf die Gleise fallen und vom Zug überrollt werden können.«

Ihre Worte werden übertönt von der Bahn, die mit schnaufenden Bremsen zum Stehen kommt. Die Türen öffnen sich und im Nu sind wir umringt von Menschen, die zu den Ausgängen streben. Meine Retterin zieht mich mit sich in den Waggon. Ich bin zu müde, um mich dagegen zu wehren.

»Sie sind ja klatschnass«, sagt sie, als wir uns nebeneinander an der Haltestange festklammern. »Sie sollten schleunigst nach Hause und Ihre Klamotten wechseln. Sie haben doch ein Zuhause?«

»Natürlich«, antworte ich automatisch mit vor Kälte bibbernder Stimme. Im gleichen Atemzug wird mir klar, dass das nicht der Wahrheit entspricht.

»Gut«, sagt sie und schenkt mir ein herzliches Lächeln.

»Ja«, sage ich und weiß im gleichen Moment, wohin ich gehen werde.

Ich fahre die zwei Stationen bis zum Zoologischen Garten und suche dort die öffentlichen Toiletten auf. Nachdem ich meine nasse Kleidung gegen trockene getauscht habe, fühle ich mich etwas besser. Vor allem ist mir nicht mehr so kalt. Die nassen Sachen lasse ich einfach in dem Toilettenraum zurück. Wenn ich sie im Rucksack verstaue, durchnässen sie mir alles.

Keine halbe Stunde später stehe ich vor dem Haus, in dem Mark und ich zusammen mit unserer Tochter gewohnt haben. Ich lasse meinen Blick an der Fassade bis zum vierten Stock hochwandern und eine Gänsehaut kriecht über meinen Körper. Ist mein kleines Mädchen von dort oben in den Tod gestürzt? Oder hat Mark mich auch in diesem Punkt belogen? Bald werde ich es wissen.

Ich drücke wahllos auf einige Klingelknöpfe, gebe mich als Postbotin aus und werde ins Haus gelassen. Im Treppenhaus riecht es nach Bohnerwachs und aus einer der umliegenden Wohnungen dringen die Klänge eines Saxofons. Rasch steuere ich auf den Aufzug zu, der sich auf Knopfdruck sofort öffnet. Auf dem Weg nach oben steigt meine Aufregung mit jeder Etage. Im vierten Stock steige ich aus. Auf dem Klingelschild unserer früheren Wohnung steht noch immer Eggers, stelle ich überrascht fest. Hatte Mark nicht erwähnt, dass er sie vermietet hat?

Ich klingle bei Frau Hellwein, der die Nachbarwohnung gehört. Es dauert eine Weile, bis ich ihre schlurfenden Schritte aus dem Wohnungsinneren vernehme. Sie ist nicht mehr die Jüngste und braucht einen Stock als Gehhilfe, aber ihr Verstand ist wacher als der vieler jüngerer Menschen. Ich höre, wie sich der Schlüssel von innen zweimal dreht, dann öffnet sich die Tür einen Spaltbreit und sie späht über die gestraffte Kette der Türsicherung zu mir nach draußen.

»Guten Tag, Frau Hellwein«, sage ich. »Entschuldigen Sie den Überfall, aber ich müsste mit Ihnen sprechen. Es ist sehr dringend.«

Sie erkennt mich erst nach ein paar Sekunden. »Gott, Rina, das bist ja du.« Ihre Stimme klingt merkwürdigerweise erschrocken.

»Ja«, sage ich und versuche mich an einem Lächeln.

Sie löst die Sicherheitskette und öffnet die Tür. Über ihre schmale Lesebrille hinweg mustern mich ihre wachen grauen Augen in einer Mischung aus Erstaunen und Unglauben.

»Ich dachte, du bist …« Sie bricht ab, klemmt sich eine graue Haarsträhne, die sich aus ihrem Dutt gelöst hat, hinters Ohr und murmelt »Da muss ich wohl etwas missverstanden haben.«

»Darf ich reinkommen?«, frage ich zögernd.

»Aber natürlich«, sagt sie und tritt beiseite, um mir Platz zu machen.

Sie drückt die Tür hinter mir zu und legt die Sicherheitskette wieder vor. Ich folge ihr ins Wohnzimmer und nehme in einem der bunten Plüschsessel Platz. Sie setzt sich mir gegenüber auf das Sofa, nimmt die Lesebrille ab und legt den Gehstock beiseite.

Ich überlege, wo ich anfangen soll, doch mir fallen keine Worte ein. Ich hätte mir etwas zurechtlegen sollen. Das Schweigen dehnt sich aus. Meine ehemalige Nachbarin tut sich allem Anschein nach ebenfalls schwer damit, ein Gespräch zu beginnen.

»Kann ich dir etwas anbieten.« Ihre etwas brüchige Stimme beendet die Stille. »Tee, Wasser …?« Sie greift nach ihrem Stock und macht Anstalten, sich aus dem Polster hochzuhieven.

»Nein, nein«, wiegele ich ab. »Vielen Dank, nicht nötig. Ich will Sie gar nicht lange aufhalten.«

Sie setzt sich wieder hin. »Was macht die kleine Charlotte?«, fragt sie und sieht mich neugierig an.

Mir verschlägt es die Sprache. »Sie ist tot«, wispere ich. »Aber das müssen Sie doch wissen?«

Sie reißt erstaunt die Augen auf. »Nein, nein. Du bist tot«, sagt sie und verbessert sich hastig. »Das dachte ich auf jeden Fall.«

33

»Wieso haben Sie angenommen, dass ich tot sei?«, frage ich erschrocken nach und überlege gleichzeitig, ob die alte Frau vielleicht langsam dement wird.

»Mark hat mir die schreckliche Nachricht selbst überbracht«, antwortet sie. In ihren Augen lese ich ihre Verwirrung.

»Mark hat Ihnen erzählt, ich sei tot?«, wiederhole ich ungläubig. »Sind Sie sicher?«

»Du seist im Krankenhaus deinen inneren Verletzungen erlegen, die du bei dem Treppensturz erlitten hast. So ungefähr lauteten seine Worte.«

Ich höre, was sie sagt, aber ich begreife es nicht.

»Er machte einen sehr niedergeschlagenen Eindruck auf mich«, fährt Frau Hellwein fort. »Aber ich muss da wohl etwas missverstanden haben.«

Sie hebt in einer ratlosen Geste die Schultern und sieht mich mit großen Augen an. Offensichtlich erhofft sie sich von mir eine Erklärung, die ich ihr leider nicht liefern kann. Ich habe nicht den leisesten Schimmer, warum Mark mich ihr gegenüber für tot erklärt hat.

Ich räuspere mich. »Ist an dem Tag, an dem ich gestürzt bin, noch etwas anderes«, ich zögere »Schlimmes hier im Haus passiert?«

»Nein«, antwortet sie prompt und schüttelt den Kopf. »Warum fragst du mich das?«

Ich bleibe ihr die Antwort schuldig. Es müsste an dem Tag nur so von Polizeibeamten hier gewimmelt haben. Bestimmt wären sämtliche Nachbarn befragt worden, ob sie etwas mitbekommen hätten. Es hätte sich wie ein Lauffeuer verbreitet, dass ein kleines Kind vom Balkon im vierten Stock gestürzt und zu Tode gekommen ist. Frau Hellwein müsste blind und taub und sonst was sein, wenn sie davon nichts mitbekommen hat.

»Du sagtest, die kleine Charlotte sei tot?« Ihre leise mitfühlende Stimme unterbricht mich in meinen Überlegungen.

Einen Moment lang starre ich sie nur an. »Das müssen Sie doch mitbekommen haben.« Mein Mund ist so trocken, dass mir der Satz kaum über die Lippen kommen will.

»Ich fürchte, ich verstehe nicht, was du meinst.« Jetzt klingt sie ein wenig eingeschnappt.

»Charlotte ist an dem Tag, an dem ich den Unfall hatte, von dem Balkon unserer Wohnung gestürzt. Sie hat nicht überlebt.«

»Wie bitte?« Frau Hellweins Stimme klingt schrill vor Entsetzen. Sie setzt sich kerzengrade hin und streicht sich eine Haarsträhne hinters Ohr. Dann schüttelt sie den Kopf. »Nein, das kann nicht sein«, sagt sie. »Das hätte ich doch mitbekommen müssen. Und wenn nicht, dann hätte ich das von einem der Nachbarn erfahren.«

Ich presse meine Lippen aufeinander und nicke. »Mark hat mir das gesagt«, flüstere ich. »Ich habe es selbst nicht gesehen.«

Das Gesicht meiner Nachbarin zersplittert hinter dem Schleier meiner Tränen. Ich zerre das Taschentuch aus meiner Hosentasche und putze mir die Nase.

»Ich weiß überhaupt nicht mehr, was ich denken soll«, schluchze ich.

»Hast du denn schon mit Mark geredet? Vielleicht gibt es eine ganz simple Erklärung …«

»Mark ist tot«, falle ich ihr heulend ins Wort.

Die alte Frau legt eine Hand auf ihren Brustkorb und zieht erschrocken die Luft ein. »Gott, Kind, was ist denn passiert?«

Unter Tränen erzähle ich ihr alles. Ich lasse nichts aus. Auch nicht, dass Mark behauptet hat, ich hätte mein Kind vom Balkon geworfen und dass er, um mich zu schützen, angegeben hat, es sei ein Unfall gewesen. Frau Hellwein hört mir zu, ohne mich zu unterbrechen. Als ich geendet habe, schweigen wir beide eine Weile.

»Du solltest zur Polizei gehen«, sagt sie schließlich. »An der Geschichte ist etwas faul. Oberfaul«, fügt sie hinzu.

»Ich war vermutlich direkt nach dem Mord an Mark in dem Haus«, sage ich verzweifelt. »Wenn ich Pech habe, lasten sie mir den Mord an.«

Die alte Frau nimmt ihren Gehstock zur Hand und stemmt sich vom Sofa hoch. »Ich glaube, wir brauchen jetzt beide erst mal einen Schnaps.«

»Kann ich Ihnen helfen?« Ich erhebe mich rasch.

Frau Hellwein weist mit dem Stock auf eine Vitrine aus dunklem Holz mit einem Glaseinsatz in der Mitte. »Da sind die Gläser drin«, sagt sie und tappt nach nebenan in die Küche.

Wir prosten uns zu, nachdem sie beide Gläser bis zum Rand gefüllt hat, und ich kippe den Himbeergeist in einem Schluck in mich hinein. Der Alkohol brennt sich die Speiseröhre hinunter in meinen Magen, in dem sich sogleich ein warmes, fast wohliges Gefühl ausbreitet. Augenblicklich fühle ich mich etwas entspannter. Frau Hellwein tut es mir gleich und genießt die Wirkung des Schnapses mit geschlossenen Augen. Dann stellt sie das leere Glas auf den Tisch zurück und schaut mich so streng und durchdringend an, dass mein Wohlbehagen auf der Stelle schwindet. Irgendetwas scheint ihr auf der Seele zu brennen.

»Eins muss ich noch wissen«, sagt sie.

»Ja?«, wispere ich ängstlich.

»Hast du Mark«, sie holt tief Luft, als scheue sie sich davor weiterzusprechen, lässt mich aber nicht aus den Augen, »umgebracht?«

»Nein«, antworte ich mit fester Stimme.

Ich halte ihrem direkten Blick stand, auch wenn es mir schwerfällt. Nach einer Weile nickt sie mit dem Kopf und ein kleines Lächeln erhellt ihre strengen Gesichtszüge.

»Ich glaube dir«, sagt sie.

»Danke«, sage ich und atme innerlich auf. Ich kann eine Verbündete weiß Gott gut gebrauchen.

»Obwohl ich mir auf die Geschichte keinen Reim machen kann«, fährt sie nachdenklich fort.

»Ich mir auch nicht«, sage ich. »Ich weiß überhaupt nicht mehr, was ich glauben soll. Ich weiß nur eins, Mark hat mich in vielen Dingen nach Strich und Faden belogen.«

Frau Hellwein stellt den Stock zwischen ihre Beine und stützt sich mit beiden Händen darauf ab. Ich deute es als Signal, dass sie müde ist und mich gleich zum Gehen auffordert.

»Das ist noch etwas«, sagt sie stattdessen.

»Ja?« Erwartungsvoll sehe ich sie an.

»An dem Tag, an dem du den Unfall hattest, ist mir etwas aufgefallen.«

»Was denn?«, hake ich vorsichtig nach, als sie eine längere Sprechpause einlegt und dabei die Augen schließt.

»Ich habe einen Schrei gehört und bin auf den Flur, um

nachzusehen, was da los ist. Ich habe dich am Fuß der Treppe liegen sehen, seltsam verdreht und du hast dich nicht gerührt. Ich war zu Tode erschrocken und wie gelähmt.«

Wieder macht sie eine Pause. Sie sieht angestrengt aus, ihr Blick scheint nach innen gerichtet, als wolle sie sich die Szene noch mal genau in Erinnerung rufen.

Ich bezähme meine Ungeduld und halte meinen Mund. Ich will sie nicht drängen, obwohl ich das Gefühl habe, dass ich gleich etwas sehr Wichtiges erfahren werde.

»Mark stand etwa zwei, drei Stufen unter mir. Gebückt, als würde er etwas aufheben. Erst als ich meine Sprache wiedergefunden und vermutlich so etwas wie *um Himmels willen, was ist denn passiert* gerufen habe, hat er mich bemerkt. Er hat sich aufgerichtet und hastig etwas in seiner Hosentasche verschwinden lassen. Es schimmerte metallisch. Ich weiß noch, dass mir in den Sinn kam, dass er dreinschaut wie ein kleiner Junge, der bei etwas Verbotenem ertappt worden ist.«

Mit einem Mal sieht die alte Frau so erschöpft aus, als hätte die Erinnerung ihr alle Kraft geraubt. »Ich habe mir damals keinen Reim darauf machen können, aber nachdem, was du mir heute erzählt hast …« Sie lässt den Satz unbeendet und sieht mich mitleidig an.

»Wollen Sie damit andeuten, dass Mark bei meinem Unfall die Hände im Spiel gehabt haben könnte?«, frage ich tonlos.

Das Mitleid in ihren Augen vertieft sich. »Ich halte das durchaus für denkbar.«

Ich würde ihr gerne widersprechen, aber ich muss den Tatsachen endlich ins Auge sehen: Mark wollte mich aus dem Weg räumen.

34

»Liebes, sei mir nicht böse, aber ich bin todmüde«, seufzt Frau Hellwein. Sie hält sich eine Hand vor den Mund und gähnt verhalten.

»Natürlich«, sage ich schnell und erhebe mich. »Entschuldigen Sie, dass ich Sie so lange aufgehalten habe.«

»Papperlapapp«, erwidert sie und schenkt mir ein mattes Lächeln.

»Danke noch mal«, sage ich herzlich und bleibe etwas unentschlossen stehen. Ich habe keine Ahnung, wo ich hin soll. Noch eine Übernachtung im Hotel kann ich mir auf keinen Fall leisten.

»Hast du denn eine Bleibe für heute Nacht?«, fragt meine Gastgeberin. Anscheinend kann sie Gedanken lesen oder zieht einfach die richtigen Schlüsse.

Ich ziehe die Unterlippe zwischen die Zähne, rümpfe die Nase und schüttele gleichzeitig den Kopf. »Nein. Noch nicht.«

»Du kannst hierbleiben, wenn du magst«, bietet sie mir sofort an. »Ich habe ein Gästezimmer für meine Tochter eingerichtet, auch wenn sie mich nur alle Jubeljahre mal besucht. Sie wohnt mit ihrer Familie in Australien«, schiebt sie hinterher und sieht dabei so traurig aus, dass ich sie am liebsten in den Arm genommen hätte. Aber das traue ich mich dann doch nicht.

»Ich nehme das Angebot sehr gerne an.« Vor Rührung

habe ich Tränen in den Augen. »Das ist total lieb von Ihnen. Herzlichen Dank.«

»Nicht dafür«, brummt sie gutmütig.

Eine Dreiviertelstunde später liege ich geduscht und mit geputzten Zähnen in dem frischbezogenen Bett in Frau Hellweins Gästezimmer. Neben mir auf dem Nachttisch lädt der Akku meines Handys. Aus dem Nebenraum dringt leise das Schnarchen meiner Gastgeberin an mein Ohr. Die Wände in Altbauten sind oft dünn wie Pappe, man hört jedes Geräusch aus dem Nebenzimmer.

Es ist ein merkwürdiges Gefühl, unsere alte Wohnung direkt nebenan zu wissen. Ich verbinde sie noch immer mit einer Zeit, in der ich fest davon überzeugt war, in Mark die Liebe meines Lebens gefunden zu haben. Wir waren so glücklich miteinander. Dachte ich jedenfalls. Mark hat mich während der Schwangerschaft auf Händen getragen und mir jeden Wunsch von den Augen abgelesen. Es gab keine Minute, nein keine Sekunde, in der ich mich ungeliebt gefühlt hätte. Was ist bloß passiert? Warum wollte Mark mich umbringen? Warum hat er behauptet, unsere Tochter sei in den Tod gestürzt? Was ist wirklich mit meinem Baby passiert?

Etwas übersehe ich. Es muss einen Zusammenhang geben, aber er will sich mir einfach nicht erschließen. Es ist, als wäre mein Verstand in eine Sackgasse geraten. Irgendwann übermannt mich die Müdigkeit und ich falle in einen unruhigen Schlaf, aus dem ich immer wieder mit wild pochendem Herzen hochschrecke.

Am Morgen werde ich durch ein lautes Poltern aus einem Albtraum gerissen. Noch gefangen von den verstörenden Traumbildern, die mir im Moment des Aufwachens entgleiten, realisiere ich mit einiger Verzögerung, dass der Lärm von der Müllabfuhr draußen vor dem Haus kommt. Das Rauschen der Toilettenspülung dringt an mein Ohr. Meine ehemalige Nachbarin scheint bereits auf den Beinen zu sein. Ich greife nach meinem Handy, löse es vom Ladekabel und schaue auf die Uhr. Es ist erst sechs. Ich lasse mich zurücksinken und schließe die Augen. Sofort sind meine Gedanken wieder bei meiner kleinen Tochter. Und plötzlich macht es klick. Wie elektrisiert springe ich aus dem Bett und ziehe mich in Windeseile an.

Meine Gastgeberin sitzt in der Küche, vor sich eine Tasse mit dampfendem Tee, dessen herber Duft den Raum erfüllt. Mit hochgezogenen Augenbrauen schaut sie von der Zeitung auf, als ich, ohne anzuklopfen, eintrete. Die Augen hinter ihrer Brille schauen missbilligend. Ich spüre, wie mir die Röte heiß in die Wangen schießt.

»Entschuldigen Sie, dass ich hier so einfach reinplatze. Ich habe nur … Mir ist etwas Wichtiges …«, stottere ich. Beim Anblick ihrer versteinerten Miene bleiben mir meine Worte im Hals stecken.

»Ja, bitte?«, fragt sie knapp. Von der warmherzigen Freundlichkeit, die sie gestern mir gegenüber an den Tag gelegt hat, ist nichts mehr zu spüren.

»Stimmt etwas nicht?«, frage ich alarmiert.

Wortlos dreht sie die Zeitung um hundertachtzig Grad und schiebt sie über den Tisch. Ich trete näher. Obwohl die Augen hinter einem schwarzen Balken versteckt sind, erkenne ich sofort, wer die Frau auf dem Foto ist. Das bin eindeutig ich. Ich schaue auf und sehe in Frau Hellweins unbewegtes Gesicht. Rasch senke ich den Blick und überfliege den unter dem Foto stehenden Artikel. Eine Sonja M., im Stillen verfluche ich mich, dass ich mich ihr anvertraut habe, hat dem Autor des Artikels gesagt, dass ich ihr gestanden hätte, meine kleine Tochter umgebracht zu haben. Sie fürchtet, lese ich mit zunehmendem Entsetzen, dass ich durchgedreht bin und auch meinen Lebensgefährten getötet habe. Leonie H., eine frühere Nachbarin von mir, der mutmaßlichen Täterin, sagte aus, dass sie sofort den Verdacht hatte, dass ich gravierend psychische Probleme hätte. Die Polizei hat die Fahndung nach mir eingeleitet und bittet die Bevölkerung um Achtsamkeit, weil ich aller Wahrscheinlichkeit nach eine Waffe mit mir führe.

Schlagartig wird mir schlecht. Ich stürze aus der Küche und schaffe es grade noch rechtzeitig ins Badezimmer. Über die Toilettenschüssel gebeugt würge ich, bis nur noch bittere Galle kommt. Nachdem ich meinen Mund mit Wasser ausgespült habe, um den ekligen Geschmack loszuwerden, gehe ich ins Gästezimmer und stopfe meine Sachen in den Rucksack. Ich überlege, ob ich ohne ein Wort des Abschieds gehen soll, entscheide mich jedoch dagegen. Es wäre unhöflich Frau Hellwein gegenüber, wo sie mich gestern so nett aufgenommen hat. Ich atme durch und begebe mich wieder in die Küche.

»Ich gehe dann mal«, sage ich leise und wage nicht, die alte Frau anzuschauen. Ich habe Angst, dass ich dann in Tränen ausbreche.

»Was willst du denn jetzt machen?« Ihre Stimme klingt nicht mehr ganz so reserviert wie noch vor wenigen Minuten.

»Ich weiß es nicht«, antworte ich wahrheitsgemäß.

»Bist du wirklich bewaffnet?«, fragt sie neugierig.

»Nein«, sage ich. »Nichts, was in dem Artikel steht, entspricht der Wahrheit. Ich habe weder mein Kind getötet noch Mark. Aber ich fürchte, das wird mir jetzt nach der Aussage meiner Freundin niemand mehr glauben.«

»Es tut mir sehr leid, doch du musst verstehen, dass ich da nicht reingezogen werden möchte.«

»Kein Thema«, winke ich ab. »Ich komme schon klar.« Ich gebe mich tougher, als ich mich wirklich fühle. »Danke für alles, Frau Hellwein.« Ich wende mich zum Gehen.

»Augenblick noch«, sagt sie. »Was wolltest du mir vorhin eigentlich so Wichtiges mitteilen?«

»Das spielt jetzt keine Rolle mehr«, behaupte ich. »Auf Wiedersehen.« Mit schnellen Schritten verlasse ich die Wohnung. Ich möchte nicht, dass sie meine Tränen sieht.

35

Im Aufzug krame ich meinen Kapuzenpulli aus dem Rucksack und ziehe ihn schnell über. Ich glaube zwar kaum, dass mich Fremde aufgrund des Zeitungsfotos erkennen könnten, aber sicher ist sicher. Mit tief in die Stirn gezogener Kapuze trete ich auf die Straße. Es ist noch früh am Morgen und nur wenige Leute sind unterwegs. Ein kalter Wind fegt durch die Straße und über den Himmel jagen Wolken, als seien sie auf der Flucht vor jemandem. Mit gesenktem Kopf und hochgezogenen Schultern eile ich zur nahe gelegenen U-Bahn. Ich vibriere förmlich vor Aufregung. Mir ist blitzartig klar geworden, dass es Mark nie wirklich um mich ging. Er wollte unser Kind, nicht mich. Die Erkenntnis ist bitter und versetzt mir trotz allem einen schmerzhaften Stich. Wie konnte ich so blind sein? Bin ich so liebebedürftig gewesen?

Es sieht ganz danach aus, gebe ich mir selbst zur Antwort. Nach meiner lieblosen Kindheit schien mir Marks fürsorgliche Aufmerksamkeit die reinste Form von Liebe zu sein. Nie wäre ich auf die Idee gekommen, dass er mir seine Gefühle nur vorgaukeln könnte. Egal. Das ist nun nicht mehr wichtig. Denn wenn ich mit meinen Vermutungen richtigliege, dann lebt mein kleines Mädchen noch. Das ist alles, was zählt. Charlotte ist nicht tot. Bei dem Gedanken macht mein Herz einen gewaltigen Hüpfer.

Was nicht ins Bild passt, ist Marks Ermordung. Das ergibt keinen Sinn. Eins nach dem anderen ermahne ich mich. Ich laufe die Stufen zur U-Bahn-Station hinunter und steige in die U9, die wie gerufen auf dem Bahnsteig bereitsteht. Der Zug ist relativ leer. Die Rush Hour setzt erst später ein. Ich nehme Platz und versuche, mir über die Zusammenhänge klarzuwerden. Wenn ich Frau Hellweins Beobachtung Glauben schenken kann, und ich sehe keinen Grund, das nicht zu tun, hatte Mark bei meinem Treppensturz die Finger im Spiel. Anscheinend bin ich über einen dünnen Draht gestolpert, den er auf einer der oberen Stufen gespannt hatte. Sollte ich sterben, damit er Charlotte ganz für sich allein hat? Mein Magen hebt sich und mir wird kotzübel allein nur bei dem Gedanken. Er ist so ungeheuerlich, dass ich es selbst kaum glauben kann. Je länger ich jedoch darüber nachdenke, desto plausibler erscheint er mir jedoch.

Mark hat von Anfang an versucht, mich von Charlotte fernzuhalten. Das wird mir jetzt im Nachhinein immer bewusster. Meine postpartale Depression hat ihm dabei in die Hände gespielt. Ich hätte sie sicher schnell überwinden können, wenn ich aufgehört hätte, die Tabletten zu schlucken, die mir laut Mark helfen würden, diese *dunkle Phase*, wie er es nannte, zu überwinden, die jedoch genau das Gegenteil bewirkt hatten. Ich wurde immer lethargischer und habe meine Umgebung nur noch durch einen Medikamentenschleier wahrgenommen. Was mit Sicherheit in seinem Sinn war. Angeblich hat ihm die Tabletten ein befreundeter Arzt empfohlen und das Rezept dafür ausgestellt. Und ich dummes Schaf habe sie, ohne es zu hinterfragen, brav geschluckt. Aber das ist Vergangenheit. Jetzt geht es darum, herauszufinden, wo mein Kind ist. Und ich weiß auch schon, wo ich mit der Suche anfangen werde.

Eine Stunde später stehe ich in der Sonnenallee vor dem Haus, in dem Adrian Bacher gewohnt hat. Es ist noch recht früh am Tag und ich zögere. Aber dann fasse ich mir ein Herz und klingele. Gleich darauf höre ich es im Lautsprecher der Gegensprechanlage leise knacken.

»Ja, bitte?«, ertönt die Stimme einer Frau.

»Frau Bacher?«

»Ja?« Ich glaube, in dem Wort einen Anflug von Achtsamkeit zu vernehmen. Sie hält mich vermutlich für eine Journalistin.

»Entschuldigen Sie, dass ich Sie am frühen Morgen schon überfalle, aber ich muss dringend mit Ihnen sprechen. Ihr Mann wollte sich an dem Tag, an dem er ermordet wurde, mit mir treffen, um mir etwas Wichtiges mitzuteilen.«

Ihre Reaktion ist Schweigen. Als ich schon befürchte, dass sie den Hörer eingehängt hat, und überlege, ob ich noch mal klingeln soll, sagt sie »Ich wüsste nicht, wie ich Ihnen da helfen könnte.«

»Bitte«, flehe ich. »Ich muss mit Ihnen reden. Es dauert nicht lange. Es geht um mein Baby.«

Ich höre, wie sie scharf die Luft einzieht. »Okay«, sagt sie gedehnt.

Es knackt im Lautsprecher und der Summer ertönt. Mit einem erleichterten Aufatmen stemme ich mich gegen die Tür. Frau Bacher erwartet mich mit gekreuzten Armen an der Wohnungstür, als ich außer Atem im vierten Stock ankomme.

»Danke, dass Sie mit mir sprechen wollen«, keuche ich.

»Sie kenne ich doch.« Sie verengt die Augen zu schmalen Schlitzen und unterzieht mein Gesicht einer eingehenden Musterung.

Die Frau ist schwanger. Das ist mir, als ich ihr vor ein paar Tagen begegnet bin, gar nicht aufgefallen. Mein Herz zieht sich vor Mitleid zusammen. Die Ärmste.

»Sie waren an dem Tag hier, als Adrian ermordet wurde«, sagt sie.

»Ja«, bestätige ich. »Ich war mit Ihrem Mann an dem Morgen in einem Café verabredet. Aber er ist nicht gekommen, also bin ich hierhergefahren.«

»Adrian war nicht mein Mann. Er war mein Bruder«, stellt sie richtig. Ihre Augen sind dunkel vor Trauer.

»Es tut mir so leid«, sage ich.

Sie nickt, ihre Lippen zucken, als könne sie nur mit Mühe die Fassung bewahren.

»Mein Lebensgefährte ist auch ermordet worden«, sage ich. »Er kannte Ihren Bruder.«

Sie reißt erschrocken die Augen auf. »Wollen Sie nicht reinkommen?«, fragt sie. »Das ist, wie mir scheint, nichts, das man zwischen Tür und Angel besprechen sollte.«

»Gerne«, sage ich.

Sie führt mich in eine kleine Küche, in der sich das schmutzige Geschirr in der Spüle stapelt. Es riecht etwas süßlich nach verfaultem Obst. Sie stellt das Fenster auf Kipp und fordert mich mit einer Handbewegung auf, an dem Tisch Platz zu nehmen.

»Die Polizei hat die Wohnung erst gestern Abend wieder freigegeben«, sagt sie. »Ich bin kurz vor Ihnen eingetroffen und noch nicht zum Aufräumen gekommen.«

»Wollen wir uns nicht duzen? Ich heiße Rina.«

»Anna«, sagt sie. »Wie kann ich dir helfen?«

»Dein Bruder ist … Er war Schauspieler«, sage ich.

»Ja«, sagt sie. In ihren Augen blitzt Wachsamkeit auf.

»Hatte er in letzter Zeit ein Engagement, in dem er einen Polizisten darstellte?« Jetzt weicht sie meinem Blick aus. Sie weiß etwas, schießt es mir durch den Kopf. »Ich glaube, dass Mark, mein Lebensgefährte, der Auftraggeber gewesen ist.«

»Adrian hat es für mich getan.«, sagt Anna unvermittelt, ohne mich anzuschauen. Sie legt eine Hand auf ihre Körpermitte und ein kleines Lächeln huscht über ihr trauriges Gesicht. »Oder vielmehr für uns.«

Sie richtet ihre Augen wieder auf mich und verschränkt die Finger ineinander. »Der Vater des Kindes hat mich abserviert, als ich mich geweigert habe, unser Baby abzutreiben. Ich habe mich auf ihn eingelassen, obwohl er verheiratet und zudem noch mein Chef ist. Gewesen ist,« fügt sie mit einem bitteren Unterton hinzu.

»Er hat dafür gesorgt, dass ich meinen Job verliere, und in meinem Zustand stellt mich natürlich niemand ein. Man kennt das ja.« Sie zuckt resigniert mit den Schultern. »Ich habe Adrian gesagt, dass ich kein gutes Gefühl bei der Sache habe«, fährt sie etwas zusammenhanglos fort, »aber er wollte es unbedingt durchziehen. Ich meine, fünfundzwanzigtausend für nicht mal eine halbe Stunde, das ist schnell verdientes Geld.«

»Fünfundzwanzigtausend?«, entfährt es mir überrascht. Mark hat es sich einiges kosten lassen, mich hinters Licht zu führen.

Anna schürzt die Lippen. »Du willst das Geld sicher wiederhaben.« Sie steht auf, sagt »Augenblick« und verlässt die Küche. Mit einem prall gefüllten DIN-A4-Umschlag kehrt sie zurück. »Hier bitte«, sagt sie und legt ihn vor mich auf den Tisch.

»Was sollte dein Bruder dafür tun?«, frage ich.

»So genau weiß ich das nicht. Adrian wollte mich da raushalten. Er sagte nur, dass er einen Polizisten darstellen sollte, der jemanden verhört. Es ging wohl um eine Wette oder einen Streich. Adrian blieb da recht vage. Ehrlich gesagt habe ich ihm kein Wort geglaubt. Dafür war die Gage«, sie deutet mit den Zeigefingern Anführungsstriche an, »einfach zu hoch.«

»Mark hat deinen Bruder angeheuert, damit er mich als angeblicher Polizist verhört. Ich sollte glauben, dass unsere Tochter bei einem Sturz vom Balkon unserer Wohnung ums Leben gekommen ist.«

Ihr »Nein« schwankt zwischen Unglauben und Entsetzen. »Davon wusste ich nichts«, sagt sie bestürzt.

»Offenbar hat Adrian das Gewissen geplagt. Sonst hätte er sich nicht mit mir treffen wollen«, sage ich.

»Zeigst du ihn an?«, fragt sie ängstlich.

»Nein«, versichere ich. »Er hat dafür schon mit seinem Leben bezahlt. Ich habe an dem Tag, als er ermordet wurde, Mark aus dem Haus kommen sehen.«

»Du glaubst, er hat ihn getötet.« Anna reißt entsetzt die Augen auf.

»Sicher bin ich mir nicht, aber es spricht alles dafür.«

»Und was ist mit deiner Tochter?«

»Sie ist verschwunden. Aber sie lebt. Das fühle ich. Und ich werde nicht eher ruhen, bis ich sie gefunden habe.«

36

»Vielen Dank.« Ich erhebe mich. »Du hast mir sehr geholfen.«

»Nett, dass du das sagst, aber ich habe lediglich das bestätigt, was du ohnehin vermutet hast«, sagt Anna und steht ebenfalls auf. »Ich wünsche dir alles Glück der Welt. Du wirst deine Tochter finden. Da bin ich mir ganz sicher.«

»Und du? Wirst du hier wohnen bleiben?«, frage ich.

»Nein!« Sie schüttelt heftig den Kopf. »Ich würde jedes Mal, wenn ich das Wohnzimmer betrete, Adrian vor mir sehen. Wie er in seinem Blut auf dem Boden liegt.« Sie schluckt, bevor sie weiterspricht. »Ich suche mir etwas Neues. Ich habe ja jetzt …«

Unvermittelt bricht Anna mitten im Satz ab und verschließt ihren Mund mit der Hand. Ihr Blick huscht zu dem Umschlag auf dem Küchentisch. »Das Geld gehört natürlich dir«, sagt sie. »Entschuldige, ich hatte es schon fest eingeplant.« Die Verlegenheit hat ihr die Röte ins Gesicht getrieben. Sie nimmt den Umschlag und hält ihn mir hin.

»Nein.« Ich hebe abwehrend beide Hände. »Ich will es nicht. Behalte du es und bau dir und deinem Baby ein schönes Nest.«

»Ist das dein Ernst?« Sie klingt so verdutzt, dass ich unwillkürlich lachen muss.

»Ja, ist es«, antworte ich. »Obwohl …«

»Ich kann verstehen, wenn du Anspruch darauf erhebst«, fällt sie mir eifrig ins Wort.

»Wenn du mir mit ein-, zweihundert Euro aushelfen könntest, wäre das super. Ich bin nämlich so gut wie pleite.«

»Aber natürlich.« Die Erleichterung ist ihr anzumerken. Ich verstehe sie sehr gut. Ich könnte das Geld auch gut gebrauchen, aber ich will Marks Geld nicht. Anna nimmt einige Scheine aus dem Umschlag und drückt sie mir in die Hand.

»Das ist zu viel«, wehre ich ab. »Das sind mindestens …«

»Nimm es. Vielleicht hilft es dir bei der Suche nach deiner Tochter.«

»Danke«, sage ich.

»Ich würde mich freuen, von dir zu hören«, sagt Anna herzlich und umarmt mich unerwartet.

Im ersten Augenblick fühle ich mich etwas überrumpelt, doch dann erwidere ich die Umarmung. Wir tauschen unsere Handynummern aus und verabschieden uns mit der gegenseitigen Versicherung, in Kontakt zu bleiben.

Auf der Sonnenallee tobt das Leben. Die Bürgersteige sind voller Menschen und auf der Straße staut sich der Verkehr. Der Wind hat die Wolken vertrieben und an den blassblauen Himmel hat sich eine matte Sonne gehängt, deren Strahlen noch zu kraftlos sind, um wirklich Wärme zu spenden. Es riecht durchdringend nach Abgasen und der Duft nach Brathähnchen und Döner aus den Imbissbuden vermischt sich damit. Eine Geruchsmelange, die mir zu so früher Stunde ziemlich auf den Magen schlägt.

Niedergeschlagen mache ich mich auf den Weg Richtung Hermannplatz. Die Zuversicht, die mich noch vor wenigen Minuten getragen und mir einen neuen Energieschub verliehen hat, verpufft allmählich wieder. Ich habe nicht den geringsten Schimmer, was ich jetzt tun soll. Zur Polizei kann ich nicht, solange ich unter Mordverdacht stehe. Sie würden mir kein Wort von der Geschichte glauben, da bin ich mir sicher. Ich verstehe die Zusammenhänge ja selbst nicht. Das Einzige, das mich aufrechthält, ist die Hoffnung, dass meine Tochter lebt. Auch wenn ich keine Ahnung habe, wo ich nach ihr suchen soll.

Katja! Natürlich. Warum habe ich nicht früher an sie gedacht? Ich zermartere mir das Hirn nach ihrem Nachnamen, komme aber einfach nicht drauf. Wahrscheinlich hat Mark sie mir nur mit ihrem Vornamen vorgestellt. Sie ist Hebamme, darüber müsste ich sie ausfindig machen können. Ich setze mich am Hermannplatz auf eine Bank und gebe in den Browser meines Handys die Suchbegriffe *Hebammen* und *Berlin* ein. Sechshundertdreißig Hebammen sind in einer Liste namentlich aufgeführt. Ich werde sie alle durchgehen müssen. Aber nicht hier. Erstens ist mir kalt und zweitens kann ich mich bei dem Straßenlärm nicht konzentrieren.

Ich verstaue mein Handy und marschiere den Kottbusser Damm hinunter. Am Paul-Lincke-Ufer gibt es ein nettes Café. Dort kann ich mich bei einem kleinen Frühstück in aller Ruhe meiner Internetrecherche widmen. Die Mahnung in meinem Hinterkopf, dass mich jemand erkennen und die Polizei benachrichtigen könnte, schiebe ich schnell wieder beiseite. Der schwarze Balken über meinen Augen hat mich fast unkenntlich gemacht. Die Gefahr, erkannt zu werden, ist schwindend gering.

Dennoch betrete ich das Café mit einem unguten Gefühl. Erleichtert registriere ich, dass die meisten Tische leer sind. Ein junges Pärchen sitzt direkt neben dem Eingang und schaut nicht mal auf, so vertieft sind die beiden in ihr flüsternd geführtes Streitgespräch. Ich sehe mich um und entdecke eine Nische, die von der Deckenbeleuchtung kaum erfasst wird. Zielstrebig steuere ich darauf zu. Bei der

Bedienung, die auf mich zueilt, kaum dass ich Platz genommen habe, bestelle ich nach einem flüchtigen Blick in die Speisekarte ein Croissant und einen großen Cappuccino. Französisches Frühstück nennt sich das etwas großspurig. Noch während ich auf meine Bestellung warte, öffne ich die Liste der Hebammen und fange an, die Namen durchzugehen. Ich unterbreche meine Suche, um das Croissant hinunterzuschlingen, das von gestern übrig geblieben zu sein scheint, so pappig wie es schmeckt. Dafür ist der Cappuccino umso leckerer.

Der Name Katja taucht mehrfach auf. Ich finde von jeder dieser Frauen Fotos im Internet und keine hat auch nur annähernd Ähnlichkeit mit *meiner* Katja. Ich trinke den letzten Schluck meines kalt gewordenen Kaffees und gebe die Begriffe *Katja Hebamme Berlin* in die Suchleiste ein. Aber auch damit komme ich nicht weiter. Keine der gelisteten Frauen ist die Katja, die ich suche. Entmutigt lasse ich das Handy sinken. Das Café hat sich inzwischen gut gefüllt. Fast alle Tische sind besetzt. Ich bin so vertieft in meine Recherche gewesen, dass ich nichts davon mitbekommen habe. Rasch winke ich die Kellnerin herbei und bitte um die Rechnung.

»Ich hab's leider nicht kleiner«, sage ich und reiche ihr einen Einhunderteuroschein.

Sie nimmt ihn mit spitzen Finger entgegen und gibt mir mit deutlich sichtbarem Widerwillen das Wechselgeld heraus. Auch mein großzügig bemessenes Trinkgeld stimmt sie nicht gnädiger. »Wenn noch jemand mit so 'nem Schein kommt, habe ich kein Wechselgeld mehr«, murrt sie. Sie wirft mir einen genervten Blick zu, dreht sich auf dem Absatz um und stöckelt davon. Ich verdrehe die Augen, packe meine Sachen zusammen und verlasse grußlos das Café.

Es ist deutlich wärmer geworden. Nachdenklich gehe ich durch die Lücke zwischen zwei parkenden Autos zum Landwehrkanal hinunter und spaziere auf dem schmalen Fußweg am Wasser entlang. Was nun? Ich fürchte, ich bin in einer Sackgasse gelandet. Ich habe keine Ahnung, was ich jetzt noch tun könnte. Es wird mir nichts anderes übrig bleiben, als zur Polizei zu gehen und dort meine Geschichte zu erzählen.

Lass es, sie werden dir ohnehin nicht glauben, mahnt die Stimme in meinem Hinterkopf.

Ein Gefühl der Verzweiflung kriecht in mir hoch und nimmt mir jeden Mut. Mit einem Mal fühle ich mich müde und ausgelaugt. Ich sinke auf eine Bank, die von den hängenden Zweigen einer Trauerweide eingerahmt wird, und verberge das Gesicht in den Händen. Mein Gehirn arbeitet auf Hochtouren, doch mir fällt keine andere Lösung ein. Ich muss zur Polizei. Auch wenn sie meiner Geschichte keinen Glauben schenken werden, sie müssen ihr zumindest nachgehen. Das hoffe ich jedenfalls. Und es dürfte für sie ein Kinderspiel sein, Katja ausfindig zu machen.

Doch halt, stopp. Ihre Aussage könnte mich belasten. Sie wird bezeugen, dass ich Tabletten nehmen musste wegen einer postpartalen Depression und nicht in der Lage war, wie eine liebende Mutter für mein Kind zu sorgen. Zusammen mit der Aussage von Sonja, dass ich an dem Abend, an dem Mark ermordet wurde, am Tatort gewesen bin und eine Weile allein im Haus war, wird mir das unter Umständen das Genick brechen.

37

Ich weiß nicht, wie lange ich auf der Bank sitze und vor mich hinstarre. Das Wasser des Landwehrkanals bricht sich leise plätschernd am Ufer und ein leichter Wind fährt raschelnd durch die Zweige der Trauerweide. Das aufgeregte Zwitschern der Spatzen vor mir im Gras und das fröhliche Lachen der Menschen um mich herum, die die Frühlingssonne genießen, will so gar nicht zu meiner Weltuntergangsstimmung passen.

Du darfst jetzt nicht aufgeben, mache ich mir selber Mut. *Du bist kurz davor, die Wahrheit herauszufinden.*

Doch so sehr ich mir auch das Hirn zermartere, ich weiß nicht, was ich machen soll. Offenbar ist der Weg zur Polizei meine einzige Option. Jemand lässt sich mit einem lauten Stöhnen neben mich auf die Bank fallen und reißt mich aus meinen Grübeleien. Der durchdringende Geruch nach billigem Fusel und ungewaschener Kleidung steigt mir in die Nase. Ich hebe den Kopf und mustere meinen Banknachbarn. Es ist eine Frau in einen braunen Mantel gehüllt, in dem sie fast versinkt. Sie schenkt mir ein zahnloses Lächeln. Vor ihr steht ein mit ihren Habseligkeiten vollgepackter Einkaufswagen.

»Willste ‹nen Schluck? Siehst aus, als könnste den gut gebrauchen.« Sie hält mir eine Flasche hin.

»Nein, danke«, sage ich und füge schnell hinzu. »Nett von Ihnen, aber das hilft mir auch nicht weiter.«

»Verstehe«, sagt sie und nimmt selbst einen großzügigen Schluck.

Eine Weile sitzen wir schweigend nebeneinander und starren aufs Wasser. Ein Schwanenpärchen lässt sich von den sanften Wellen schaukeln.

»Schwäne bleiben ihr ganzes Leben zusammen, haste das gewusst?«, sagt die Frau unvermittelt.

Ich schüttele stumm den Kopf.

»Hat dein Kerl dich sitzenlassen?«

»So ungefähr«, antworte ich.

»Schau nach vorn und such dir ‹nen Neuen. Kein Typ ist es wert, dass man ihm hinterher heult. Laufen ja genug davon rum.« Sie kichert.

Wenn es so einfach wäre, denke ich.

»Ich muss dann mal wieder.« Sie schraubt die Schnapsflasche zu und lässt sie in ihrer Manteltasche verschwinden. Stöhnend hievt sie sich hoch. »Pass auf dich auf, Herzchen«, sagt sie.

»Mach ich. Und du auch auf dich«, entgegne ich und sehe ihr hinterher. Sie hält den Haltegriff des Einkaufswagens mit beiden Händen umklammert und trottet mit gebeugtem Rücken davon.

Es ist, als hätte die Begegnung mit der obdachlosen Frau meine Lebensgeister neu geweckt. Auch wenn ich im Augenblick keinen Weg sehe, wie ich aus dieser Scheiße, anders kann ich es nicht nennen, wieder rauskomme, ist aufgeben keine Option. Ich muss Katja finden. Nur sie kann mir bestätigen, dass ich nicht für Charlottes Tod verantwortlich bin. Mark hat zwar behauptet, sie sei an dem Unglückstagtag bei uns gewesen, sie hätte alles mitbekommen und würde ihn erpressen. Doch zumindest Letzteres ist gelogen, davon bin ich überzeugt. Davon muss ich überzeugt sein. Denn ich habe meine Tochter nicht umgebracht.

Ich sollte Marks Konto checken, schießt es mir durch den Kopf. Er muss eine größere Summe abgehoben haben, wenn er erpresst worden ist. Das Passwort zu seinem Bankkonto kenne ich. Ich habe den Zettel, auf dem er es notiert hat, beim Saubermachen zufällig unter seiner Schreibtischauflage entdeckt. Jetzt kommt es mir zugute, dass ich Marks Kontoauszüge immer ordentlich abgeheftet und ein fantastisches Zahlengedächtnis habe. Das Passwort setzt sich zusammen aus Charlottes Geburtsdatum und einigen anderen Zeichen, die ich mir eingeprägt habe. Ich rufe auf meinem Handy die Website seiner Bank auf. Vor lauter Aufregung vertippe ich mich zweimal, erst beim dritten Versuch lande ich auf Marks Konto, das das beachtliche Guthaben von achtzigtausend Euro aufweist. Die fünfundzwanzigtausend Euro, die für Adrian Bacher bestimmt waren, finde ich auf Anhieb. Das ist die einzige größere Summe, die Mark in den letzten Wochen abgehoben hat. Es könnte natürlich sein, dass er über ein weiteres Konto verfügt, von dem ich nichts weiß.

Die Schwester von Adrian Bacher könnte zwar bezeugen, dass Mark ihrem Bruder Geld gegeben hat, damit er mir im Krankenhaus einen Polizisten vorspielt. Aber das befreit mich leider noch lange nicht von dem Verdacht, Mark umgebracht zu haben. Im Gegenteil, es macht mich noch verdächtiger, denn das wäre ein Motiv für den Mord. Wie ich es drehe und wende, ich komme schlecht dabei weg. Es ist zum Verzweifeln.

Als ich das Handy wegstecken will, klingelt es. *Mark ruft an*, vermeldet das Display. Ich erschrecke so, dass mir das Telefon entgleitet und in das Gras vor meinen Füßen fällt.

Hastig klaube ich es auf und melde mich mit einem zaghaften »Ja?«

Doch die Leitung ist tot. Mit zittrigen Fingern checke ich die Anruferliste. Der letzte Anruf ist vor einer Minute gewesen und die Nummer ist eindeutig die von Mark. Ich klicke das Rückrufsymbol an. Mein Herz schlägt schnell und mein Mund ist trocken vor Aufregung. Nach dem zweiten Klingeln springt die Mailbox an und Marks wohlklingende Stimme kriecht in mein Ohr.

Ich freue mich auf eine Nachricht nach dem Piepton.

Er klingt so lebendig, so nah, als würde er direkt neben mir sitzen. Mir läuft eine Gänsehaut über den Körper. Hastig beende ich die Verbindung. Mark ist tot. Ich wiederhole den Satz mehrmals stumm, bis ich mich wieder einigermaßen gefasst habe. Aber wer hat mich angerufen? Sein Mörder?

Plötzlich habe ich das Gefühl, beobachtet zu werden. Ich springe von der Bank hoch und schaue mich panisch um. Ein Jogger mit riesigen Kopfhörern auf den Ohren läuft unten am Ufer vorbei, eine Bank weiter sitzt eine Frau in einem dunklen Kostüm und hält ihr Gesicht der Sonne entgegen. Sonst kann ich niemanden entdecken. Mit einem Aufatmen setze ich mich wieder hin.

Da klingelt mein Handy ein weiteres Mal. Ich zucke zusammen. Die Handynummer auf dem Display sagt mir nichts. Ich zögere, doch meine Neugier siegt. »Ja?«

»Bist du das, Rina?« Eine Frau ist dran. Ich kenne die Stimme, kann sie aber nicht sofort zuordnen.

»Mit wem spreche ich?«, frage ich misstrauisch.

»Ich bin's, Katja.«

»Katja«, wiederhole ich erstaunt. Wenn ich mit allem gerechnet habe, damit, dass sie sich bei mir melden könnte, ganz sicher nicht.

»Ich habe das mit Mark eben erst gehört«, fährt sie fort. »Wie furchtbar. Mein herzliches Beileid.«

»Danke«, sage ich und füge schnell hinzu: »Können wir uns treffen?«

»Das wollte ich dich auch gerade fragen«, antwortet sie zu meiner großen Überraschung. »Es gibt etwas, das du wissen solltest.«

»Was denn?«

»Das möchte ich dir persönlich sagen, nicht am Telefon.«

»Okay. Wo bist du? Ich kann gerne zu dir kommen.«

»Das geht grade schlecht. Ich komme lieber zu dir. Bist du zu Hause?«

»Nein. Ich sitze zurzeit auf einer Parkbank am Paul-Lincke-Ufer.«

»Wo genau?«

»Ein paar hundert Meter vom Kottbusser Damm entfernt. Auf der Höhe des Cafés am Ufer.«

»Warte dort auf mich. Ich bin in einer halben Stunde bei dir«, verspricht sie und trennt die Verbindung.

38

Seit dem Telefonat mit Katja ist eine dreiviertel Stunde vergangen. Aufgetaucht ist sie immer noch nicht. Die Sonne hat sich mittlerweile hinter einer dunklen Wolke verkrochen und die Temperatur scheint um mindestens fünf Grad gesunken zu sein. Um mich warmzuhalten, wandere ich auf dem Bürgersteig hin und her und halte Ausschau nach Katja. Vielleicht ist ihr etwas dazwischengekommen. Ich checke mein Handy, keine Nachricht von ihr, auch kein verpasster Anruf. Mein Zeigefinger schwebt schon über der Rückruftaste, da bremst ein Wagen und hält ein paar Meter von mir entfernt an. Die Fahrertür öffnet sich und eine Frau springt heraus. Katja.

»Sorry«, entschuldigt sie sich sofort, als ich auf sie zueile. »Die Stadt ist mal wieder total verstopft. Überall staut es sich.«

»Was wolltest du mir sagen?«, komme ich ohne große Umschweife zur Sache.

»Komm, steig erst mal ein, ich kann hier nicht stehen bleiben.« Sie weist auf das Haltverbotsschild. »Und das, was ich dir zu sagen habe, lässt sich nicht in drei Sätze fassen.«

»Okay«, erwidere ich, obwohl mir nicht ganz wohl bei der Sache ist, und nehme auf dem Beifahrersitz Platz. Warum tut sie so geheimnisvoll. Den Rucksack klemme ich im Fußraum zwischen meine Beine.

Katja startet den Wagen und konzentriert sich auf den Verkehr.

»Mark hat mir gesagt, du hättest ihn erpresst«, sage ich auf gut Glück und beobachte aus dem Augenwinkel ihre Reaktion. Manchmal ist Provokation das beste Mittel, jemanden aus der Reserve zu locken. Das habe ich irgendwo mal gelesen.

»Tatsächlich, das hat er behauptet.« Sie klingt weder empört noch überrascht. »Womit hätte ich ihn denn erpressen sollen?«, hakt sie spöttisch nach.

Ich gebe ihr keine Antwort, sondern schiebe eine weitere Frage hinterher. »Worüber hast du dich neulich mit ihm gestritten?«

Katja räuspert sich und runzelt die Stirn, als müsse sie nachdenken. »Du meinst vorm Krankenhaus?«

»Ja.«

»Ich wollte, dass er dir endlich die Wahrheit sagt«, antwortet sie gepresst.

»Die Wahrheit?«, wiederhole ich. »Was meinst du damit?«

Sie wirft mir einen schnellen Blick von der Seite zu. »Über Charlottes Tod.«

»Was weißt du darüber?« Ich wende mich ihr zu. »Sag schon!«, fahre ich sie an.

Katja zuckt zusammen und zieht die Unterlippe zwischen ihre Zähne. »Ich glaube, es ist keine gute Idee, das während der Fahrt zu besprechen. Wir sind gleich da. Dann erzähle ich dir, was ich weiß, ja?«

Am liebsten würde ich die Worte aus ihr herausschütteln, aber ich beherrsche mich und quetsche ein »Okay« zwischen den Zähnen heraus.

Schwer atmend lehne ich mich in meinem Sitz zurück und versuche, mich zu beruhigen. Jeder einzelne Nerv in meinem Körper scheint zu vibrieren und das Blut rauscht in meinen Ohren. Eine dunkle Ahnung drängt sich in mein Bewusstsein. Ich bin mir plötzlich nicht mehr sicher, ob ich Katjas Version wirklich hören mag.

Wir verlassen die Stadt und halten auf einem einsamen Parkplatz, der an ein Waldstück grenzt. Meine Hände sind so eiskalt, dass ich sie in die Ärmel meiner Jacke schiebe. Katja macht den Motor aus und wirft mir einen mitleidigen Blick zu.

»Glaub mir, ich würde dir das gerne ersparen, aber ich denke, du solltest endlich erfahren, was wirklich geschehen ist.«

»Mark hat behauptet, ich hätte unser Kind vom Balkon geworfen. Aber das ist nicht wahr«, wispere ich.

»Es muss furchtbar gewesen sein, das aus seinem Mund zu hören.«

»Es war die Hölle«, sage ich mit schwacher Stimme. Sie legt mir eine Hand auf den Arm und drückt ihn sanft.

»Komm mit«, fordert sie mich auf. »Ich muss dir etwas zeigen. Dann wirst du alles verstehen. Deinen Rucksack kannst du hierlassen, es dauert nicht lange.«

Wir steigen aus, Katja verschließt den Wagen und bedeutet mir, ihr zu folgen. Ich zögere, schließe mich ihr dann aber trotz meines schlechten Gefühls an. Auf einem schmalen Pfad gehen wir tiefer in den Wald hinein. Rechts und links vom Weg wachsen dicht an dicht Kiefern mit kahlen stacheligen Stämmen in die Höhe und recken ihre immergrünen Köpfe dem Licht entgegen. Der Verkehrslärm der Landstraße ist nur noch als ein leises stetes Rauschen im Hintergrund zu vernehmen.

»Wo willst du mit mir hin?«, frage ich mit wachsendem Unbehagen.

»Zu einem Grab«, sagt sie. Ihre Stimme klingt merkwürdig heiter. Doch das nehme ich nur am Rande wahr.

Ihre Worte schneiden tief in mein Herz und brechen es in Stücke.

39

Keuchend verharre ich auf der Stelle, presse eine Hand auf den Mund, um den Schrei zu ersticken, der mir die Kehle hochkriecht und auf meinen Lippen explodieren will. Katja bemerkt erst nach ein paar Metern, dass ich nicht mehr hinter ihr bin, und sieht sich fragend nach mir um.

»Was für ein Grab? Ist es …« Ich schaffe es nicht, den Satz zu beenden, als wäre es nicht wahr, solange ich ihren Namen nicht laut ausspreche.

»Das erkläre ich dir, wenn wir da sind. Vertrau mir«, sagt sie und beschleunigt ihre Schritte. »Komm schon! Wir müssen uns beeilen, es wird gleich dunkel.«

Obwohl mich ihr Befehlston irritiert und meine Beklommenheit wächst, stolpere ich hinter ihr her wie ein willenloses Schaf. Ein einziger Gedanke beherrscht mein gesamtes Denken. Es kann, es darf nicht das Grab von Charlotte sein. Sie ist nicht tot. Aber um welches Grab handelt es sich dann? Ich bestehe nur noch aus Angst. Katja dreht sich immer wieder nach mir um, als müsse sie sich in einem fort vergewissern, dass ich ihr folge. Der Weg ist inzwischen kaum mehr als ein von Unkraut überwucherter Trampelpfad. Über den Baumkronen droht ein mit schwarzen Wolken verhangener Himmel mit Regen. Je tiefer wir in den Wald hineindringen, desto dunkler wird es um uns herum.

Allmählich rücken die Bäume weiter auseinander, der Weg wird breiter und wir gelangen auf eine kleine, mit hohem Gras bewachsene Lichtung. Rechts erspähe ich eine halb zerfallene Holzhütte. Katja steuert zielstrebig darauf zu.

»Schon als kleines Mädchen habe ich Berlin geliebt und habe die Ferien oft bei meinem verstorbenen Onkel verbracht. Die Hütte gehörte ihm. Er hatte einen Jagdschein und brachte mir das Schießen bei.«

Warum erzählt sie mir das? Der Drang, die Flucht zu ergreifen, wird übermächtig. Aber ich bleibe. Ich muss wissen, was es mit diesem Grab auf sich hat, ob sich meine schlimmste Befürchtung, dass Mark unser Kind umgebracht und hier im Wald verscharrt hat, bestätigt.

»Hier neben der Hütte«, sie weist mit dem Zeigefinger in die Richtung, »haben wir auch seinen Hund Frodo vergraben. Meine Kugel hatte ihn versehentlich getroffen. Er war nicht tot, aber nicht mehr zu retten. Ich habe sein herzzerreißendes Fiepen noch heute im Ohr. Mein Onkel hat ihn dann kurzerhand in den Kopf geschossen und seinem Leid ein Ende gemacht.«

Mit einem Lächeln auf dem Gesicht, das so gar nicht zu ihren Worten passen will, dreht sie sich zu mir um. Eine Windbö weht ihr die Haare ins Gesicht, mit einer ungeduldigen Handbewegung wischt sie die Strähnen weg. Katja war die Unbekannte auf dem Foto mit Charlotte, das ich in Marks Unterlagen gefunden habe, schießt es mir in den Kopf. Warum ist mir das nicht gleich aufgefallen? Dann wäre vieles anders gekommen.

»Eins verspreche ich dir«, sagt sie betont liebenswürdig. »Du wirst nicht leiden müssen.«

Erst als ich begreife, dass der Gegenstand in ihrer Hand eine Waffe ist, mit der sie auf mich zielt, verstehe ich den Sinn ihrer Worte. Im ersten Moment bin ich zu keiner Reaktion fähig, so unverständlich erscheint mir ihr Verhalten. »Ich dachte, du wolltest mir …«

»… Charlottes Grab zeigen?«, unterbricht sie meinen Satz.

Ich starre wie hypnotisiert auf die Waffe. Ich kann nicht fassen, was mir gerade geschieht. Warum will sie mich erschießen?

»Du hast ernsthaft geglaubt, Mark hätte Charlotte umgebracht und sie hier begraben?«

»Ja. Nein«, stammele ich.

Katja lacht. »Du bist naiver, als ich dachte«, sagt sie kopfschüttelnd.

In dem Moment entdecke ich sie. Direkt neben der verfallenen Hütte befindet sich eine Grube, rechts davon ein frisch aufgeworfener Hügel mit schwarzer Erde. An einem Baum lehnen eine Spitzhacke und eine Schaufel. Adrenalin flutet heiß meine Blutbahnen.

»Wir haben lange gesucht. Es war wie ein Sechser im Lotto, als wir auf dich aufmerksam wurden. Jung, naiv, neu in der Stadt, keine Freunde, keine Verwandten.«

»Ich verstehe nicht«, flüstere ich und schaffe es nicht, meine Augen von der Grube loszureißen. Die ist für mich bestimmt. Das wird mir schlagartig klar. Ich schnappe nach Luft und fühle mich einer Ohnmacht nahe.

»Ist dir nie aufgefallen, dass wir uns recht ähnlich sehen?«

»Nein«, sage ich.

Katja hat braune glatte Haare wie ich, auch ihre Augen haben die gleiche Farbe wie meine: grau. Aber ansonsten kann ich keine Ähnlichkeit entdecken. Sie ist eindeutig die Hübschere von uns beiden und sie hat einige Kilos mehr auf den Rippen als ich.

»Du schaust lieber weg als hin«, sagt sie. »Das ist sicher

bequemer, aber so entgeht dir das Wesentliche. Das ist dein großer Fehler.«

»Wo ist Charlotte?« Meine Stimme bebt.

»Ihr geht es gut.«

»Schwöre es«, sage ich.

»Du kannst mir ruhig glauben. Sie ist mein Ein und Alles.«

»Sie ist meine Tochter«, bricht es aus mir heraus. »Du hast kein Recht …«

»Ich kann ihr wesentlich mehr bieten als du. Sie wird ein schönes, ein behütetes Leben haben. Ihr wird es an nichts fehlen«, fährt Katja ungerührt fort und hebt die Waffe. »Mit mir als liebender Mutter.« Ihr Zeigefinger krümmt sich um den Abzug.

»Warum?«, frage ich schnell. »Wenn du mich schon tötest, will ich wenigstens den Grund dafür wissen. Und welche Rolle Mark dabei gespielt hat.«

Sie schürzt die Lippen und legt die Stirn in Falten, als müsse sie darüber nachdenken, ob sie auf meine Forderung eingehen möchte.

»Das kannst du mir nicht verwehren«, hake ich mit einem Flehen in der Stimme nach und schiebe ein leises »Bitte« hinterher.

»Also gut. Es kann ja nichts schaden. Du bist ohnehin«, ein grausames Lächeln zuckt in ihren Mundwinkeln, »in wenigen Minuten Geschichte.«

Ich ringe mir ein »Danke« ab, während eine Panikwelle über mir zusammenschlägt und meinen Verstand mit sich fortreißt. Nur mit Mühe unterdrücke ich den übermächtigen Fluchtimpuls. Sobald ich ihr den Rücken zukehre, würde sie mich, ohne mit der Wimper zu zucken, erschießen. Ich zwinge mich dazu, ihr zuzuhören.

»Ich kann keine Kinder bekommen und eine Adoption kam für mich nie in Frage. Also haben Mark und ich nach einer passenden Mutter für unser Kind gesucht.«

»Du und Mark? Ihr wart …«

»Ja, wir waren verheiratet«, fällt sie mir ins Wort. »Wir waren schon kurz davor aufzugeben, da kamst du auf den Plan und alles lief wie am Schnürchen. Wenn es nach mir gegangen wäre, hätten wir dich schon ein paar Wochen nach der Geburt erledigt. Du hast es Mark zu verdanken, dass du länger leben durftest. Er wollte es möglichst *lebensnah* haben.« Sie verdreht die Augen. »Aber der Treppensturz hat leider nicht funktioniert. Mark war von Anfang an dagegen gewesen. Er wollte keine Gewalt anwenden. Danach hat er darauf bestanden, es auf seine Art zu machen. Er hatte vor, dich zu isolieren und in den Selbstmord zu treiben. Doch du warst zäher, als wir gedacht hatten.«

Der letzte Satz klingt anerkennend wie ein unabsichtliches Kompliment und einen Moment lang empfinde ich so etwas wie Genugtuung. Dann krallt die Angst sich wieder in mein wild pochendes Herz.

»Als dieser Bacher bei euch aufgetaucht ist und dich danach kontaktiert hat, hat Mark völlig unerwartet kalte Füße bekommen. Er hatte Angst, dass der Typ uns auffliegen lässt. Ich habe seine Mail an dich zwar sofort gelöscht, aber du hattest sie bereits gelesen.«

»Du warst das. Woher hattest du mein Passwort?« Noch während ich sie das frage, wird mir klar, dass nur Mark ihr das verraten haben kann.

»Dreimal darfst du raten.« Sie schnaubt ein spöttisches Lachen und fährt fort. »Als du es dann geändert hast, war mir klar, dass ich handeln musste.« Ihr Blick hat etwas Herausforderndes.

Es dauert einige Sekunden, bis der Groschen bei mir fällt. »Du hast Adrian Bacher umgebracht«, sage ich tonlos.

»Ja«, bestätigt sie lapidar.

»War Mark …«

»Nein«, fällt sie mir erneut ins Wort. »Ich habe ihn erst danach eingeweiht. Was sich als Fehler herausgestellt hat.«

Dann war es doch nicht Mark, den ich aus Bachers Haus habe kommen sehen, denke ich und bin merkwürdigerweise erleichtert. Als ob das noch eine Rolle spielen würde.

»Er ist komplett ausgerastet«, fährt Katja fort. »Er wollte nicht länger mitspielen. Stell dir vor, er wollte dir sogar unsere Tochter zurückgeben. Er war fest davon überzeugt, dass du ihn nicht anzeigst, womöglich sogar verzeihst, wenn er sich nur entsprechend reumütig verhält und dir ewige Liebe heuchelt.«

»Und deswegen musste auch er sterben.«

»Hatte ich eine Wahl?« In ihren Worten schwingt Empörung mit. »Er hätte alles kaputt gemacht, wofür wir so lange gekämpft hatten. Ich musste es tun, obwohl es mir das Herz gebrochen hat.«

Diese Frau ist krank, um nicht zu sagen wahnsinnig. Unfassbar, dass Mark mit ihr gemeinsame Sache gemacht hat. Entweder er war genau so krank wie sie oder er war ihr hörig.

Katja schweigt, sie wirkt abwesend, als wäre ihr Blick nach innen gerichtet.

Los, jetzt. Deine Chance! Nimm ihr die Waffe ab.

Ich spanne meine Muskeln an, bereit, mich auf sie zu stürzen. Sie ist nur zwei, drei Schritte von mir entfernt. Ich atme tief ein und …

Katjas Augen klären sich, sie richtet die Waffe auf mich und spricht im Erzählton weiter. »Ich glaube, er hat nicht mal mitbekommen, dass ich es war, die ihn erschossen hat.«

Ein Schatten huscht über ihr Gesicht, als würde sie Trauer empfinden bei dem Gedanken, dass Mark durch ihre Hand gestorben ist. »Es ging ganz schnell. Ein gezielter Schuss und er war tot. Er hat nicht gelitten. Das war mir wichtig.«

Mit einem lauten Schrei stürze ich mich auf sie. Katja ist so überrascht von meinem Angriff, dass sie zu spät reagiert. Ich pralle mit meinem gesamten Körpergewicht gegen sie und wir gehen beide zu Boden. Katja schreit vor Wut. Ich kippe seitlich von ihr runter und bleibe benommen von dem Aufprall liegen. Katja ist blitzschnell wieder auf den Beinen und stellt sich breitbeinig vor mir auf. Der Lauf der Waffe zielt auf mein Gesicht. In ihren Augen funkelt es.

»Bitte! Nicht!« Ich richte meinen Oberkörper auf und versuche, von ihr wegzurobben. Katja verfolgt meine Bemühungen mit unbewegter Miene.

»Ich will doch nur meine Tochter zurück«, wispere ich. »Du hast nichts von mir zu befürchten.«

»Erstens glaube ich dir das nicht, zweitens wird das ohnehin nicht funktionieren. Überall im Bungalow sind deine Fingerabdrücke. Die Polizei hält dich für die Mörderin. Du wirst eine lange Gefängnisstrafe verbüßen müssen. Und wer kümmert sich dann um die kleine Charlotte?«

»Bitte«, flehe ich.

»Es ist besser, du verschwindest für immer. Das wird der Polizei Rätsel aufgeben, aber irgendwann werden sie die Suche nach dir einstellen und annehmen, du wärst im Ausland untergetaucht, um dich deiner gerechten Strafe zu entziehen«, weiht sie mich im Plauderton in ihren teuflischen Plan ein.

Tu etwas, sonst wirst du dein Kind nie wiedersehen, schreit mein Verstand. *Es wird bei dieser Wahnsinnigen aufwachsen. Willst du das?*

»Los, hoch mit dir«, befiehlt sie.

Ich rappele mich mühsam vom Boden auf und lasse sie dabei nicht aus den Augen. In leicht gebückter Haltung bleibe ich stehen. Ich atme schwer. Eine Welle von Hass durchflutet mich, ertränkt meine Angst.

»Da rüber!« Katja schwenkt die Hand mit der Waffe Richtung Grube.

Ich hole tief Luft und schnelle vor. Mit beiden Händen greife ich nach der Waffe. Katja stößt einen Laut der Überraschung aus. Sie hat anscheinend nicht mit einem erneuten Angriff von mir gerechnet. Die Waffe hält sie mit eisernem Griff umklammert. Verbissen kämpfen wir um sie. Unser keuchender Atem tönt in die Stille des Waldes.

Plötzlich lässt Katja die Waffe los. Ich verliere das Gleichgewicht und taumele nach hinten. Die Waffe entgleitet mir. Katja senkt den Kopf und macht einen Satz auf mich zu. Bevor ich begreife, was sie vorhat, rammt sie mir beide Hände gegen die Brust. Die Wucht des Stoßes reißt mich von den Beinen und ich stürze ins Leere.

Mit dem Hinterkopf schlage ich auf dem Boden auf. Ein gleißender Schmerz explodiert unter meiner Schädeldecke. Vor meinen Augen flimmert ein grelles Rot, wird zu einem bodenlosen Schwarz, das mich mit sich in die Tiefe reißt.

40

Etwas Schweres trifft mich mitten ins Gesicht. Ich öffne den Mund, schnappe nach Luft und schmecke Erde auf meiner Zunge. Abrupt richte ich mich auf, spucke und öffne blinzelnd die Augen. Mein Kopf brüllt vor Schmerz. Eine Welle der Panik pumpt Adrenalin in meinen Körper.

Will Katja mich lebendig begraben? Ich muss hier raus! Hastig stemme ich mich hoch, stürze nach vorne und kralle meine Finger in die bröckelige Wand der Grube. Doch meine Füße finden keinen Halt, sie rutschen immer wieder ab.

Katja erscheint in meinem Sichtfeld, in der Hand eine Schaufel vollgehäuft mit dunklen Erdbrocken. Ihr Gesicht glänzt vor Schweiß, ihren Mantel hat sie offenbar abgelegt.

»Du lebst ja doch noch«, sagt sie erstaunt. »Ich dachte, du wärst tot.«

»Ich möchte nur meine Tochter zurück«, flehe ich. »Bitte! Ich gehe auch nicht zur Polizei. Niemand erfährt etwas davon. Das verspreche ich dir.«

Katja lacht hämisch. »Klar. Natürlich. Ich glaube dir jedes Wort.« Ungerührt kippt sie die Erde über mir aus.

Ich schüttelte mich und entdecke rechter Hand einen Stein von der Größe eines Tennisballs. Ein rascher Blick nach oben zeigt mir, dass Katja außer Sichtweite ist. Ich bücke mich nach dem Stein und verberge ihn hinter meinem Rücken. Da erscheint sie auch schon wieder am Grubenrand.

»Bitte, Katja. Hab ein Herz«, bettele ich. »Lass mich am Leben und gib mir mein Kind zurück.«

»Vergiss es«, sagt Katja kalt. »Ich gebe Charlotte nicht wieder her.«

»Okay. Du hast gewonnen«, keuche ich. »Du kannst Charlotte behalten. Aber bitte lass mich am Leben.« Ich suche ihren Blick und umfasse den Stein hinter meinem Rücken fester.

Sie stutzt, dann bricht sie in Gelächter aus. »Netter Versuch«, sagt sie.

»Ich meine es ernst«, wimmere ich. »Bitte!«

»Den einzigen Gefallen, den ich dir noch tue, ist, dass ich dich nicht lebendig begrabe«, sagt sie kalt. Sie beugt sich vor und zielt mit der Waffe auf mich.

Ich höre ein leises Klicken.

Jetzt! Mit aller Kraft schleudere ich den Stein nach oben, ziele in ihr Gesicht. Es geht zu schnell, sie sieht ihn kommen, schafft es jedoch nicht, ihm auszuweichen. Der Stein trifft ihre linke Schläfe. Sie wankt mit vor Schmerz verzerrter Miene, fällt aber nicht.

Ich schreie meine Verzweiflung laut heraus. Das war meine letzte Chance und ich habe sie vertan. In der Erwartung des tödlichen Schusses senke ich den Kopf und schließe die Augen.

Leb wohl, mein geliebtes Mädchen. Ich habe alles versucht. Es tut mir so leid.

Doch es fällt kein Schuss. Zaghaft öffne ich die Augen. Die Stelle, an der Katja gerade noch gestanden hat, ist leer. Vogelgezwitscher durchbricht die Stille, der Wind rauscht durch die Baumkronen. Sonst ist kein Geräusch zu hören. Katja ist nur bewusstlos, sie kann jeden Augenblick zu sich kommen. Ich muss zusehen, dass ich vorher hier rauskomme. Das ist leichter gesagt als getan. Immer wieder bricht die Erde unter meinen Füßen weg und ich rutsche nach unten. Als ich es endlich nach oben geschafft habe, bin ich schweißgebadet. Schwer atmend richte ich mich auf.

Katja liegt mit geschlossenen Augen am Rande der Grube auf dem Boden. Aus einer Wunde an ihrer Schläfe sickert Blut. Die Waffe entdecke ich unter ihrer rechten Hand. Ich beuge mich zu ihr hinunter und ziehe vorsichtig die Waffe unter ihrer Hand hervor. Plötzlich beginnen ihre Finger zu zucken und ein Ruck geht durch ihren Körper. Vor Schreck stoße ich einen Schrei aus. Katja reißt die Augen auf. Ich packe die Waffe, weiche zwei Schritte zurück und nehme Katja ins Visier. Meine Hand zittert so, dass ich das Handgelenk umklammern muss, um sie ruhig zu halten.

»Wo ist Charlotte?«

Stöhnend stemmt Katja sich vom Boden hoch. Sie reibt sich den Hinterkopf und wischt sich in aller Seelenruhe das Blut von der Stirn. Mir schenkt sie keinerlei Beachtung, als wäre ich überhaupt nicht vorhanden.

»Wo ist Charlotte?«, wiederhole ich meine Frage.

»Alle Achtung«, sagt sie und klopft sich die Erde von der Kleidung. »Das hätte ich dir echt nicht zugetraut.« In ihrer Stimme schwingt ein anerkennender Ton mit. Sie zeigt nicht die geringste Spur von Angst.

»Man sollte nie unterschätzen, wozu eine Mutter fähig ist«, antworte ich und hebe entschlossen das Kinn, auch wenn ich vor Angst innerlich bebe. Sie soll nichts davon mitbekommen.

»Du wirst nicht auf mich schießen. Dazu bist du nicht in der Lage. Du machst dir ja jetzt schon vor Schiss in die Hose«, sagt sie und streckt mir die Hand entgegen. »Los, mach schon. Gib sie mir.«

Ich schüttele den Kopf. Katja zieht die Augenbrauen hoch und macht einen Schritt auf mich zu. Ich weiche zwei Schritte zurück.

»Sag mir, wo meine Tochter ist«, fordere ich sie auf.

»Und was machst du, wenn ich es dir sage? Erschießt du mich dann?«

Unvermittelt stürzt sie sich auf mich und grabscht nach der Waffe. Ich halte sie eisern mit beiden Händen fest. Katja zerrt am Lauf und keucht vor Anstrengung. In ihren Augen glimmt Hass auf. Sie ist stärker als ich. Lange werde ich das nicht durchhalten, aber noch gebe ich nicht auf. Es geht um alles, es geht um mein Kind.

Und plötzlich fällt ein Schuss.

Ich zucke zusammen und alles in mir erstarrt. Der Schuss dröhnt in meinen Ohren und steigert sich zu einem Rauschen.

Katjas Finger lösen sich wie in Zeitlupe von der Waffe. Dabei schaut sie mich unverwandt an, in den Augen eine Mischung aus Erstaunen und Unglauben. Sie greift sich an die linke Brust und senkt ihren Blick darauf. Zwischen ihren Finger quillt Blut heraus, färbt ihre helle Bluse rot. Ich lasse die Waffe fallen, als wäre sie glühend heiß. Katja stolpert von mir weg. Gelähmt vor Entsetzen sehe ich zu, wie sie lautlos zu Boden sackt.

Eine tiefe Stille senkt sich über die Lichtung, als wäre ich das einzige Lebewesen in diesem Wald.

41

»Das wollte ich nicht.«

Meine Stimme ist kaum mehr als ein tonloses Raunen. Ich schlage beide Hände vor den Mund und verharre auf der Stelle. Entsetzt starre ich auf Katjas reglosen Körper. Ist sie tot? Sie darf nicht tot sein. Ich stürze zu ihr und falle neben ihr auf die Knie.

»Es tut mir so leid«, wimmere ich. »Ich wollte das wirklich nicht.«

Ihre Augenlider flattern. Ein Zucken geht durch ihren Körper. Sie lebt noch. Gott sei Dank, sie lebt. Erleichterung durchflutet mich. Wo ist mein Handy? Ich muss einen Krankenwagen rufen. Ich durchwühle meine Hosentaschen, kann es nicht finden. Ich muss es verloren haben. Auf allen vieren krabbele ich zum Rand der Grube und suche den Boden mit den Augen ab. Tatsächlich. Da unten schimmert etwas Weißes. Schnell rutsche ich auf dem Hosenboden hinab in die Grube, schnappe mir das Handy und klettere wieder hinauf. Dieses Mal gelingt es mir in einer Rekordzeit.

Katja stößt einen seufzenden Laut aus, als würde alle Luft aus ihrer Lunge entweichen. Ich werfe ihr einen ängstlichen Blick zu, vergewissere mich, dass ihre Augen offen sind, und aktiviere mit meinem Daumenabdruck das Handy. Mit bebenden Fingern gebe ich die Notrufnummer in die Tastatur ein und presse das Gerät fest an mein Ohr. Nichts. Kein Netz. Mir ist zum Heulen. Hastig entferne ich mich ein paar Schritte und versuche es erneut. Wieder ohne Erfolg.

Den Tränen nahe kehre ich zu Katja zurück. Sie liegt ganz still und unbeweglich da. Ihre Augen sind starr gen Himmel gerichtet. Auf ihrem Gesicht liegt noch immer ein Ausdruck des Erstaunens, als würde sie nicht fassen können, was ihr passiert ist.

»Oh, nein«, entfährt es mir. »Bitte nicht!« Erneut sinke ich neben ihr auf die Knie und taste nach ihrem Puls. Immer wieder und wieder. Wie in Trance. Handgelenk. Halsschlagader. Handgelenk. Halsschlagader. Es ist zwecklos. Katja ist tot.

Du hast einen Menschen umgebracht.

In Tränen aufgelöst kauere ich neben der Leiche, bis der einsetzende Regen mich jäh aus meiner Verzweiflung reißt. Ich wische mir mit beiden Händen über die nassen Wangen und erhebe mich mühsam vom Boden. Meine Beine geben nach und ich komme ins Straucheln. Was mache ich jetzt? Ich kann Katjas Leiche unmöglich einfach hier liegen lassen und ihren Körper den Krähen und anderen Aas fressenden Tieren überlassen.

Wie auf Kommando schaltet sich mein Verstand ein und übernimmt die Regie. Ich überschlage die Möglichkeiten, die mir bleiben. Die Polizei einzuschalten, ist nach wie vor keine Option. Selbst wenn sie mir glauben, dass Katjas Tod ein Unfall war, was ich für höchst unwahrscheinlich halte, werden sie mich festnehmen und unter Umständen stundenlangen Verhören unterziehen. Die Zeit habe ich nicht. Ich muss nach meiner Tochter suchen. Vielleicht hat Katja sie in ihrer Wohnung allein gelassen, in dem Glauben, dass sie bald wieder zurück sei. Ich hole tief Luft und suche systematisch ihre Hosen- und Jackentaschen ab. Bis auf einen Schlüsselbund und ihr Handy trägt sie nichts bei sich. Ich nehme die Schlüssel an mich, vergewissere mich, dass das Handy ausgeschaltet ist, und schiebe es wieder in ihre Hosentasche. Dann umfasse ich ihre Knöchel, schleife sie unter Aufbietung all meiner Kräfte zur Grube und schiebe ihren Körper über den Rand. Er rutscht hinunter und landet fast lautlos auf der Erde.

All meine Emotionen sind ausgeschaltet, ich agiere wie ein ferngesteuerter Roboter. Ich packe die Schaufel und beginne damit, die aufgeschüttete Erde in die Grube zurückzuschaufeln. Die ersten Erdbrocken fallen neben Katjas Gesicht, von dem der Regen perlt. Es sieht aus, als würde sie bittere Tränen weinen. Ihre offenen Augen starren mich anklagend an. Für den Bruchteil einer Sekunde sehe ich sie vor mir, wie sie sich aus ihrem nassen Grab erhebt und einer Rachegöttin gleich aufsteigt, um mich für meine Gräueltat zu bestrafen. Mir wird schlecht. Ich würge, behalte meinen Mageninhalt aber bei mir und mache verbissen weiter. Allerdings vermeide ich es, nach unten zu schauen, bis ich sicher sein kann, dass Katjas Körper vollständig mit Erde bedeckt ist.

Es dämmert bereits, als ich endlich fertig bin. Die Schaufel und die Spitzhacke lasse ich einfach liegen. Der Regen wird sämtliche Spuren wegwaschen. Ich trete die Erde fest, sammle Laub, dürre Äste, Moos aus dem Unterholz und drapiere alles auf dem Grab. Viel bringt es nicht. Jeder, der hier vorbeikommt, sieht sofort, dass hier gegraben worden ist. Das lässt sich jedoch nicht ändern. Und ich hoffe, dass sich niemand so schnell hierher verirrt.

Alles an mir tropft, das Regenwasser vermischt sich mit meinem Schweiß und brennt in meinen Augen. Ich habe Blasen an den Händen von der ungewohnten Arbeit und meine Arme und mein Rücken sind ein einziger Schmerz.

Vor Erschöpfung kann ich kaum noch stehen. Trotzdem verharre ich vor dem Grab. In einer spontanen Regung bekreuzige ich mich und bitte Katja um Verzeihung. Auch wenn sie mich, ohne mit der Wimper zu zucken, umgebracht hätte, weiß ich nicht, wie ich mit dem Wissen weiterleben soll, einem Menschen das Leben genommen zu haben. Da kann ich mir noch so oft vorbeten, dass es Notwehr gewesen ist.

Mein Blick fällt auf die Waffe, die an der Stelle liegt, an der ich sie habe fallen lassen. Ich hätte sie zusammen mit Katja vergraben sollen. Dazu ist es jetzt zu spät. Mit spitzen Fingern hebe ich sie auf. Wahrscheinlich ist sie nach wie vor entsichert und ich habe keine Ahnung, wie man sie sichert. Dennoch nehme ich sie an mich. Sie darf nicht in falsche Hände geraten. Unvorstellbar, was geschehen könnte, wenn Kinder sie zufällig finden und annehmen, es sei ein Spielzeug.

Mein Herz ist schwer, als ich mich auf den Rückweg mache. Jeder Schritt ist eine Tortur. Jedes Rascheln aus dem Wald jagt mir einen Schrecken ein. Nach gefühlten Stunden erreiche ich endlich den Parkplatz. Katjas Auto ist das einzige, das hier steht, stelle ich mit Erleichterung fest. Am Rand des Platzes entdecke ich einen großen Abfalleimer. Rasch ziehe ich meine verdreckten Sachen aus und stopfe sie hinein. Nur in Unterwäsche und bibbernd vor Kälte husche ich zum Wagen. Ich schließe auf, lasse mich auf den Sitz fallen und lege die Waffe auf den Beifahrersitz. Auf dem Rücksitz liegt ein neongrünes Sweatshirt. Alles in mir sträubt sich dagegen, es überziehen. In meinem Rucksack stöbere ich ein sauberes Shirt auf, in das ich schlotternd reinschlüpfe. Es regnet wieder, sodass ich mich auf dem Sitz etwas umständlich in die Hose quäle, die ich zum Glück auch noch im Rucksack hatte. Ich ziehe die Schuhe wieder an und danach fühle ich mich so erschöpft, dass ich die Augen kaum noch offen halten kann. Meine Lider sind schwer wie Blei. Aber ich darf jetzt nicht schlafen. Ich werde nicht eher ruhen, bis ich mein kleines Mädchen wieder in die Arme schließen kann.

42

Der Regen ist stärker geworden und trommelt wie ein Maschinengewehrfeuer aufs Autodach. Katja trug ihre Papiere nicht bei sich. Sie müssen irgendwo hier sein. Im Handschuhfach finde ich ein Handy. Ich erkenne es an dem feinen gezackten Riss auf dem Glas. Der war schon da, als wir uns kennenlernten. Vermutlich hat Katja mich vorhin mit Marks Handy angerufen. Aus Versehen? Oder mit Absicht, um mir einen gehörigen Schrecken einzujagen? Ich tendiere zu Letzterem, ob ich damit richtigliege, werde ich wohl nie erfahren.

Rasch verbanne ich diese Gedanken in die hinterste Ecke meines Bewusstseins. Wo ist Katjas Handtasche? Auf dem Rücksitz liegt sie nicht, auch nicht unterm Sweatshirt. Ich recke meinen Hals und erspähe sie hinter dem Beifahrersitz auf dem Boden. Bei dem Versuch an sie ranzukommen, verrenke ich mir fast die Schulter. Doch schließlich gelingt es mir, sie mit zwei Fingern zu mir zu angeln. Ich schütte den Inhalt auf den Beifahrersitz. Eine Packung Tempos, ein Blister Schmerztabletten, ein kleiner Spiegel, ein Lippenstift, sogar eine Büroklammer ist dabei, aber kein Portemonnaie. Irgendwo muss sie doch ihren Führerschein und die Fahrzeugpapiere haben. Ich inspiziere die Tasche genauer und stoße auf ein unter dem Futter verborgenes Seitenfach mit Reißverschluss. Dort finde ich das Gesuchte. Auch der Personalausweis ist dabei. Ich nehme ihn zur Hand und starre verdutzt auf den Namen. Er sollte auf Katja Eggers ausgestellt sein. Das habe ich auf jeden Fall erwartet. Aber da steht mein Name. Katharina Schneider. Ich greife nach dem Führerschein. Auch der ist auf meinen Namen ausgestellt. Erst als ich das Geburtsdatum sehe, fällt der Groschen bei mir. Das unterscheidet sich von meinem. Katja heißt mit richtigem Namen Katharina und sie hat bei der Heirat ihren Mädchennamen behalten.

Jetzt verstehe ich auch ihre Bemerkung, dass ich für sie wie ein Sechser im Lotto gewesen bin. Hat Mark sich in verschiedenen Dating-Portalen herumgetrieben, um gezielt nach einer Frau gleichen Namens zu suchen? Möglich wäre es, sowohl Katharina als auch Schneider sind sehr gebräuchliche Namen. Im Nachhinein wird mir klar, warum Mark darauf bestanden hat, mich bei jedem Arztbesuch zu begleiten. Er hat mir alle möglichen Formalitäten abgenommen, was ich in meiner grenzenlosen Naivität für eine zugegeben übertriebene Fürsorge gehalten habe. Aber ich habe ihn gewähren lassen.

In Wirklichkeit ist es ein abgekartetes Spiel gewesen. Ich wollte mein Baby im Krankenhaus zur Welt bringen, er hat auf eine Hausgeburt gedrängt und alle möglichen Argumente dafür aufgezählt, bis ich nachgegeben habe. Wahrscheinlich hat er in seiner Eigenschaft als Arzt selbst die Geburtsbescheinigung ausgestellt. Er hat es natürlich auch übernommen, die Geburt unserer Tochter beim Standesamt zu melden. Nur dass er statt meiner Unterlagen die von Katja vorgelegt hat. Vielleicht hat sie ihn sogar begleitet.

Was für eine perfide, hinterhältige Intrige. Wut steigt in mir hoch, ich schmecke sie wie bittere Galle auf meiner Zunge. Wie konnte ich nur so naiv sein, auf diesen Mann hereinzufallen? Die Wut weicht tiefer Scham. Katja hatte recht mit ihrer Anschuldigung, dass ich lieber weg- als hingeschaut habe. Ich wollte so unbedingt einen Mann an meiner Seite, dass mein Verstand anscheinend komplett lahmgelegt war. Doch mit selbstmitleidigen Vorwürfen komme ich nicht weiter. Das Vergangene lässt sich nicht ändern. Das ist wie in Stein gemeißelt. Es ist die Zukunft, auf die ich Einfluss nehmen kann, und das werde ich. Ich werde alles, wirklich alles, daransetzen, meine Fehler wieder gutzumachen. Ich werde meine Tochter finden. Komme was wolle.

Mit Hilfe eines DNA-Abgleichs wird sich problemlos feststellen lassen, dass Charlotte meine Tochter ist. Dass ich aus Notwehr gehandelt habe, als ich Katja umgebracht habe, wird nicht so leicht zu beweisen sein. Ich hätte ihre Leiche nicht vergraben dürfen. Das war ein großer und ein sehr dummer Fehler, den ich meiner Panik zuschreibe und inzwischen zutiefst bereue. Immerhin werde ich bereits wegen zwei weiterer Morde, die ich nicht begangen habe, von der Polizei gesucht.

Wie soll es weitergehen für mein Kind und mich? Die Frage drängt sich mir mit aller Macht auf. Soll ich mit Charlotte ins Ausland fliehen? Wie komme ich an falsche Papiere? Ein Gedankensturm tobt plötzlich durch meinen Verstand und ich drohe darin unterzugehen.

Reiß dich zusammen!

Ich wiederhole die Aufforderung wie ein Mantra und langsam werde ich ruhiger. Ich muss mein Kind finden. Das hat oberste Priorität. Alles andere werde ich danach entscheiden.

Ich starte den Wagen und rase unter Missachtung aller Verkehrsregeln in die Stadt zurück. Die in Katjas Personalausweis angegebene Adresse befindet sich in einer Seitenstraße des Kurfürstendamms. Nach einer guten Stunde Fahrtzeit biege ich in die schmale Straße ein. Ich finde direkt vor dem Haus einen Parkplatz und werte das in einem Anflug von Positivismus als ein gutes Omen. Nach kurzem Zögern schnappe ich mir das neongrüne Sweatshirt vom Rücksitz und ziehe es über. Dann verstaue ich die Waffe in meinem Rucksack und steige aus.

Zum Glück regnet es nicht mehr, dafür pfeift ein frischer Wind durch die fast menschenleere Straße. Das orangefarbene Licht der Straßenlaternen spiegelt sich in den Regenpfützen. Von der nahen Hauptverkehrsstraße dringt das stete Rauschen der Autos bis hierher. Ich ziehe mir die Kapuze des Sweatshirts über den Kopf und lasse meinen Blick an der weiß getünchten Fassade des Wohnhauses hochwandern. Jugendstil? Keine Ahnung, davon verstehe ich nichts. Die Stuckornamente über den Fenstern könnten eventuell ein Hinweis darauf sein. Wie auch immer: Katja wohnte in einem der teuersten Wohngebiete der City. Vermutlich handelt es sich um eine der Eigentumswohnungen, in die Mark einen Teil seines Erbes investiert hat.

Unter einem riesigen Rundbogen befindet sich die zweiflügelige Eingangstür aus massivem dunklem Holz. Ich gehe die Stufen hinauf und studiere das Klingelbrett. Die Namen Eggers/Schneider prangen in Großbuchstaben an dritter Stelle in der linken Spalte unter der Angabe Vorderhaus dritter Stock.

Die Aufregung, die in mir hochwallt, ist wie ein kleiner Schock und treibt mir die Hitze in die Wangen. Schon bald werde ich meinen kleinen Liebling in die Arme schließen können. Nichts auf der Welt wünsche ich mir mehr, als mein Kind endlich wieder bei mir zu haben und in Sicherheit zu wissen.

Bevor ich mein Glück mit einem der Schlüssel an Katjas Schlüsselbund probieren kann, öffnet sich die Haustür mit einem schwungvollen Ruck. Ich zucke erschreckt zurück und der Bund rutscht mir aus der Hand und fällt klirrend zu Boden. Hastig bücke ich mich danach und klaube ihn auf. Als ich mich aufrichte, sehe ich mich einem alten Mann in einem hellen dreiteiligen Anzug und Panamahut gegenüber, der mich an einen Schauspieler erinnert, dessen Name mir jedoch nicht einfallen will. Über sein leicht gebräuntes Gesicht huscht ein erkennendes Lächeln und die unzähligen Fältchen um seine Augen vertiefen sich.

»Meine liebe Katharina, ich grüße Sie«, sagt er erfreut und lüftet wie ein Gentleman seinen Hut über dem schlohweißen, erstaunlich dichten Haar.

Woher kennt der Mann mich, schießt es mir durch den Kopf. Im gleichen Atemzug wird mir klar, dass er mich mit meiner Namensvetterin verwechselt.

»Guten Abend«, sage ich und setze ein gezwungenes Lächeln auf.

»Ich bin auf dem Weg in die Oper«, verrät er mir augenzwinkernd. »Und leider viel zu spät dran. Ich konnte mich nicht entscheiden, was ich anziehen soll.« Wieder lüftet er den Hut. »Sie entschuldigen. Und grüßen Sie mir Ihre entzückende kleine Tochter ganz herzlich.«

Er kennt Charlotte. Sie ist hier. Mein Herz macht einen kleinen Hüpfer. Am liebsten würde ich ihn nach ihr ausfragen, aber das würde ihn stutzig machen.

»Ich werde es ihr ausrichten«, sage ich stattdessen etwas hölzern.

Er schenkt mir ein väterliches Lächeln und verabschiedet sich mit einem »Servus, bis dann.«

Hinter dem Mann fällt die Tür ins Schloss und ich stehe allein in dem riesigen hell erleuchteten Treppenhaus. Es riecht nach Bohnerwachs und Möbelpolitur. Die Wände sind bis zur Hälfte mit einem hellen marmorierten Stein verkleidet. Am Fahrstuhl hängt ein Schild, auf dem in fetten Großbuchstaben steht, dass er vorübergehend außer Betrieb ist.

Notgedrungen nehme ich die Treppe. Das Geländer ist aus dunklem glänzendem Holz, die Pfosten sind kunstvoll gedrechselt, die Stufen mit dunkelrotem Teppich ausgelegt, der in den Ecken von goldenen Stangen gehalten wird. Alles hier strahlt eine gediegene Atmosphäre und Wohlhabenheit aus. Von irgendwoher wehen die Klänge klassischer Musik an mein Ohr. Jemand spielt Klavier. Fast andächtig gehe ich die Stufen hoch.

In der dritten Etage prangt auf dem Klingelschild an der Wohnung in der Mitte in Großbuchstaben EGGERS. Für SCHNEIDER reichte der Platz wohl nicht mehr. Ich verharre vor der Tür und lausche. Kein Laut dringt aus dem Wohnungsinneren ins Treppenhaus. Vorsichtshalber klingele ich. Aber auch nach einem weiteren Klingeln öffnet mir niemand. Der dritte Schlüssel am Bund, mit dem ich mein Glück versuche, schließt mir auf. Zaghaft trete ich über die Schwelle und drücke die Tür sachte hinter mir ins Schloss.

Jetzt stehe ich im Dunkeln. Ich taste nach dem Lichtschalter neben der Tür und knipse ihn an. Die Umrisse einer kleinen rechteckigen Diele gewinnen augenblicklich an Kontur. An der Garderobe hängt eine Jacke, in der ich sofort eine von Marks Jacken erkenne, und fühle Bitterkeit in mir aufsteigen. Hier hat er also übernachtet, wenn ich ihn im Krankenhaus wähnte.

Vor mir befindet sich eine weißgetünchte Holztür. Durch sie gelange ich in einen weiteren großzügigen Flur, von dem rechts und links zwei Zimmer abgehen. Es ist so still in der Wohnung, dass es schon unheimlich ist. Mit einem Mal habe ich das Gefühl, beobachtet zu werden. Ich drehe mich um die eigene Achse.

»Hallo? Ist hier jemand?« Mein Ruf verhallt ohne Antwort. Außer mir scheint niemand in der Wohnung zu sein. Was mache ich, wenn Charlotte auch nicht hier ist?

Verzagt öffne ich die Tür auf der rechten Seite. Dahinter verbirgt sich ein Schlafzimmer, das von einem riesigen Bett dominiert wird. Auf der anderen Seite befindet sich ein Badezimmer mit großen schiefergrauen Wandkacheln und gleichfarbigen Bodenfliesen. Der Duschbereich ist durch eine Glaswand abgetrennt. Es gibt weder Handtücher noch Seife noch sonstige Utensilien, die man normalerweise im Bad vorfindet. Sehr merkwürdig.

Die Tür am Ende des Flurs ist nur angelehnt. Ich drücke sie auf und stehe in einem riesigen Raum mit einer Fensterfront, die von einer Wand zur anderen reicht. Durch die Glasscheiben sickert fahles Licht herein. Der Parkettboden knarrt kaum hörbar unter jedem meiner Schritte. Rechts ist eine offene Küche mit weißen hochglänzenden Fronten. Sie wirkt so aufgeräumt, als hätte noch nie jemand darin eine Mahlzeit zubereitet. Ein schmaler Tresen trennt den Küchen- vom Wohnbereich. Das Telefon darauf steckt in einer Ladestation und das rot blinkende Lämpchen signalisiert den Eingang einer Sprachnachricht.

Ein dreisitziges Sofa aus tiefschwarzem Leder steht mit dem Rücken zu mir vor dem größten Fernseher, den ich jemals gesehen habe. Mein Blick gleitet darüber hinweg und fällt auf eine schmale Tür, die wie in die Ecke gezwängt wirkt. Ich will schon darauf zueilen, als ich irritiert innehalte. Im dunklen Bildschirm des TV-Gerätes spiegeln sich die Umrisse einer Person. Auf dem Sofa sitzt jemand, unbeweglich und still. Als wäre sie tot. Unwillkürlich entfährt mir ein lauter Schrei.

Oh, mein Gott, das ist ein Kind.

43

Der Rucksack gleitet mir von der Schulter und schlägt mit einem dumpfen Laut auf dem Holzboden auf. Noch immer schreiend stürze ich zum Sofa, sinke davor auf die Knie und reiße mit Tränen verschleiertem Blick das Kind in meine Arme. Sie kann, sie darf nicht tot sein. Ich will ihren Atem an meiner Wange spüren, ihren Herzschlag an meinem Körper fühlen, ihren süßen Duft einatmen. Es dauert eine Weile, bis sich der emotionale Aufruhr in mir legt und mein Verstand es schafft, zu mir durchzudringen.

Das ist nicht Charlotte. Du hältst eine Puppe in den Armen.

Unter Tränen löse ich meine Hände von dem kleinen Körper und setze ihn vorsichtig, als könne ich ihm wehtun, auf das Sofa zurück. Die blauen Augen sehen mich ausdruckslos an. Das runde Gesichtchen mit rot angehauchten Wangen ist eine starre Maske. Wie konnte ich auch nur eine Sekunde glauben, ich hielte meine Tochter umfangen? Auch wenn sich die Puppe in meinen Händen weich und schmiegsam angefühlt hat. Hastig erhebe ich mich und wische mir die Tränen von den Wangen. Ich komme mir unsagbar dumm vor.

In dieser Wohnung ist niemand. Das hätte mir schon viel früher klar sein müssen. Ein sich selbst überlassenes Kind hätte sich bemerkbar gemacht und ich hätte es gefühlt, wenn Charlotte hier wäre. Um ganz sicherzugehen, öffne ich die schmale Tür in der Ecke und knipse das Licht an.

Die Wände des kleinen Zimmers sind in einem dezenten Rosa gestrichen und unter dem Fenster steht ein Kinderbett. Ein Mobile aus bunten Filzbällchen baumelt an einer Stange darüber. Es hier in dieser fremden Wohnung zu sehen, versetzt mir einen Stich. Das hat Mark für unser Baby gekauft. Zu einem Zeitpunkt, als ich nicht im Traum auf die Idee gekommen wäre, dass er mir seine Gefühle nur vortäuscht, um ein Kind für eine andere Frau mit mir zu zeugen. Wieder fällt mir Katjas Bemerkung ein. *Du schaust lieber weg als hin.*

Ich habe mich schon manchmal über die Vertrautheit gewundert, mit der Mark und Katja miteinander umgingen. Es wirkte, als würden sie sich schon Jahre kennen. Aber ich habe das meiner Eifersucht zugeschrieben und die Beobachtung als ein misstrauisches Fantasiegebilde abgetan. Ich war zwar nicht blind, aber ich habe meinen eigenen Wahrnehmungen nicht getraut. Das sollte mir für die Zukunft eine Lehre sein.

Ich weiß, dass Charlotte nicht in dem Bettchen liegt, dennoch schlägt mein Herz einen Takt schneller, als ich darauf zugehe und mich darüber beuge. Auf der nackten Matratze liegt eine Rassel. Ich nehme sie hoch und schnuppere daran. Vielleicht ist es Einbildung, aber ich glaube, den Duft meiner kleinen Tochter wahrzunehmen. Ich umschließe sie fest mit meiner Hand, als könne ich so eine Verbindung zu ihr aufnehmen.

Wo bist du? Wo hat Katja dich hingebracht?

Einem Impuls folgend kehre ich ins Schlafzimmer zurück und öffne den Kleiderschrank. Bis auf wenige Kleidungsstücke ist er leer geräumt. Im Badezimmer bietet sich mir das gleiche Bild. Wollte Katja mit Charlotte untertauchen, nachdem sie auch mich aus dem Weg geräumt hatte?

Es sieht fast danach aus. Sie muss mein Kind irgendwem in Obhut gegeben haben. Und wenn nicht? Wenn sie mein Baby irgendwo sich selbst überlassen hat, weil sie glaubte, schnell wieder zurück zu sein?

Nein, widerspreche ich mir selbst. Es waren nicht nur hohle Worte, als sie sagte, Charlotte sei ihr Ein und Alles. Katja hat sogar für sie getötet. Sie würde Charlotte niemals sich selbst überlassen. Aber wo hat sie sie hingebracht? Es ist zum Verzweifeln. Ich trete auf der Stelle. Mir ist zum Heulen und Schreien gleichzeitig.

Das Schrillen der Türklingel reißt mich jäh aus meinen Gedanken. Ich erschrecke so, dass ich einen kleinen Schrei ausstoße. Wer ist das? Ich verhalte mich ganz still, wage kaum zu atmen. Wieder ertönt das Klingeln und jemand beginnt, gegen die Wohnungstür zu hämmern.

»Frau Schneider? Hier spricht die Polizei. Bitte öffnen Sie die Tür. Wir müssen dringend mit Ihnen reden.«

Polizei. Mir weicht alles Blut aus dem Kopf. Wenn sie die Tür aufbrechen, ist es aus. Mit der rechten Hand umklammere ich den Waschbeckenrand. Das Spielzeug, das ich noch immer in der Hand festhalte, rasselt leise vor sich hin. Es kommt mir unnatürlich laut vor und ich bete, dass es draußen vor der Tür nicht zu hören ist.

Es dauert eine ganze Weile, bis ich mich endlich aus dem Bad raustraue. Im Flur bleibe ich stehen und lausche? Sind das Schritte auf der Treppe? Gehen sie weg? Ich schleiche zur Wohnungstür und linse durch den Spion. Da ist niemand. Vielleicht ist das ein Trick und sie haben außerhalb des Sichtbereichs Stellung bezogen, um sich, sobald ich aus der Wohnung trete, auf mich zu stürzen und mich festzunehmen.

Jetzt werde nicht paranoid. Denk doch nach. Keiner weiß, dass du hier bist. Sie wollten Katja sprechen, nicht dich!

Die Erkenntnis trägt wenig zu meiner Beruhigung bei. Auf Zehenspitzen schleiche ich ins Wohnzimmer zurück, trete auf den Balkon und spähe über die gemauerte Brüstung auf die Straße. Vorm Haus parkt in zweiter Reihe ein Polizeiwagen. Erschreckt weiche ich zurück. Erst als ich das Startgeräusch eines Motors höre, wage ich mich einen winzigen Schritt nach vorne. Ich recke den Hals und stelle erleichtert fest, dass das Polizeiauto wegfährt.

Ich sollte zusehen, dass ich schnellstens von hier verschwinde. Ich eile ins Wohnzimmer. Wo habe ich meinen Rucksack gelassen? Ich entdecke ihn auf dem Boden vor dem Sofa und nehme ihn hoch. Die Puppe ist zur Seite gekippt. Ich richte sie wieder auf und lehne sie gegen das Kissen. Aus der Sofaritze ragt ein Stück Papier heraus. Neugierig ziehe ich es hervor. Es ist ein Prospekt über Norwegen.

Es macht klick in meinem Gedächtnis, aber bevor ich es zu fassen bekomme, schrillt erneut ein Klingeln durch die Wohnung. Vor Schreck lasse ich den Prospekt fallen. Der Anrufbeantworter springt an und mir wird klar, dass das Telefon auf dem Küchentresen geklingelt hat. Katjas fröhliche Stimme füllt mit einem Mal den ganzen Raum.

Ich habe den Gedanken an ihren gewaltsamen Tod eine Weile erfolgreich verdrängen können, aber jetzt überfällt mich das Schuldgefühl mit einer solchen Wucht, dass es mir den Atem raubt. Ich habe einen Menschen getötet. Wie soll ich meiner kleinen Tochter jemals wieder unbefangen in die Augen schauen? Werde ich jedes Mal, wenn ich mich im Spiegel betrachte, denken: Schau hin, so sieht eine Mörderin aus? Werde ich mit dieser Schuld leben können? Ich weiß nicht. Auch wenn ich mir immer wieder vorbete, dass ich keine Wahl hatte. Katja hätte mich kaltblütig umgebracht, wenn ich mich nicht zur Wehr gesetzt hätte. Sie hatte meinen Tod bis ins Detail geplant. Aber selbst das spricht mich nicht frei von meiner Schuld.

Ein schriller Piepton beendet Katjas Ansage und jemand meldet sich zu Wort.

»Katja, wo zum Teufel steckst du?« Die Stimme klingt atemlos und besorgt zugleich. »Auf deinem Handy habe ich es auch schon ein paarmal versucht. Warum hast du es ausgeschaltet? Ich mache mir langsam echt Sorgen, melde dich endlich.« Nach einer winzigen Pause folgt ein flehentlich klingendes »Bitte.«

Die Stimme kommt mir bekannt vor. War das nicht … Nein, das kann nicht sein. Sicher klingen die Stimmen nur ähnlich. Bandaufnahmen geben nie so ganz den echten Stimmklang wieder. Ich höre mir die Nachricht noch mal an. Nein, ich habe mich nicht geirrt. Zwar verstehe ich die Zusammenhänge nicht, aber ich weiß, wer auf den Anrufbeantworter gesprochen hat.

44

Ich habe die Türklinke schon in der Hand, um die Wohnung zu verlassen, als mir eine Bemerkung von Katja in den Sinn schießt.

Überall im Bungalow sind deine Fingerabdrücke. Die Polizei wird dich für die Mörderin halten.

Meine Hand zuckt von der Klinke, als würde sie unter Strom stehen. Ich lasse meinen Rucksack fallen und kehre um. Unter der Spüle in der Küche stöbere ich hinter einer fast leeren Großpackung mit Geschirrspültabs eine Box mit Desinfektionstüchern auf und kann mein Glück kaum fassen. Sorgfältig wische ich über alle Flächen, auch über solche, die ich nicht berührt habe. Es dauert eine ganze Weile, bis ich damit fertig bin.

Die fast leere Box und die benutzten Desinfektionstücher verstaue ich im Rucksack. Meine Spuren in Katjas Auto muss ich natürlich auch noch beseitigen. Ich ziehe den Ärmel des Sweatshirts über die Hand, drücke die Klinke nach unten und ziehe die Tür sachte hinter mir zu. Nachdem ich sorgfältig abgeschlossen habe, eile ich die Stufen zum Ausgang hinunter. Aus den Wohnungen, an denen ich auf dem Weg nach unten vorbeihaste, dringen keinerlei Geräusche. Wahrscheinlich schlafen alle schon. Dennoch fürchte ich, dass sich jeden Moment eine Tür öffnen könnte und ich gesehen werde. Aber nichts dergleichen geschieht. Ich komme ungesehen aus dem Haus.

Die Putzaktion in der Wohnung hat so lange gedauert, dass es mittlerweile dunkel geworden ist. Die Straße liegt im Schein der Straßenlaternen verlassen da. Keine Menschenseele ist zu sehen. Nur aus der Kneipe schräg gegenüber wehen Musikfetzen und leises Gelächter an mein Ohr. Ich wische von außen über beide Türöffner und danach reinige ich alle Innenflächen. Nachdem ich mich vergewissert habe, dass niemand mich beobachtet, nehme ich den Schmutzfänger im Fußbereich heraus und schüttele die dunkle Walderde ab. In letzter Sekunde fällt mir Marks Handy ein. Ich reinige auch das sorgfältig und lege es wieder ins Handschuhfach. Dann verlasse ich den Wagen und verriegele ihn. Die benutzten Tücher stopfe ich an der nächsten Fußgängerampel in den orangefarbenen Abfallkorb, der daran befestigt ist. Katjas Schlüsselbund werde ich im Landwehrkanal versenken.

Ich bin so mit Adrenalin vollgepumpt, dass ich trotz des eisigen Windes, der mir entgegenbläst, nicht friere. Im Gegenteil. Ich habe das Gefühl, von innen heraus zu glühen, während ich durch die nächtlichen Straßen zur nächsten U-Bahn-Station eile. Die Bahn fährt nicht die ganze Nacht durch und ich hoffe, dass ich den letzten Zug nicht verpasst habe. Als ich außer Atem auf dem Bahnsteig ankomme, steht er bereits abfahrbereit auf dem Gleis. Die Lautsprecherstimme fordert zum Einsteigen auf und ich springe schnell in den Waggon.

Eine gute halbe Stunde später stehe ich vor dem Haus. Im dritten Stock brennt noch Licht. Wahrscheinlich wartet sie sehnsüchtig und voller Sorge auf Katjas Rückkehr. Das kaputte Schloss ist noch immer nicht repariert und so lässt die Haustür sich ohne Mühe aufdrücken. Im Treppenhaus ist es still. Gespenstisch still. Mir kriecht eine Gänsehaut über den Körper. Nun, da die Konfrontation unmittelbar bevorsteht, steigt meine Aufregung mit jeder Stufe, die ich der Wohnung näherkomme.

Vor der Tür verharre ich und nehme die Waffe aus dem Rucksack. Ich will nicht noch jemanden töten, aber ich brauche sie, um meiner Forderung Nachdruck zu verleihen. Ich straffe meine Schultern, hole tief Luft und drücke auf den Klingelknopf. Die Waffe verberge ich hinter dem Rücken. Die Tür wird so schnell aufgerissen, als hätte sie dahinter auf mein Kommen gelauert.

»Endlich«, sagt sie. »Ich dachte schon …« Sie stutzt. Ihre Augen weiten sich. Sie starrt mich an, als wäre ich eine Geistererscheinung. »Du?«

»Hallo, Sonja«, sage ich mit einem falschen Lächeln. »Ich komme hoffentlich nicht ungelegen.«

Sie weicht zurück und macht Anstalten, mir die Tür vor der Nase zuzuschlagen. Blitzschnell stelle ich einen Fuß auf die Schwelle und versetze Sonja gleichzeitig einen Stoß gegen den Brustkorb. Sie stößt einen spitzen Schrei aus und stolpert zurück. Ich trete ein und drücke die Wohnungstür hinter mir zu.

»Was willst du?«, keucht sie.

»Meine Tochter«, antworte ich.

»Bist du komplett irre geworden?« Sonjas Lachen klingt gezwungen. »Ich glaube, es ist besser, du gehst jetzt wieder.« Sie macht einen Schritt auf mich zu.

»Bleib, wo du bist«, sage ich und richte die Waffe auf sie. Sonja stoppt augenblicklich. Ihre Augen weiten sich vor Schreck.

»Wo ist Charlotte?«, frage ich.

»Deine Tochter ist tot.« Ihr flackernder Blick verrät sie. »Du hast sie umgebracht. Hast du das etwa schon wieder verdrängt?«

»Spar dir deine Lügen und sag mir, wo sie ist.«

»Hier ist sie jedenfalls nicht.«

Sie hält meinem bohrenden Blick stand. Ich sehe es ihr an. Es ist kein Trick. Sie sagt die Wahrheit. Dennoch werde ich mich davon überzeugen, dass meine Tochter nicht hier ist.

»Du gehst voran«, bestimme ich.

Wir inspizieren jedes Zimmer. Sonja ist fleißig gewesen, bis auf wenige Ausnahmen ist der gesamte Hausrat mittlerweile in Kisten verpackt. Ich schaue in jede einzelne hinein in der Hoffnung, einen Hinweis darin zu entdecken, dass Charlotte hier gewesen sein könnte. Sonja schnaubt ein falsches Lachen, das ich ignoriere. Schließlich stehen wir uns im Flur der Wohnung wieder gegenüber.

»Und was nun?«, fragt sie und mustert mich mit hochgezogenen Augenbrauen.

»Wo ist meine Tochter?«, wiederhole ich meine Frage mit Nachdruck.

In einer gespielt verzweifelten Geste hebt sie die Hände. »Ich kann mich nur wiederholen. Ich habe keine Ahnung, was du von mir willst.«

»Du lügst. Du weißt es ganz genau.«

»Weißt du was? Ich werde jetzt die Polizei verständigen. Die sollen dich abholen. Du bist eine Gefahr für die Öffentlichkeit und gehörst in die Klapse.« Sie lässt den Zeigefinger neben ihrer Schläfe kreisen und dreht sich von mir weg.

»Mach ruhig«, sage ich zu ihrem Rücken. »Ich habe einiges zu erzählen. Du wirst allerdings nicht gut dabei wegkommen. Und Katja …« ich seufze betont theatralisch »wird wohl für lange Zeit, wenn nicht sogar bis an ihr Lebensende, hinter Gitter wandern.«

45

Sonja friert mitten in der Bewegung ein. Dann dreht sie sich wie in Zeitlupe um. Mit leiser Genugtuung registriere ich, dass sie nicht mehr ganz so selbstsicher ausschaut. »Was willst du damit sagen?«, zischt sie.

»Ich weiß über alles Bescheid«, antworte ich. »Mir fehlen nur noch ein paar Zusammenhänge.«

»Geht es vielleicht etwas konkreter?«

»Du bist mit Mark und Katja befreundet. Ich vermute, du warst es auch, die die beiden auf mich aufmerksam gemacht hat. Hast du mir deshalb geraten, mich in diesem Dating-Portal anzumelden?«

Sonja sagt nichts, ihre Miene jedoch sagt alles. Ich liege richtig mit meinen Vermutungen.

»Es muss euch wie eine Fügung des Schicksals vorgekommen sein, auf jemanden wie mich zu treffen. Sogar der Name passte. Doch dann hat Mark kalte Füße bekommen und wollte nicht mehr mitmachen. Deshalb musste er sterben. Und an dem Punkt kommst du ins Spiel. Ich habe mich ehrlich gesagt ein bisschen über deinen Sinneswandel gewundert. Plötzlich warst du bereit, mich zu unserem Bungalow zu fahren. Aber zu dem Zeitpunkt konnte ich nicht wissen, dass ihr mir den Mord an Mark in die Schuhe schieben wolltet.«

»Ich habe nicht die geringste Ahnung, wovon du sprichst«, beharrt Sonja. Aus ihrem Gesicht ist jegliche Farbe gewichen und ich sehe Angst in ihren Augen aufflackern.

»Wolltet ihr beide zusammen nach Norwegen? Du und Katja? Hat sie Mark mit dir betrogen? Musste er deshalb sterben? Seid ihr ein Paar?«

Ihr »Nein, natürlich sind wir kein Paar«, kommt wie aus der Pistole geschossen.

»Ach nein? Was seid ihr dann?« Ich lächele Sonja spöttisch an. Ihr schießt die Röte ins Gesicht. Sie wirft mir einen vernichtenden Blick zu, als wäre ich schuld daran, dass sie sich verraten hat.

»Wir wollten zu dritt nach Norwegen. Mark sollte später nachkommen. Wir haben uns alle wunderbar verstanden. Unsere Liebe zu Katja hat uns verbunden.«

»Mir kommen gleich die Tränen vor lauter Rührung«, sage ich und wiederhole meine Frage. »Wo ist meine Tochter?«

»Katja wird jeden Moment hier auftauchen, dann kannst du sie ja fragen«, gibt sie mir zur Antwort.

»Ich schlage dir einen Deal vor«, sage ich. »Du verrätst mir, wo Charlotte ist und«, hier mache ich eine Pause, um meinen nächsten Worten ein größeres Gewicht zu verleihen, »du gibst mir ein Alibi für die Zeit, in der Katja Mark ermordet hat. Du weißt, dass ich ihn nicht umgebracht habe. Dann, und nur dann werde ich die Rolle, die du bei der Geschichte gespielt hast, für mich behalten.«

Sonja bricht in Gelächter aus, das zu laut ist und gezwungen klingt. »Das kannst du vergessen. Ich liefere Katja nicht ans Messer.«

»Okay«, sage ich. »Dann bleibt mir keine Wahl mehr, als die Polizei zu informieren und meine Version der Geschehnisse zu erzählen.«

Ich weiß, ich pokere hoch. Wenn Sonja stur bleibt, steht

mein Wort gegen ihres. Aber das Risiko muss ich eingehen, wenn ich meine Tochter finden will. Ich zücke mein Handy und aktiviere es. Für den Bruchteil einer Sekunde habe ich Sonja aus den Augen gelassen und nehme gerade noch eine Bewegung und einen Lufthauch wahr. Da hat sich Sonja auch schon auf mich gestürzt. Der Aufprall ist so heftig, dass wir beide zu Boden gehen. Das Handy rutscht mir aus der Hand und schlittert gegen die Fußleiste. Mit dem Hinterkopf pralle ich so hart auf den Boden, dass es mir sekundenlang die Luft abschnürt.

Sonja liegt mit ihrem ganzen Gewicht auf mir, sodass ich mich kaum bewegen kann. Ihr Gesicht ist dicht vor mir, es verschwimmt vor meinen Augen zu einem undeutlichen Oval und ihr Atem streicht warm über meine Wangen. Sie bleckt die Zähne, als wolle sie mich beißen. Ich hebe schützend die Arme. Ein Fehler, wie mir sofort klar wird. Sie entreißt mir die Waffe und richtet sich erstaunlich flink wieder auf. Breitbeinig stellt sie sich über mich und drückt mir den Lauf auf die Stirn. Ihr Atem geht schwer.

»Wenn du abdrückst, wirst du das gesamte Haus aufwecken«, keuche ich und versuche, mir meine Angst nicht anmerken zu lassen. »Und mein Tod wird dir Katja auch nicht zurückbringen.«

Zu meiner Überraschung füllen sich Sonjas Augen mit Tränen. »Was hast du mit ihr gemacht?«.

»Nichts«, behaupte ich und rappele mich hastig vom Boden auf.

»Ich glaube dir nicht«, zischt sie und fixiert mich mit zusammengekniffenen Augen. »Ich weiß, dass sie dich treffen wollte. Seitdem habe ich nichts mehr von ihr gehört.«

»Was wollte sie von mir?«

»Keine Ahnung.« Sonja zuckt mit den Schultern.

»Ich habe Katja, ich weiß nicht wie lange nicht mehr gesehen«, lüge ich.

»Und wieso trägst du dann ihren Pulli?«

»Ihren Pulli?« Ich heuchele Unverständnis. »Den habe ich seit Jahren. Den hat mir meine Mutter geschenkt.«

Bevor sie etwas erwidern kann, sage ich: »Vielleicht ist sie ohne dich nach Norwegen abgehauen.«

»Das würde sie niemals tun«, behauptet Sonja. Doch in ihrer Stimme schwingt ein unsicherer Unterton mit. »Wir sind seit dem Sandkasten befreundet. Wir sind wie Schwestern, mehr noch, wir sind Seelenverwandte. Ich bin der wichtigste Mensch in ihrem Leben.«

Das glaubst auch nur du, denke ich. »Und warum kommt sie dann nicht?« Wie es aussieht, hat Katja ihre Freundin nicht in ihren Plan eingeweiht, mich ebenfalls aus dem Weg zu räumen.

»Das weiß ich nicht«, schreit Sonja.

»Ruf sie an«, fordere ich sie auf. »Frag sie, wo sie bleibt.«

Sonja runzelt die Stirn, als würde sie ernsthaft über meinen Vorschlag nachdenken, und zieht tatsächlich das Handy aus der Seitentasche ihrer Hose. Ihre Augen lassen mich keine Sekunde los. Es fällt mir schwer, ihrem Blick standzuhalten. Ich fürchte, sie könnte in meinen Augen lesen, wie schuldig ich mich fühle.

Sonja aktiviert das Gerät und tippt etwas umständlich mit dem Zeigefinger der Hand, in der sie die Waffe hält, auf die Oberfläche. Dann hebt sie das Telefon ans Ohr, ihr Blick ist nach wie vor fest auf mich gerichtet. Ich schätze, sie hat Angst, dass ich sie angreife, um ihr die Waffe wieder abzunehmen. Aber das habe ich nicht vor. Ich brauche sie auf meiner Seite. Nach einer Weile lässt Sonja das Handy sinken und steckt es wortlos wieder weg.

»Was ist?«, frage ich, obwohl ich auch ohne ihren enttäuschten Gesichtsausdruck weiß, was Sache ist.

»Vorrübergehend nicht erreichbar«, murmelt sie. »So geht das schon seit Stunden.« Beinahe tut sie mir leid in ihrer Verzweiflung. Ich sage nichts, ich will sie nicht weiter bedrängen. Sie muss von selbst auf die Idee kommen.

»Gilt dein Angebot noch?«, fragt sie nach einer Weile.

»Ja, natürlich«, antworte ich schnell und atme innerlich auf.

»Wer sagt, dass ich dir trauen kann?«

»Das kannst du. Ich will nur meine Tochter wiederhaben. Mehr nicht.«

Sie wirft mir einen misstrauischen Blick zu. »Ich behalte die Waffe.«

»Kein Problem«, sage ich. Es gefällt mir zwar nicht, aber ich muss alles tun, um sie in Sicherheit zu wiegen.

»Ich weiß, wo Charlotte ist«, gibt sie endlich zu.

46

Es ist bereits weit nach Mitternacht, als wir die Stadt hinter uns lassen und die Ausfahrt zur Autobahn nehmen. Zwischenzeitlich habe ich erfahren, dass Katja Charlotte zu ihrer Mutter nach Rendsburg in Schleswig-Holstein gebracht hat, und wir sind auf dem Weg dahin. Laut dem Navi dauert die schnellste Route etwas über vier Stunden. Sonja hat darauf bestanden, dass ich fahre. Sie sitzt stumm neben mir, die Waffe liegt auf ihrem Schoß, die rechte Hand krümmt sich wie schützend darüber. Sie wird keinen Gebrauch davon machen, solange wir zusammen in ihrem Auto unterwegs sind. Das wäre reiner Selbstmord.

»Denkst du, Katja hat mich all die Jahre nur benutzt?«, fragt sie unvermittelt.

»Das kann ich dir nicht sagen«, antworte ich und werfe ihr einen schnellen Blick zu. Ihr Profil ist verschlossen, sie sieht starr geradeaus, als wäre sie vollkommen in ihrer Gedankenwelt versunken.

»Ich habe ihr von Anfang an gesagt, dass es nicht gut gehen kann. Aber sie war regelrecht besessen von der Idee, nachdem ich ihr von dir erzählt habe. Und Mark …«, sie lacht ein unfrohes Lachen, »der hätte alles dafür getan, dass Katja glücklich ist.« Sie wendet sich mir zu. »Es war nie geplant, dass du …« Sie bricht ab, lässt den Satz unbeendet zwischen uns hängen.

Ich weiß auch so, was sie sagen wollte. Vielleicht war sie

wirklich nicht eingeweiht, Katja und Mark jedoch haben meinen Tod von Anfang an geplant, allerdings jeder von ihnen auf eine andere Art und Weise. Genau das hat sie wohl letztendlich auch entzweit und Mark das Leben gekostet.

Sonja wirkt niedergeschlagen. Sie scheint mir nur noch ein Schatten ihrer selbst zu sein. Jetzt würde ich ihr die Waffe doch gerne abnehmen, aber das wage ich nicht. Katjas *Verrat* hat sie offensichtlich so verletzt, dass ihre Stimmung jederzeit kippen und sich gegen mich richten kann. Ich setze den Blinker und überhole ein Fahrzeug, das mit sechzig über die Autobahn schleicht, und gebe Gas. Je schneller wir an unserem Ziel ankommen, desto besser.

»Mark sollte dich wegen deiner Tablettensucht verlassen und Charlotte ihm zugesprochen werden. Das haben die beiden mir jedenfalls erzählt«, sagt Sonja, als hätte sie meine Gedanken gelesen.

»Dann haben sie dich belogen«, sage ich.

Sonja nimmt das schweigend zur Kenntnis.

Meine Augen beginnen zu brennen. Obwohl die Autobahn recht leer ist und wir gut vorankommen, strengt mich das Fahren in der Dunkelheit sehr an. Ich bin es nicht mehr gewohnt, so lange Strecken zu fahren.

»Glaub mir, ich war schockiert, als ich erfahren habe, was passiert ist«, sagt sie nach einer Weile.

»Du hättest zur Polizei gehen und die Wahrheit erzählen können.« Die Bemerkung kann ich mir nicht verkneifen. Sonja lässt sie unkommentiert stehen.

»Weißt du, Katja hat mir das Leben gerettet. Ich wäre ertrunken, wenn sie nicht in den Weiher gesprungen wäre und mich rausgezogen hätte. Ich war acht und sie zehn Jahre alt. Danach waren wir unzertrennlich. Wir haben sogar ganz feierlich *Blutsbrüderschaft* geschlossen.« Sie lacht. Es klingt schmerzlich. »Wie Winnetou und Old Shatterhand. Wir waren beide damals riesige Fans von den beiden.«

Ich lasse sie reden und höre nur noch mit halbem Ohr zu. Meine Gedanken wandern ab. Bald, sehr bald werde ich meinen kleinen Liebling in die Arme schließen und nie, nie wieder loslassen. Die Vorstellung zaubert mir ein Lächeln ins Gesicht. Doch gleichzeitig bedrängen mich düstere Überlegungen. Wie soll es weitergehen, wenn ich meine Tochter wieder bei mir habe? An dem Punkt steigt mein Verstand einfach aus. Als wäre da eine Schranke, die zu fest angezogen ist, um sie öffnen zu können. Selbst wenn ich beweisen kann, dass ich Mark nicht getötet habe, bin ich dennoch eine Mörderin. Ich habe Katja erschossen und ihre Leiche verscharrt, mit Notwehr werde ich nicht durchkommen. Das kauft mir keiner ab. Rasch schiebe ich die unguten Gedanken beiseite und konzentriere mich auf den Verkehr. Darüber, wie es weitergehen soll, kann ich mir immer noch den Kopf zerbrechen.

Sonja hat ihren Monolog beendet und die Augen geschlossen. Ob sie schläft? Mit einem schnellen Seitenblick stelle ich fest, dass die Waffe nicht mehr auf ihrem Schoß liegt. Sie muss sie, ohne dass ich es bemerkt habe, weggepackt haben, vermutlich in die Tasche, die sie im Fußraum zwischen ihren Waden platziert hat. Es beruhigt mich ein wenig, dass sie nicht mehr in griffbereiter Nähe ist.

Schweigend fahren wir durch die Nacht. Die Autobahn ist so gut wie leer. Die Scheinwerfer unseres Wagens schneiden helle Lichtkegel in die Dunkelheit. Das Stück Himmel, das sich vor der Frontscheibe zeigt, ist tiefschwarz und sternenlos. Meine Augenlider werden immer schwerer. Die Strapazen der letzten Tage machen sich bemerkbar. Ich bin todmüde. Nur der Gedanke an meine Tochter hält mich noch wach.

»Wir sind bald da«, sagt Sonja, nachdem die Navi-Stimme verkündet hat, dass wir bei der nächsten Ausfahrt die Autobahn verlassen sollen.

»Gott sei Dank«, sage ich und füge hinzu. »Auf dem Rückweg wirst du fahren müssen. Ich bin total groggy. Das schaffe ich nicht mehr.«

»Kein Problem.« Sonja klingt so teilnahmslos, dass ich stutzig werde.

»Alles in Ordnung mit dir?« Ich mustere sie von der Seite.

»Ja, ja«, sagt sie. »Ich überlege nur, wie ich Hanna, so heißt Katjas Mutter, erklären soll, warum ich ohne ihre Tochter bei ihr auftauche.«

»Meinst du, sie wird Schwierigkeiten machen?«, frage ich erschrocken.

»Kann schon sein.« Sonja zuckt mit den Schultern. »Ich denke, es ist besser, wenn du im Auto auf mich wartest.«

»Auf gar keinen Fall«, widerspreche ich heftig.

»Wie stellst du dir das vor? Wenn du mitkommst, wirft das nur Fragen auf. Ich kann dich schlecht als Charlottes Mutter vorstellen, die jetzt ihr Kind einfordert.«

»Ist Katjas Mutter denn nicht eingeweiht?«

»Nein. Sie glaubt, dass Charlotte das Kind von Mark und ihrer Tochter ist. Katja hat ihre Mutter gebeten, ein paar Tage auf die Kleine aufzupassen, damit sie mit Mark in Ruhe den Umzug nach Norwegen vorbereiten kann. Sie weiß vermutlich auch nicht, dass Mark tot ist.«

»Wir könnten ihr die Wahrheit sagen«, schlage ich vor.

Sonja schnauft. »Sie wird uns kein Wort glauben. Katja ist ihre einzige Tochter. Hanna vergöttert sie.«

Wir erreichen eine Ortschaft und ich gehe vom Gas runter. Der Morgen beginnt zu dämmern. Das frühe Licht verwischt die Konturen der kleinen Backsteinhäuser, die sich aneinanderreihen wie Perlen einer Kette. Im Lichtkegel der Straßenbeleuchtung steigt Dunst von dem nachtfeuchten Asphalt hoch.

Vielleicht ist jetzt der Punkt erreicht, wo ich die Polizei einschalten sollte, denke ich.

»Da vorne musst du rechts abbiegen. Das zweite Haus auf der linken Seite ist es«, sagt Sonja.

Ich parke auf der gegenüberliegenden Straßenseite. »Vielleicht sollte ich jetzt doch die Polizei einschalten«, spreche ich meinen Gedanken laut aus.

»Und wenn Charlotte gar nicht bei Hanna ist?«, gibt Sonja zu bedenken.

»Wo könnte sie denn sonst sein?«, frage ich erschrocken.

»Bei Katja. Sie könnte uns zuvorgekommen sein.« Sonja wirft mir einen Blick zu, den ich nicht recht deuten kann. »Ich gehe. Du bleibst hier«, sagt sie in einem Tonfall, der keine Widerrede duldet.

Ich will protestieren, aber Sonja lässt mich nicht zu Wort kommen. »Wenn sie bei Hanna ist, werde ich sagen, dass Katja verhindert ist und sie mich gebeten hat, Charlotte abzuholen. Mir wird sie glauben. Sie kennt mich.«

»Okay.« Notgedrungen füge ich mich.

Sonja nimmt ihre Tasche aus dem Fußraum und steigt aus. Sie überquert die schmale Straße, öffnet das Gartentor und verschwindet hinter den Büschen im Vorgarten. Ich kurbele das Seitenfenster herunter. Kühle Luft dringt in den Innenraum und ich ziehe fröstelnd die Schultern hoch. Nach einigen Minuten wehen helle Stimmen an mein Ohr. Ich erkenne Sonja, aber ich verstehe nichts von dem, was gesprochen wird. Mein Herzschlag beschleunigt sich. Gleich habe ich meine Tochter wieder. Die Vorfreude treibt mir Tränen in die Augen.

Im Osten färbt sich der Himmel purpurfarben. Ein neuer Tag beginnt und er hat gute Chancen, zum glücklichsten Tag meines Lebens zu werden. Ich werfe einen ungeduldigen Blick auf die Uhr. Sonja ist gerade mal fünf Minuten weg. Es kommt mir wie eine Ewigkeit vor. Ich reibe meine kalten Hände gegeneinander, um sie zu wärmen, und zappele nervös auf dem Sitz herum. Warum dauert das so lange?

47

Nach einer halben Stunde halte ich es nicht mehr länger aus. Ich verlasse das Auto, eile durch den Vorgarten auf die Haustür zu und vergewissere mich, dass auf dem Klingelschild der Name *Hanna Schneider* steht. Meine Befürchtung, Sonja könnte mich hereingelegt haben, bestätigt sich zum Glück nicht. Ich klingele. In der Frau, die mir in einen hellblauen Frotteebademantel gehüllt öffnet, erkenne ich auf den ersten Blick Katjas Mutter. Die Ähnlichkeit ist so frappierend, dass ich mich ein heißer Schreck durchfährt.

»Ja, bitte?« Sie mustert mich fragend.

»Ist Sonja bei Ihnen?«, stottere ich.

»Sie ist schon wieder weg«, antwortet Katjas Mutter freundlich, ohne sich anmerken zu lassen, ob sie meine Frage verwundert hat.

»Hat sie Charlotte mitgenommen?« Ich könnte mich ohrfeigen für meine Gutgläubigkeit.

Nun runzelt die Frau irritiert die Stirn. »Darf ich fragen, wer Sie sind?«

»Eine Freundin von Sonja. Ich sollte sie hier abholen. Ich bin mit dem Wagen da.« Meine Stimme vibriert vor Angst. »Ich habe sie nicht aus dem Haus kommen sehen.«

»Sie ist hinten raus. Da ist man schneller am Bahnhof. Ich hätte sie gefahren. Aber sie wollte mit dem Buggy lieber zu Fuß los. Bis der im Wagen verstaut ist, bin ich schon zweimal dort, meinte sie. Sie hatte es ziemlich eilig. Ich habe mich auch etwas gewundert, aber …«

»Wie komme ich zum Bahnhof?«, unterbreche ich ihren Redeschwall. Am liebsten würde ich die Worte aus ihr herausschütteln. Ich kann mich nur mühsam beherrschen, sie nicht anzuschreien, als sie mir lang und ausschweifend den Weg dorthin erklärt.

Kaum, dass sie geendet hat, rase ich, ohne mich zu verabschieden, zum Auto zurück. Mit zittrigen Fingern starte ich den Motor. Als ich am Bahnhof ankomme, habe ich drei rote Ampeln ignoriert und um ein Haar eine schwarze Katze überfahren. Ich parke direkt vor dem Eingang und stürze in die Bahnhofshalle. Alles in mir ist Aufruhr. Was hat Sonja vor? Wo will sie mit Charlotte hin?

Es gibt nur vier Gleise, stelle ich fest. Auf Gleis 1 wird in wenigen Minuten der Zug nach Hamburg erwartet, der eine halbe Stunde Verspätung hat. Der angekündigte Zug auf Gleis 2 fährt nach Kiel. Ich sprinte die Treppen hoch, indem ich immer zwei Stufen auf einmal nehme. Außer Atem komme ich oben an. Es sind nur wenig Wartende auf dem Bahnsteig. Sonja kann ich nirgendwo entdecken. Wo ist sie, verdammt? Habe ich sie verpasst? Ich ringe nach Luft. Auf dem gegenüberliegenden Bahnsteig fährt auf Gleis 4 ein Zug ein. Ich erhasche einen Blick auf eine Frau in einer roten Jacke, die ein schreiendes Kind auf dem Arm trägt und einen Buggy vor sich herschiebt. Das ist sie!

Ich mache kehrt und hetze die Stufen wieder hinunter. Die Bodenfliesen in der Eingangshalle sind so glatt, dass ich ausrutsche und hinknalle. Mit zusammengebissen Zähnen rappele ich mich hoch und humpele weiter, so schnell ich kann. Ich schaffe es, auf die Einstiegsstufe zum letzten Waggon zu springen, und stolpere zeitgleich mit dem Pfiff zur

Abfahrt ins Zuginnere. Hinter mir schließt sich die Tür mit einem lauten Klacken.

Mit gebeugtem Oberkörper verharre ich, während der Zug langsam an Fahrt gewinnt. Meine Knie senden spitze Schmerzpfeile durch meinen Körper und meine Bronchien geben ungesund klingende, pfeifende Geräusche von sich. Schwer atmend richte ich mich auf. Die Tür zum Großabteil öffnet sich automatisch. Ich gehe durch den Gang und spähe nach links und rechts. Keine Sonja. Auch im nächsten Abteil finde ich sie nicht. Ob sie mich gesehen hat und sich vor mir versteckt? Die Toiletten, an denen ich vorbeikomme, signalisieren, dass sie frei sind. Dennoch schaue ich vorsichtshalber in jede hinein. Aber auch da ist sie nicht.

Eine männliche Lautsprecherstimme kündigt den nächsten Halt an. Der Zug verlangsamt seine Fahrt. Und da entdecke ich Sonja endlich. Sie steht hinter der Plexiglastür am Ende des Abteils, das ich durchsuche. Ihre brandrote Jacke ist ein wahrer Blickfang. Sie umklammert den Griff des Buggys, in dem ein Kind sitzt. Charlotte! Sie ist es. Mein Herz macht einen Freudensprung. Nun ist auch der letzte Zweifel beseitigt. Mein Mädchen lebt. Ein nie gekanntes Glücksgefühl durchströmt mich wie eine prickelnde Woge.

Unvermittelt dreht Sonja den Kopf in meine Richtung, als würde sie meine Nähe spüren. Für einen Moment treffen sich unsere Blicke. Sie wendet sich abrupt ab und schiebt den Kinderwagen Richtung Ausstieg. Ich setze mich genau in dem Augenblick in Bewegung, als der Zug ruckartig stoppt, und verliere das Gleichgewicht. Ich stolpere nach vorne, hinein in die weiche Masse eines Fahrgastes, der sich unerwartet von rechts in den Gang vor mich schiebt.

»Immer mit der Ruhe, junge Frau, Sie kommen schon noch rechtzeitig raus. Der Zug steht hier einige Minuten«, brummt er gutmütig und stiefelt in aller Seelenruhe vor mir her. An ihm vorbeiquetschen geht nicht. Er ist so voluminös, dass er die gesamte Breite des Gangs einnimmt.

Zitternd vor Angst und Aufregung folge ich ihm dicht auf den Fersen. Ganz Gentleman lässt er mir an der Ausstiegstür den Vortritt. Ich werfe ihm ein flüchtiges »Dankeschön« zu und springe aus dem Waggon. Mein Blick fliegt über den Bahnsteig. Er ist leer. Nur der dicke Mann, der hinter mir ausgestiegen ist, geht laut schnaufend an mir vorbei. Sonja kann ich nirgendwo entdecken.

48

Erst als sich hinter mir der Zug ratternd in Bewegung setzt, komme ich auf die Idee, dass Sonja vielleicht wieder eingestiegen sein könnte. Mir wird schlecht. Wenn ich sie verloren habe, ist die Chance, sie und mein Kind ohne Hilfe wiederzufinden gleich null.

Du musst zur Polizei! Sofort. Vielleicht können sie den Zug stoppen oder sonst irgendetwas unternehmen.

Panisch renne ich dem Mann hinterher. Vielleicht weiß er, wo ich in dem Ort hier das Polizeirevier finde.

»Warten Sie«, rufe ich laut und füge schnell ein »Bitte« hinzu.

Er reagiert nicht. Wahrscheinlich ist er schwerhörig. Aber für seine Masse bewegt er sich erstaunlich flink. Auf der Straße hole ich ihn endlich ein und greife nach seinem Arm. Er fährt herum und schaut mich erstaunt an. Dann huscht ein Ausdruck des Erkennens über sein Gesicht. »Ach, Sie sind's. Was …«

Ich lasse ihn mitten im Satz stehen und stürme los. Weiter vorne habe ich etwas Rotes aufblitzen sehen. Dann ist Sonja mit dem Buggy bereits um die Ecke gebogen. Den netten Backsteinhäuschen mit ihren gepflegten Vorgärten, die die kleine Straße säumen, schenke ich keine Beachtung. Ich lege einen Spurt hin, als ginge es um mein Leben. Ich habe keine Vorstellung davon, was Sonja vorhat, aber eine Ahnung sagt mir, dass es nichts Gutes sein kann. Als ich keuchend um die Straßenecke biege, ist sie verschwunden. Wie vom Erdboden verschluckt. Ich nehme mein Tempo etwas zurück und laufe suchend an den Einfamilienhäusern vorbei. Sie gleichen sich wie ein Ei dem anderen. Sogar die Gärten sehen fast alle gleich aus.

Die Straße beschreibt einen Bogen und ich sehe den Buggy verwaist mitten auf dem Bürgersteig stehen. Sonja entdecke ich einige hundert Meter von mir entfernt. Sie rennt mit Charlotte auf dem Arm davon. Ich hetze hinterher. Die Häuserreihen lichten sich und die Straße wird nun von hohen Bäumen gesäumt. Ich komme Sonja immer näher, bin jedoch am Ende meiner Kräfte, statt schneller werde ich immer langsamer.

Du darfst nicht aufgeben. Gleich hast du sie eingeholt. Halte durch, feuere ich mich selbst an.

Meine Lunge brennt und meine Muskeln schreien vor Schmerz. Mit letzter Kraft haste ich weiter und hole auf. Sonja steuert mit schnellen Schritten auf eine schmale Fußgängerbrücke zu, die über einen Fluss führt. Ich bin jetzt dicht hinter ihr. Sie ist zum Greifen nah. Unvermittelt stoppt sie und dreht sich um.

»Keinen Schritt weiter«, keucht sie.

Sie hält Charlotte wie einen Schutzschild vor ihren Körper. Meine arme kleine Maus zappelt und weint herzzerreißend. Am liebsten würde ich mich auf Sonja stürzen und ihr mein Kind entreißen. Mühsam beherrsche ich mich. Sonja ist im Besitz einer Waffe und ich kann nicht einschätzen, wozu sie fähig ist. Ich darf kein Risiko eingehen, auch wenn das verzweifelte Weinen meines Kindes mir durch und durch geht. Ihr kleines Gesicht ist verzerrt und schon ganz rot. Mir kommen die Tränen. »Bitte, Sonja«, schluchze ich. »Gib mir mein Kind zurück. Bitte!«

»Nein«, sagt sie kalt.

»Warum tust du mir das an?« Tränen strömen über meine Wangen, ich wische mit beiden Händen darüber.

»Was hast du mit Katja gemacht?«

Mir schießt das Blut heiß ins Gesicht. Für Sekunden verschlägt es mir die Sprache.

»Wusste ich es doch.« Es klingt fast triumphierend, wie sie das sagt. »Du hast sie umgebracht.«

»Nein, das ist nicht wahr«, sage ich schnell. »Ich habe Katja kein Haar gekrümmt.«

»Spar dir deine Lügen«, sagt sie kalt.

»Ich lüge nicht«, lüge ich mit fester Stimme.

»Katja wäre nie ohne mich gegangen«, fährt sie fort und hebt die schreiende Charlotte, die in einem rosafarbenen Overall steckt, hoch in ihre Arme. Die feinen blonden Haare kleben meinem Mädchen verschwitzt am Köpfchen und sie bekommt kaum noch Luft vor lauter Weinen. Ich mache einen Schritt nach vorne.

»Mach jetzt keinen Fehler«, sagt Sonja sofort. »Du willst doch nicht, dass deinem kleinen Schatz hier etwas Schlimmes passiert?«

Ich schüttele stumm den Kopf, bestehe nur noch aus Panik. Sonja gibt, ohne mich aus den Augen zu lassen, tröstende Laute von sich und streicht Charlotte beruhigend über das Köpfchen. Tatsächlich wird ihr Weinen leiser, weicht kaum hörbaren Schluchzern und verstummt schließlich.

»Wo waren wir stehen geblieben?«, fragt Sonja so nüchtern, als wären wir in einer geschäftlichen Besprechung, und gibt sich gleich selbst die Antwort. »Katja hätte mich nie zurückgelassen. Auf Mark konnte sie verzichten, auf mich aber nicht.«

»Wieso bist du dir da so sicher?«, frage ich.

»Wir zwei waren eins. Von Anfang an. Eine konnte nicht ohne die andere sein. Da unten am Ufer der Eider«, sie nickt irgendwohin, »haben wir uns immer nach der Schule getroffen und uns ewige Verbundenheit geschworen.«

Pubertäre Mädchenfantasien. Das denke ich jedoch nur und sage stattdessen »Wo ist sie dann?«

Sonja Gesichtszüge verhärten. »Das frage ich dich«, zischt sie.

»Glaub mir doch, ich weiß es nicht«, beteuere ich.

»Du hast sie erschossen.«

Mir bleibt fast das Herz stehen vor Schreck, woher kann Sonja das wissen?

Das war ein Schuss ins Blaue, suggeriert mir mein Verstand.

»Ich kann mich nur wiederholen«, sage ich und hoffe, dass meine Stimme gefestigter klingt, als ich mich fühle. »Ich habe Katja nicht umgebracht.«

»Und woher hast du die Pistole?«

Sie verzieht die Lippen zu einem triumphierenden Lächeln.

»Die gehörte meinem«, ich zögere, »Onkel. Das ist ein Erbstück.«

Sonja schnaubt ein hämisches Lachen.

Charlotte hat ihr Köpfchen auf Sonjas Schulter geschmiegt und gibt schnüffelnde Laute von sich.

»Wir haben einige von Marks Konten leergeräumt. Das Geld für unseren Neustart liegt im Kofferraum meines Autos. Schon allein aus dem Grund wäre Katja niemals ohne mich abgehauen.«

Ich höre Sonja nur noch mit halbem Ohr zu. Hinter ihr betreten eine Frau und ein Mann die Brücke. Mein Herzschlag beschleunigt sich. Noch nehmen sie keine Notiz von uns. Den Gesten der Frau nach zu urteilen, sind sie in ein angeregtes Gespräch oder einen Streit vertieft. Sie könnten meine Rettung sein. Zu spät löse ich meinen Blick von den beiden. Sonja stutzt, unterbricht sich mitten im Satz und dreht sich halb um.

»Hilfe! Bitte helfen Sie mir«, schreie ich. »Die Frau hat mein Kind entführt.«

Die beiden bleiben abrupt stehen. Sonja wendet sich wieder mir zu. Fassungslos registriere ich, dass das Paar auf der Stelle kehrtmacht und davoneilt.

»Du hast mir das Liebste genommen«, sagt Sonja.

Ihre Stimme klingt so traurig, dass ich nicht realisiere, was sie vorhat. Sie nimmt Charlotte hoch, drückt ihr einen Kuss auf die Stirn und sagt mit sanfter Stimme »Lebwohl, Kleines.«

Für den Bruchteil einer Sekunde gebe ich mich der Hoffnung hin, dass sie mir meine Tochter geben wird, und strecke die Arme nach ihr aus. Sonja hält meinem flehenden Blick stand und lacht ein freudlos klingendes Lachen.

Dann geschieht das Unfassbare. Sie hebt mein kleines Mädchen wie eine Puppe hoch und beugt sich mit ihr weit über das Geländer der Brücke. Charlotte quietscht vor Vergnügen, als Sonja sie sacht hin- und herschaukeln lässt.

49

Es geht alles rasend schnell. So schnell, dass mein Verstand keine Gelegenheit hat, zu protestieren und auf die möglichen Gefahren hinzuweisen. Ich weiß, bevor es geschieht, was Sonja tun wird.

Ich schreie »Nein« und schwinge mich, ohne nachzudenken, über das Brückenländer.

Aus den Augenwinkeln registriere ich neben mir den kleinen Körper. Das Eintauchen in das kalte Flusswasser ist wie ein Schock. Ich reiße die Augen auf, sehe braune Schwebeteilchen im aufgewirbelten Wasser um mich herum und schieße zurück an die Oberfläche. Keuchend schnappe ich nach Luft und drehe mich mit den Händen paddelnd um die eigene Achse. Wo ist Charlotte? Wo ist mein Kind? Die Panik pumpt noch mehr Adrenalin durch meine Blutbahnen.

Mein Blick fliegt über den Fluss. Nur eine Armlänge von mir entfernt entdecke ich sie. Ich strecke die Arme nach ihr aus. Doch die Strömung treibt sie fort von mir. Oh Gott, bitte nicht, sie wird gleich untergehen. Ich schwimme auf sie zu. Aufgeregte Stimmen wehen über den Fluss zu mir herüber. Ein lautes Platschen dringt zu mir durch, als wäre jemand ins Wasser gesprungen. Automatisch drehe ich meinen Kopf in die Richtung, aus der das Geräusch gekommen ist. Da rechts ist ein Steg am Ufer. Von dort ist jemand in den Fluss gesprungen und schwimmt einen Rettungsring vor sich herschiebend mit kräftigen Schwimmstößen auf Charlotte zu. Es ist ein Mann. Jetzt ist er bei ihr und hebt sie aus dem Wasser. Ihr lauter Protest klingt wie Musik in meinen Ohren. Sie ist gerettet. In Sicherheit.

Auf einen Schlag fällt jede Anspannung von mir ab. Die aufpeitschende Wirkung des Adrenalins lässt spürbar nach. Die mit Wasser vollgesogene Kleidung hängt nass und schwer an meinem Körper. Ich mache Schwimmbewegungen, um ans Ufer zu gelangen, aber ich bin zu schwach, ich gerate unter Wasser. Prustend komme ich wieder an die Oberfläche, und für einen Augenblick verliere ich die Orientierung, nehme nur noch Wasser um mich herum wahr. Wie durch einen Schleier sehe ich eine dunkle Linie. Das Ufer! Es scheint ganz nah und gleichzeitig unerreichbar fern. Wieder gehe ich unter. Etwas zieht mich in die Tiefe und meine Bewegungen werden immer kraftloser. Mir fehlt die Kraft, um mich zurück an die Oberfläche zu kämpfen.

Mein kleines Mädchen lebt. Das ist mein letzter Gedanke, dann schwinden mir die Sinne.

50

Hustend und spuckend komme ich zu mir. Über mir hängt ein blassblauer Himmel durchwoben mit fedrigen Wolkenschlieren. Neben mir kniet ein unbekannter Mann mit Bart, der mich aus wachsamen dunklen Augen anblickt.

»Willkommen zurück«, sagt er und schenkt mir ein kleines Lächeln. Dann nimmt er die Hände von meinem Brustkorb. Sofort lässt der Druck nach und ich kann freier atmen.

Benommen richte ich mich auf. Mir tut alles weh. Jeder einzelne Muskel meines Körpers schreit vor Schmerz und meine Lunge brennt, als stünde sie in Flammen. Die Kleidung klebt nass an meinen Körper und ich zittere vor Kälte.

Was ist passiert? Wo bin ich? In meinem Gedächtnis gähnt ein Loch. Voller Panik sehe ich mich um. Ich sitze auf einer mit Gänseblümchen übersäten Wiese. Das leise Plätschern von Wasser dringt an mein Ohr. Ich wende den Kopf und starre auf den Fluss, auf dessen glatter Oberfläche sich die Sonnenstrahlen brechen. Über das Wasser spannt sich eine schmale Brücke. Schlagartig fällt mir alles wieder ein.

»Wo ist mein Kind?«, flüstere ich heiser und bekomme einen Hustenanfall.

»Ihrem Kind geht es den Umständen entsprechend gut«, sagt der Unbekannte mit sanfter Stimme.

Was heißt das: den Umständen entsprechend?

»Was ist mit ihr? Wo ist sie? Ich will zu meiner Tochter.

Sofort!« Ich mache Anstalten aufzuspringen, aber mich erfasst ein Schwindel, sodass ich wieder auf die Grasfläche zurücksinke.

»Keine Angst, Ihre Tochter lebt. Sie ist etwas unterkühlt, aber sonst geht es ihr gut. Ich bin Arzt, ich kann das beurteilen«, beruhigt er mich. »Meine Mutter ist sicherheitshalber sofort mit ihr nach Rendsburg ins Krankenhaus gefahren. Sie ist bei ihr in guten Händen«, versichert er und fügt hinzu: »Meine Mutter hat dort als Krankenschwester gearbeitet, bevor sie in Rente ging.« Offenbar hat er den Ausdruck in meinen Augen richtig als Misstrauen gedeutet.

»Fahren Sie mich auf der Stelle dorthin«, verlange ich ungewollt barsch und mache einen weiteren Versuch, auf die Beine zu kommen.

Er streckt mir seine Hand entgegen. Nach einem kurzen Zögern nehme ich sie und lasse mir von ihm hochhelfen. Er überragt mich um Kopfeslänge.

»Das mache ich sehr gerne«, antwortet er. Die Lachfältchen um seine Augen vertiefen sich. »Aber zunächst muss ich mir etwas Trockenes überziehen.« Er deutet auf seine Kleidung. »Und Sie sollten sich auch besser umziehen.«

Erst jetzt registriere ich, dass auch er klatschnass ist. Mir steigt die Schamröte ins Gesicht. Das ist der Mann, der mein Kind vorm Ertrinken gerettet und danach vermutlich auch mich aus den Fluten gezogen hat.

»Natürlich«, sage ich hastig und senke rot vor Verlegenheit den Blick. »Vielen Dank, dass Sie mein Kind und mich vorm Ertrinken gerettet haben.«

»Nichts zu danken. Das hätte jeder andere auch getan.«

Da bin ich mir nicht so sicher. Dennoch murmele ich ein zustimmendes »Ja, vermutlich«.

»Kommen Sie mit«, sagt er und marschiert los. »Vielleicht findet sich unter den Sachen meiner Mutter etwas Passendes für Sie.«

Ich stolpere hinter ihm her. Trotz der wärmenden Sonnenstrahlen friere ich erbärmlich. In meinen Schuhen steht das Wasser und ich bin bis auf die Unterwäsche nass. Über einen schmalen Pfad, der sich durch eine Reihe hochgewachsener Birken schlängelt, die leise im Wind raunen, gelangen wir in einen Garten. Der Duft von blühendem Flieder kitzelt in meiner Nase und um mich herum zwitschern die Vögel, als würden sie dafür bezahlt. Wir eilen über eine von Blumenbeeten gesäumte Wiese, dahinter, verdeckt von einer mächtigen Kastanie, duckt sich ein Backsteinhäuschen mit grün gestrichenen Fensterläden aus Holz, das schon etwas in die Jahre gekommen ist, aber dennoch ganz entzückend aussieht. Die Terrassentür steht weit offen. Die Bewohner scheinen keine Einbrecher zu fürchten. Idylle pur, denke ich und spüre einen Anflug von Neid.

»Warten Sie hier«, sagt mein Retter und verschwindet hinter einer Tür.

Mein Blick streift durch den Raum. Das Mobiliar wirkt abgenutzt, es hat bestimmt ebenso viele Jahre auf dem Buckel wie das Haus. Aber es sieht gemütlich aus. Rechts entdecke ich ein raumhohes mit Büchern vollgestopftes Regal. Auf dem Wohnzimmertisch steht eine Vase mit frisch gepflückten Wiesenblumen. Der Mann kommt mit einem bunten Stoffbündel auf dem Arm zurück.

»Das ist Ihnen vermutlich alles viel zu groß, aber es ist zumindest trocken. Dahinter«, er weist auf eine schmale Tür, »ist das Bad.«

»Danke«, sage ich und nehme ihm die Kleidung ab.

»Ich heiße Ludger«, sagt er.

»Rina«, entgegne ich.

»Unter anderen Bedingungen hätte ich jetzt gesagt, dass ich mich freue, Sie kennenzulernen.«

Ich merke, dass ich schon wieder rot werde, und verschwinde schnell ins Bad. In Windeseile schäle ich mich aus den nassen Klamotten und rubbele mit einem Handtuch meine Haare trocken. Die Jeans ist mir drei Nummern zu groß, aber mit meinem Gürtel hält sie sich um die Hüften, ohne runterzurutschen. In das bunt geringelte Shirt passe ich dreimal hinein, die Socken und Turnschuhe passen jedoch wie angegossen.

Kurze Zeit später sind wir in Ludgers Auto auf dem Weg ins Krankenhaus. Ich kann es kaum erwarten, mein kleines Mädchen in die Arme zu nehmen, und vibriere innerlich vor Aufregung. An das *Danach* möchte ich im Augenblick keinen Gedanken verschwenden.

»Willst du mir erzählen, was passiert ist?«, fragt Ludger unvermittelt. Wir haben uns mittlerweile auf das Du geeinigt. Ich fühle mich wohl in seiner Gegenwart, stelle ich überrascht fest. Er strahlt eine Ruhe aus, die mir ein Gefühl von Sicherheit vermittelt.

»Puh, das ist eine lange und sehr komplizierte Geschichte«, antworte ich.

Ludger räuspert sich. Als er weiterspricht, klingt seine Stimme belegt. »Von meiner Position auf dem Steg sah es aus, als hättest du das Kind in die Eider fallen lassen und seist dann hinterher gesprungen.«

Der Satz macht das gute Gefühl, das mich noch vor wenigen Sekunden ein wenig von innen wärmte, mit einem Schlag zunichte.

51

»Wolltest du dich und dein Kind umbringen?«

Ich ziehe hörbar die Luft ein. »Nein, natürlich nicht«, widerspreche ich heftig. Gleichzeitig kommt mir ein furchtbarer Verdacht. »Hast du niemanden außer mir auf der Brücke gesehen?«

Mit seinem »Nein« bestätigt Ludger meine Befürchtung.

»Da war noch eine andere Frau. Sie hat Charlotte entführt und ins Wasser geworfen. Ich bin hinterhergesprungen«, sage ich. Mein Mund ist plötzlich ganz ausgetrocknet. »Wahrscheinlich ist sie danach sofort geflüchtet. Aber es war ein Paar auf der Brücke. Die beiden können das bezeugen.«

»Auf der Brücke war zu dem Zeitpunkt niemand. Auch meine Mutter hat niemanden gesehen. Nur dich.«

Ich erstarre innerlich.

Es ist nicht vorbei.

Schnapp dir deine Tochter und sieh zu, dass du so schnell wie möglich aus Deutschland verschwindest.

Das ist der erste Gedanke, der mir durch den Kopf schießt. Und das scheint mir bei näherer Betrachtung das einzig Richtige zu sein. Sonja weiß nicht, wo ich ihren Wagen geparkt habe. Wenn ich Glück habe, steht er noch immer am Bahnhof in Rendsburg. Der Kofferraum ist voller Geld, vorausgesetzt, sie hat nicht gelogen. Unter normalen Umständen würde ich dieses Geld nicht anrühren, aber in diesem Fall bleibt mir keine andere Wahl. Ich muss an meine Tochter denken. Und dennoch kommt mir dieser Weg als der falsche vor.

»Das wird sich sicher klären lassen«, sage ich und hoffe, dass Ludger das Beben in meiner Stimme nicht bemerkt.

»Das hoffe ich sehr.« Es klingt, als meine er das ehrlich. »Die Polizei wird dich auf jeden Fall verhören wollen. Ich habe Bescheid gesagt, dass ich dich ins Krankenhaus fahre. Vermutlich erwarten sie dich dort bereits.«

»Okay«, sage ich betont ruhig. Dabei schlägt das Herz mir bis zum Hals.

Ludger wirft mir von der Seite einen forschenden Blick zu, ich schaue stur geradeaus, als würde ich das nicht bemerken. In meinem Kopf rattert es. Abhauen oder bleiben? Wenn ich fliehe, kommt das einem Schuldeingeständnis gleich. Wenn ich bleibe und das Paar von der Brücke nicht auffindbar ist, werden Ludger und seine Mutter aussagen, dass sie außer mir niemanden auf der Brücke gesehen haben. Was soll ich nur tun?

»Wir sind da«, sagt Ludger. Aber er macht keine Anstalten auszusteigen. »Du wirkst sehr angespannt. Willst du mir nicht doch erzählen, was passiert ist?«

»Wie weit ist es von hier zum Bahnhof?«, frage ich. Mir ist gerade klar geworden, dass Sonja sich denken kann, wo ich ihren Wagen geparkt habe. Und sie hat mit Sicherheit einen Ersatzschlüssel dabei. Wenn sie untertaucht, bin ich geliefert.

»Mit dem Auto dauert es ein paar Minuten«, sagt er. »Warum fragst du?«

»Es könnte sein, dass Sonja auf dem Weg dorthin ist.«

»Wer ist Sonja?«

»Die Frau auf der Brücke, die Charlotte ins Wasser geworfen hat.«

»Rina, ich …«

»Bitte«, unterbreche ich ihn. »Ich kann alles erklären. Aber lass uns zum Bahnhof fahren. Jetzt sofort! Bitte!«

Ludger zögert. Ich kann es ihm nicht verdenken. Er kennt mich kaum und er verdächtigt mich, das Leben meiner kleinen Tochter in Gefahr gebracht zu haben. Wahrscheinlich denkt er, ich will mich meiner Verantwortung entziehen und mich bei der ersten sich bietenden Gelegenheit auf und davon machen.

»Okay, dann gehe ich zu Fuß.« Ich mache Anstalten, die Tür zu öffnen, um auszusteigen.

»Warte.« Ludger packt meinen Oberarm und hält mich davon ab.

»Lass mich«, fauche ich und versuche, mich aus seinem festen Griff zu befreien.

»Ich fahre dich«, sagt er. »Arne, ein alter Schulfreund von mir, arbeitet bei der hiesigen Polizei. Ich rufe ihn an und bitte ihn, eine Streife zum Bahnhof zu schicken.«

»Okay«, erwidere ich.

Ludger startet den Wagen und ruft über die Freisprechanlage seinen Freund bei der Polizei an. Ich höre dem Gespräch nur mit halbem Ohr zu. Bisher habe ich mir noch keine Gedanken darüber gemacht, was ich der Polizei sagen werde. Ohne Sonjas Alibi werden sie mir Marks Tod anlasten. Sie ist meine einzige Chance, meine Unschuld zu beweisen. Ich schicke ein stummes Stoßgebet zum Himmel, dass sie am Bahnhof auftaucht. Ob sie allerdings bereit sein wird, für mich auszusagen, bezweifele ich mittlerweile. Sonja hasst mich, weil sie zu Recht annimmt, dass ich Katja getötet habe. Wenn es schlimm kommt, steht meine Aussage gegen ihre.

»Ein Streifenwagen ist auf dem Weg zum Bahnhof«, informiert mich Ludger.

»Gut«, sage ich. »Wie lange wird es dauern?«

»Das Polizeirevier ist ganz in der Nähe. Wahrscheinlich werden sie kurz nach uns eintreffen«, antwortet er. »Warum glaubst du, dass diese Sonja mit dem Zug nach Rendsburg gefahren ist? Davon gehst du doch aus, oder?«

Ich nicke. »Dort steht ihr Auto. Ich nehme an, dass sie damit fliehen will.«

Rechter Hand taucht das Bahnhofsgebäude auf. Ich recke den Hals und halte Ausschau nach dem gelben Opel. Wo ist der Wagen? Ich hatte ihn doch direkt vor dem Bahnhof geparkt. War da Halteverbot? Darauf habe ich nicht geachtet. Dann ist er vielleicht abgeschleppt worden. Oder Sonja ist schneller gewesen als wir und ist bereits über alle Berge.

52

»Wo steht das Auto?« Auf der Suche nach einem freien Parkplatz fahren wir im Schritttempo am Bahnhofsgebäude vorbei.

»Ich habe es wohl in der Hektik im Parkverbot abgestellt.« Ich weise auf das Verkehrsschild. »Entweder es ist abgeschleppt worden oder Sonja war vor uns da und ist auf und davon.« Meine Stimme klingt so jämmerlich, wie ich mich fühle.

»Wenn der Wagen abgeschleppt wurde, dann kann ich das …«

In dem Augenblick sehe ich Sonja. Sie kommt aus der Bahnhofshalle gerannt, stoppt und schaut sich suchend um.

»Da ist sie!«, falle ich Ludger aufgeregt ins Wort und weise in die Richtung.

Sofort steuert Ludger an den Straßenrand und ich bin aus dem Wagen, kaum dass er zum Stehen gekommen ist.

Seinen lauten Ruf »Rina, warte« im Ohr renne ich über die Straße. Bremsen kreischen. Jemand schreit. Eine Hupe tönt. Nach einer Schrecksekunde und einem flüchtigen Blick in das erschrockene Gesicht hinter der Frontscheibe laufe ich weiter.

Sonja hat mich entdeckt. Sie weicht einen Schritt zurück, ihre Hand fährt in die Tasche, die an ihrer Schulter baumelt.

»Rina! Warte!« Wieder höre ich Ludgers Ruf. Er ist dicht hinter mir.

Sonja sieht mir mit unbewegter Miene entgegen. Ihre Augen sehen ausdruckslos, wie tot aus. Sie lässt mich nah an sich herankommen. Ihr Blick saugt sich an mir fest. Eine Gänsehaut kriecht mir über den Rücken.

»Sonja, hör mir zu«, flüstere ich ihr zu. »Charlotte lebt. Ich werde sagen, es war ein Unfall. Und du hältst dein Versprechen und gibst mir ein Alibi.«

Sonjas Gesicht ist noch immer wie aus Stein gemeißelt. Ich sehe keine Regung darin.

»Du kommst da nicht mehr raus. Du bist gesehen worden«, bluffe ich. »Hast du verstanden?«

»Sie sind also Sonja«, höre ich Ludgers Stimme.

Jetzt löst sich ihre Starre, ihre Augen lassen mich los und taxieren den Mann hinter mir. Ein kaltes Lächeln zuckt in ihren Mundwinkeln.

Ludger legt eine Hand auf meine Schulter und für den Bruchteil einer Sekunde lenkt mich seine Berührung ab. Ich höre, wie er scharf einatmet, und dann trifft mich ein harter Schlag. Von der Wucht werde ich gegen Ludgers Körper geschleudert. Erst jetzt nehme ich die Waffe in Sonjas Hand wahr. Der Lauf ist auf mich gerichtet.

»Vorsicht! Die Frau hat eine Waffe und schießt«, kreischt eine hysterisch klingende Frauenstimme. Dazwischen erkenne ich Ludger, der etwas Unverständliches sagt und mich festhält.

Ich schaue an mir hinunter, sehe das Blut, das bei jedem Herzschlag aus meinem Körper gepumpt wird. Mit Verzögerung setzt das Begreifen ein. Sonja hat auf mich geschossen. Instinktiv presse ich eine Hand auf die blutende Wunde und schaue auf.

Sonja weicht zurück. Auf ihrem Gesicht liegt ein Ausdruck des Erstaunens, als könne sie nicht fassen, was sie getan hat. Jetzt hebt sie wie in Zeitlupe die Waffe. Will sie noch mal auf mich schießen? Wie aus weiter Ferne höre ich Schreie, das Heulen eines Martinshorns setzt ein, wird immer lauter.

Entsetzt sehe ich, dass Sonja sich den Lauf der Waffe an die Schläfe drückt.

Mein »Nein« ist mehr ein Flüstern als ein Schrei. Ich will auf sie zu, ihr die Waffe entreißen. Doch in meinem Brustkorb explodiert ein gleißender Schmerz und breitet sich wie eine Feuerwalze in meinem Körper aus. *Ich verbrenne*, ist mein letzter klarer Gedanke und alles um mich herum versinkt in tiefer Schwärze.

DREI MONATE SPÄTER

»Das Kind steht dir ausgesprochen gut.«

Ludger dreht sich lachend nach seiner Mutter um, die von der Terrasse aus Charlottes noch etwas wacklige Gehversuche auf der Wiese mit einem Schmunzeln verfolgt.

»Und? Was willst du mir damit sagen?«

»Nichts«, behauptet sie und reißt in unschuldigem Erstaunen die Augen auf. »Rein gar nichts.«

»Wer's glaubt«, entgegnet Ludger und wendet seine Aufmerksamkeit wieder dem kleinen Mädchen zu, das sich mit einer Hand an seinem Hosenbein festklammert und sich auf den Po plumpsen lässt. Sofort verzieht sich ihr kleines Gesicht zu einem Weinen. Ludger beugt sich zu ihr hinunter und streicht ihr tröstend über das Köpfchen. Dann hebt er das Kind in seine Arme und schwingt es hoch über seinen Kopf. Die Kleine jauchzt vor Vergnügen.

Es ist schön, die beiden zusammen zu sehen. Man merkt, dass Ludger Kinder über alles liebt. Das war mit Sicherheit auch ausschlaggebend für seine Entscheidung, Kinderarzt zu werden. Er sieht gar nicht aus wie ein Arzt, eher wie ein Holzfäller mit dem breiten Brustkorb und den muskelbepackten Oberarmen. Der dunkle Bart tut ein Übriges dazu, meinen Eindruck zu verstärken. Das Schönste an ihm sind die Augen. Sie sind von einem warmen Braun und strahlen, als würden sie von innen beleuchtet.

Vom Fluss weht ein leichter Wind zu uns herüber. Er trägt den Duft nach frisch gemähtem Gras mit sich und lässt die schwüle Hitze etwas erträglicher werden. Die Wiese vor der Terrasse liegt um diese Uhrzeit im Schatten und hier draußen ist es angenehmer als im Haus, in dem die Wärme sich bis unter die Decke staut.

Ich lehne mich im Stuhl zurück, schließe die Augen und genieße die Stille, die nur von Vogelgezwitscher und dem Jauchzen meiner kleinen Tochter gebrochen wird. Ich würde gerne hierbleiben, aber ich weiß, dass ich die Gastfreundschaft von Ludgers Mutter nicht auf ewig in Anspruch nehmen kann. Die Wunde in meiner Schulter ist verheilt, es wird Zeit, nach Hause zurückzukehren. Aber ist Berlin wirklich noch mein Zuhause? Und wäre es nicht das Gescheiteste, mir mein Kind zu schnappen und Deutschland den Rücken zu kehren? Noch habe ich die Möglichkeit. Noch ist Katjas Grab nicht entdeckt worden. Das Klingeln des Telefons unterbricht meine Überlegungen. Maria, Ludgers Mutter, eilt ins Haus.

Ludger kommt mit Charlotte auf dem Arm quer über die Wiese auf mich zu. Sie streckt die Ärmchen nach mir aus, brabbelt etwas und lacht mich aus ihren schönen blauen Augen an, die sie von Mark geerbt hat. An ihn und seinen Verrat zu denken, ist immer noch schmerzlich. Doch der Schmerz wird von Tag zu Tag weniger und ich bin sicher, dass er irgendwann verklingen wird. Ich habe meine Tochter wieder. Das ist alles, was zählt. Ich bin so erfüllt von Liebe zu diesem kleinen wundervollen Wesen, dass ich manchmal das Gefühl habe, bersten zu müssen vor Glück.

»Hast du das gehört?«, fragt Ludger.

»Was?« Ich nehme ihm Charlotte ab. Sie legt die Arme um meinen Hals und schmiegt sich an mich.

»Sie hat grad Mama gesagt.« Er grinst mich an und ich schüttele lachend den Kopf. Ludger weiß, wie sehnsüchtig ich darauf warte, dieses Wort aus Charlottes Mund zu hören, und er hat mir zuliebe geflunkert.

Ich will etwas erwidern, doch da höre ich hinter mir Maria aus dem Haus kommen und das Lächeln in Ludgers Gesicht ist plötzlich wie ausradiert. Erschrocken wende ich mich zu ihr um.

»Schlechte Nachrichten?«, frage ich und ein banges Gefühl beschleicht mich. Ich ahne, was passiert ist, hoffe aber, dass ich mich irre.

Sie nickt. »Ein Kollege aus dem Krankenhaus hat angerufen. Sonja Mauer ist heute Nacht gestorben.«

Eine Weile sagt keiner von uns ein Wort. Wir hatten wenig Hoffnung, dass sie wieder aus dem Koma erwacht. Und selbst wenn, die Kugel, die sie sich selbst durch den Kopf gejagt hat, hat große Teile ihres Gehirns geschädigt und vermutlich auch ihre Erinnerung an die Geschehnisse zerstört. Dennoch hatte ich darauf gehofft, dass sie wieder aufwacht.

Charlotte fängt an zu zappeln und gibt empörte Laute von sich. Ein sicheres Zeichen dafür, dass sie Hunger hat.

»Komm, gib mir den kleinen Vielfraß«, sagt Maria. »Ich füttere sie, wenn ich darf?«

»Aber natürlich«, sage ich.

Ludger nimmt mir gegenüber Platz und wartet, bis Maria mit dem Kind im Haus verschwunden ist.

»Damit war zu rechnen«, sagt er mit leiser Stimme und greift über den Tisch nach meiner Hand.

Ich nicke. »Sie ist trotz allem meine Freundin gewesen und ihre Aussage hätte mich entlastet.«

»Die brauchen wir nicht«, sagt er. »Deine Unschuld können wir auch ohne sie beweisen, das weißt du.« Seine Stimme klingt zärtlich.

Ich nicke. Ludger hat einen Anwalt engagiert, der sich sehr zuversichtlich zeigt. Die Schwester von Adrian Bacher ist bereit auszusagen und der DNA-Abgleich hat eindeutig ergeben, dass Charlotte mein Kind ist. Auch die Polizei geht mittlerweile davon aus, dass Katja Adrian und Mark ermordet hat. Die Fahndung nach ihr verlief bislang ergebnislos. Der Letzte, der sie lebend gesehen hat, ist der Nachbar, der mich mit Katja verwechselt hat. Ich habe das natürlich nicht richtiggestellt. Danach verliert sich ihre Spur.

Ich habe lange überlegt, ob ich die ganze Wahrheit sagen soll und mich dagegen entschieden. Ich musste mich gegen Katja zur Wehr setzen, sie hätte mich ohne jeden Skrupel getötet. Dennoch habe ich ihren Tod nicht gewollt, er war ein Unfall. Aber ich hätte sie nicht im Wald begraben dürfen, das war ein Fehler, um nicht zu sagen eine unverzeihliche Dummheit. Sie könnte mich unter Umständen meine Freiheit kosten. Nur – was wird dann aus meiner kleinen Tochter?

An diesem Punkt meiner Überlegungen angekommen, fällt mir die Entscheidung nicht schwer. Ich werde schweigen und hoffen, dass niemand Katjas Grab jemals finden wird. Oder ich verlasse Deutschland wirklich. Aber dann sollte ich damit nicht mehr allzu lange warten.

»Warum bleibst du nicht hier?«, fragt Ludger in meine Gedanken hinein. »Meine Mutter würde sich sicher freuen«, fügt er hinzu.

»Deine Mutter?« Ich kann mir ein Schmunzeln nicht verkneifen.

»Ich mich natürlich auch«, entgegnet er lächelnd. »Oder gefällt es dir hier nicht?«

»Doch«, sage ich. »Sehr sogar.«

»Also? Was hindert dich?«

Ludger empfindet mehr für mich als nur Freundschaft. Auch ich fühle mich zu ihm hingezogen. Er ist ein toller Mensch, mitfühlend und sensibel und er wäre Charlotte ein wunderbarer Vater. Aber mein Gewissen hindert mich daran, mich voll und ganz auf diese Liebe einzulassen.

Ich bin eine Mörderin.

Dieses Wissen wird immer zwischen uns stehen. Es sei denn, ich beichte es ihm. Alles in mir sträubt sich allein nur bei dem Gedanken daran. Ich kenne Ludger noch nicht lange genug, um sicher sein zu können, dass diese Tatsache an seinen Gefühlen für mich nichts ändern wird. Ich weiß nicht, ob er damit leben kann, dass die Frau an seiner Seite einem Menschen das Leben genommen hat. Und ich weiß nicht, ob ich das Recht habe, ihm zu verschweigen, was ich getan habe. Ich brauche Vertrauen, und das ist nichts, was einfach da ist. Auch dann nicht, wenn man verliebt ist. Erst wenn aus Verliebtheit Liebe geworden ist, ist die Grundlage für eine Vertrauensbasis gegeben. Und selbst dann nicht immer.

Ich habe bei Mark den Fehler gemacht, ihm blind zu vertrauen. Ein zweites Mal wird mir das nicht passieren.

»Lass mir ein bisschen Zeit«, bitte ich ihn. »Das alles ist neu für mich und die schrecklichen Ereignisse sind noch immer so nah. Ich muss das erst verarbeiten. Davor bin ich, fürchte ich, nicht in der Lage, mich auf eine neue Beziehung einzulassen. Obwohl ich mir nichts sehnlicher wünsche«, füge ich mit leiser Stimme hinzu.

Ludger steht auf und kommt auf mich zu. Er streckt die Hände nach mir aus, ich ergreife sie und er zieht mich in eine Umarmung. Das kommt so überraschend, dass ich mich unwillkürlich versteife.

»Ich habe noch für keine Frau so empfunden wie für dich«, flüstert er mit heiserer Stimme. »Nimm dir so viel Zeit, wie du brauchst.«

»Danke«, hauche ich.

Dann küsst er mich und mein Verlangen, mich diesem Mann ganz hinzugeben, verdrängt den aufflammenden Fluchtimpuls. Zumindest für diesen Moment. Ich schmiege mich eng an ihn, spüre seinen Körper an meinem und erwidere den Kuss mit der gleichen Leidenschaft.

Mein Herz sagt ja, mein Verstand sagt nein.

»Ich kann dir nichts versprechen«, flüstere ich.

»Das erwarte ich auch nicht«, sagt er und verschließt meine Lippen mit einem weiteren Kuss.

NACHWORT

Es ist schon einige Jahre her, da sind mir auf meiner morgendlichen Bahnfahrt zur Arbeit ein Mann und eine Frau aufgefallen. Sie standen mir zugewandt an der Ausstiegstür, so nah beieinander, dass ich sie sofort als Paar eingestuft habe. Beide umgab eine Aura der Trostlosigkeit, die für mich so fühlbar war, dass ich erschrak, und sofort den Blick abwandte. Ich hatte das Gefühl, in die Privatsphäre dieser Menschen eingedrungen zu sein. Doch etwas zwang mich dazu, noch mal hinzuschauen. Die beiden schienen nichts von ihrer Umgebung wahrzunehmen, jeder schien vollkommen versunken in sich selbst und seine Trauer. Eine Trauer, die sie in ihrem tiefen Schmerz vereinte und doch wie eine unsichtbare Mauer zwischen ihnen stand. Sie wirkten auf mich trotz ihrer körperlichen Nähe allein und unsagbar einsam.

Obwohl mir diese Menschen fremd waren, empfand ich in diesem Augenblick tiefes Mitleid mit ihnen. Etwas Furchtbares musste ihnen widerfahren sein. Hatten sie einen Verlust erlitten, der ihr gesamtes Leben aus den Fugen gehoben hat? Hat der tiefe Schmerz nicht nur ihre Herzen zerrissen, sondern auch ihre Verbundenheit?

Ich konnte natürlich nur Vermutungen anstellen, was wirklich geschehen war, aber ich bekam die beiden lange nicht aus dem Kopf. Selbst heute noch nach so vielen Jahren habe ich die Szene sofort vor meinen Augen, wenn ich daran denke. Sie hat mich nie losgelassen.

Ich hatte nicht vor, diese Begegnung in einem Buch zu „verarbeiten“. Beim Schreiben von „Schlafe, mein Mädchen“ jedoch hatte ich immer wieder dieses Paar vor Augen. Die Traurigkeit der beiden, die Hoffnungslosigkeit, die sie ausstrahlten, wurde für mich wieder spürbar. Vielleicht täusche ich mich, aber ich hatte schon damals gedacht, dass den beiden an diesem Tag das Liebste genommen wurde: ihr gemeinsames Kind.

Hatten Sie auch schon solche Begegnungen, die Sie nie wieder losgelassen haben? Schreiben Sie mir, wenn Sie mögen. Ich würde mich freuen.

Ich danke Leonie Hemm und Sonja Mauer, die mir für diesen Thriller ihre Namen zur Verfügung gestellt und versichert haben, ich dürfte mit ihnen machen, was ich möchte.

Ganz besonders danke ich Bianca Kober für ihre wertvollen Hinweise und Anmerkungen, die der Geschichte den letzten Schliff gegeben haben.

An dieser Stelle möchte ich auch Ihnen, liebe Leserinnen und Leser, ganz herzlich für Ihre Treue danken. Ohne Sie und Ihre tatkräftige Unterstützung könnte ich meine Bücher nicht schreiben. Mein ganz besonderer Dank gilt all denen unter Ihnen, die sich die Mühe machen, auf Amazon eine Rezension für meine Thriller zu schreiben. Ich weiß das zu schätzen. Es reichen ein, zwei Worte wie „Total spannend“ oder „Klasse Thriller“. Das hilft uns Autoren wirklich sehr.

Falls Sie mir Ihre Meinung lieber persönlich mitteilen möchten oder Fragen an mich haben, schreiben Sie mir einfach eine Mail. Ich antworte garantiert.
jutta@jutta-maria-herrmann.de

Wenn Sie mehr über die Autorin Jutta Maria Herrmann erfahren möchten, können Sie mir gerne auf Facebook und Instagram folgen.

Auf Facebook finden Sie mich hier:
www.facebook.com/JuttaMariaHerrmannAutorin

Und hier auf Instagram:
www.instagram.com/jutta.maria.herrmann

Wer auf keinen Fall verpassen möchte, wann das nächste Buch von mir veröffentlicht wird, sollte, falls noch nicht geschehen, meinen Newsletter abonnieren:
https://jutta-maria-herrmann.de

Herzlichen Gruß und geben Sie gut auf sich acht.

Ihre Jutta Maria Herrmann

Christ Karlden

Monströs

Der ehemalige Strafverteidiger Martin Waller reist während der Saisonferien in ein nobles Berghotel, um dort Möbel zu restaurieren. Noch am Abend seiner Ankunft erhält Waller eine E-Mail, die ihn völlig aus der Bahn wirft. Der Absender ist seine Frau Anna, doch die ist auf den Tag genau seit drei Jahren tot. Im Laufe der folgenden Nacht, in der die Zahl der Überlebenden unaufhörlich abnimmt, kommt Martin einem mon-strösen Plan auf die Spur. Nichts ist, wie es scheint.

Taschenbuch, 404 Seiten, € 12,90 [D]
ISBN 978-3-96357-199-2